みそ

シャーリーはマティスの手から皿を奪い返した。
「申し訳ございませんけど、わたし――、
あなたに**興味**は**ございません！**」
マティスは、愕然と目を見開いて固まった。
（本文より抜粋）

シャーリーは、はーっと長い息を吐きながら、
ぱちんと指を鳴らしてみた。

――直後。ポン！

「あ……」

「**味噌出た――！**」

（本文より一部抜粋）

転生料理研究家は
今日もマイペースに
料理を作る
あなたに興味はございません
1
狭山ひびき
イラスト：みわべさくら

転生料理研究家は今日もマイペースに料理を作る
あなたに興味はございません
contents

それは遥か昔――
この世界は、どこまで行っても砂と岩のみの何もない世界だった。
水もなく。
虫も動物も植物すら存在せず。
風が吹けば砂が舞うだけの砂漠がはてもなく続いている世界だった。
そんな何もない世界に、ある時一人の女神が舞い降りる。
女神の名は、イクシュナーゼ。
銀色の髪と瞳を持った、美しい女神だった。

イクシュナーゼは創世の杖を涸(か)れた大地に突き立てた。
杖の先からは光が溢れ、光は雲になり、雨が降った。
雨は三日三晩降り続く。
そして四日目の朝、砂と岩しかない大地に草が芽吹いた。
木々が育ち、花が咲いた。
花が咲くと虫が生まれ、鳥が、動物が生まれた。
朝が来ると鳥が歌い出す美しく生まれ変わった世界に、最後に生まれたのは人だった。
人の誕生を見届けたイクシュナーゼは、満足して世界を去った。

それから百年後――

再び世界を訪れたイクシュナーゼが見たものは、再び砂と岩だけの何もない砂漠に戻った世界だった。

イクシュナーゼは再び創世の杖を大地に突き立てた。

世界に雨が降り、緑が芽吹き、命が誕生した。

女神は世界を去ったが、百年後訪れてみると、また世界は涸れていた。


イクシュナーゼは訝しみ、今度は世界を去らなかった。

世界を去らなかった女神は、世界が壊れる原因を知る。

この世界は、枯渇していたのだ。

女神の魔力で世界を満たしても、その魔力が尽きるとともに世界は滅びを迎える。


イクシュナーゼは考えた。

世界の維持には魔力が必要だ。

しかしながらいつまでもイクシュナーゼが世界にとどまり続け、魔力を供給し続けることはできない。

そこで女神は、人々の中にほんの一握りだけ、自身の魔力を分け与えた。

世界のあちこちに緑の塔を創造し、魔力を分け与えた人間に、そこから大地に魔力を供給するよう命じた。

人々は魔力を持った人間を王として、世界に国を作ることにした。

王は自ら緑の塔へ向かい、世界に魔力を供給する。

緑の塔から大地に魔力が流れ落ち、世界はようやく滅びを免れた。

イクシュナーゼは今度こそ満足して、二度と世界に戻って来ることはなかったのだった――


『ユーグレグース創世記』

プロローグ

ダンスホールでは、宮廷楽師の奏でる華やかなワルツに合わせて、白いドレスを着た年若い令嬢たちが、まるで妖精のように軽やかなステップを踏んでいた。

今日は年に一度、城で開かれるデビュタントボールの日である。

ローゼリア国のデビュタントボールは、毎年、九月の中旬の日に開催される。その年に社交界デビューする令嬢たちが初々しい白いドレスを身に着けて、はじめての社交界に胸を躍らせながら大人への階段の一歩を踏み出す大切な日だ。

だいたいが十四歳から十五歳。遅くなっても十六歳。デビュタントを迎える令嬢の年齢はおおむねそのあたりで、最近は貴族令嬢のみならず、一定階級以上の富豪の令嬢たちもがデビュタントボールに参加するので、会場である城で一番広い大広間の中の半分以上が白いドレスで埋め尽くされている。

デビュタントを迎えると同時に、令嬢たちは成人と見なされるため、未来の花嫁を探すべく婚約者の決まっていない若い男性貴族の多くも参加するから、会場の中は本当に人で溢れかえっている。

（えーっと、あったあった！）

白いドレスを着た令嬢のほとんどが、ダンスホールのすぐ近くで、幸せな結婚を夢見つつ素敵な男性にダンスに誘われるのを待っているというのに、約一名、ダンスホールとは真逆の方向へ、一目散に向かう令嬢がいた。

ほっそりとした首筋にはダイアモンドの華奢（きゃしゃ）なネックレス。ふんわりと結い上げられた蜂蜜色の髪。百合の花を逆さまにしたような形の、裾にかけて広がる純白のドレス。小さな顔に大きなエメラルド色の瞳。華奢で小柄な見た目は、まさに妖精のように可憐である。

シャーリー・リラ・フォンティヌス、十五歳。見た目の通り、本日デビュタントを迎えた、名門フォンティヌス伯爵家の令嬢だ。

彼女はダンスホールに背を向けて、踊るような足取りで会場の隅に設置されているある場所へ向かっている。

（ふふふ、せっかくだからできるだけたくさん味見しないとね！　来たれ未知の味！　ひらめけ新しいレシピ！　あーっ、わくわくするわ！）

そう――、シャーリーが向かっている先にあるもの。それは、大広間の隅に作られている立食スペースだ。

デビュタントボールは食事がメインのパーティーではないので、立食スペースはさほど大きくなく、邪魔にならないように隅に作られている。

デビュタントたちは婚活――もとい、ダンスに夢中のため、飲食スペースにはほとんど人がいない。料理も全然減っておらず、食べやすいように小さくまとめられた料理が、飾りの花とともにたくさん並んでいた。

（さーて、どれから味見しようかしら？　迷うなぁ……。とりあえず、この端から……）

シャーリーは重ねられていた未使用の白い皿を一枚手に取ると、端から順に気になったものを一口分ずつ乗せていく。目的はお腹いっぱい食べることではなく、できるだけたくさんの味を知ることだ。

（どれどれ……、うーん、美味しい！　辛いんだけどどこか甘くて……唐辛子の辛さというよりは辛味大根のような……、でもちょっと違うような……）

口の中に入れては舌の上で料理を転がしていく。

ゆっくり味わって、首を傾げては考えて、また少し口に入れる。満足すると次の料理に進み、また同じように口に入れては考えてをくり返す。

何をしているのか。それは、料理の味の研究である。

シャーリーは料理が趣味なのだ。けれども、いくら料理研究がしたくても、伯爵令嬢であるシャーリーが、これらの料理を作った料理人を捕まえて作り方を聞き出すことはできない。

ローゼリア国の貴族女性は、チャリティー用のお菓子を作ることはあっても、基本的に料理はしないのだ。料理は労働者階級、もしくは同じ貴族でも、没落したなど、わけあって使用人を雇えなくなった人がすることであって、フォンティヌス伯爵家のような裕福な家庭で育ったシャーリーがすることではないのである。

そのため、シャーリーは料理を食べるふりをして、自分の舌だけを頼りに料理研究を行っているのだ。

（あー！　知りたい！　何かしら、この香辛料！　うちには絶対にないやつなのよ！　隣のブロリア国あたりからの輸入品かしら？）

ローゼリア国の王妃は、新しい流行を生み出すことに情熱を注いでいる。おそらくこれらの料理も王妃が命じて作らせたものに違いない。

（知りたーい！）

せめて香辛料の入手経路だけでも知りたい。この香辛料があれば、もしかしたら「あれ」も作れるかもしれない。

（あー、でも、この世界、お米手に入りにくいから無理かぁ……。カレーライス食べたいのにな。うう、お米が恋しい……）

ぱくっと別の料理を口に入れながら、シャーリーががっくりと肩を落とす。

「おい」

（このジュレ！　このコンソメはなかなかだわ、玉ねぎの甘みだけじゃない。何かしら？　何かしらー！　あーっ、気になるものばっかりで困っちゃう！）

「おい！」

（あ、このソース美味しい）

「おいったら！」

（次はこっち）

「おい！　無視をするな!!」

次の料理に手を伸ばそうとした途端、ぐいっと肩が引かれて、シャーリーは皿を持ったまま振り返った。背後にいた男の顔を見て、おやっと眉をあげる。

華やかな金髪に、ラピスラズリのような濃い青の瞳。くっきりとした二重瞼に、鼻筋の通った整った顔。身長が伸びて記憶よりも大人びた顔立ちになっているが、この顔は忘れない。

一年前、シャーリーに向かってとんでもない暴言を吐いてくれた、顔だけイケメンアイドルのこの男は、マティス・オスカー・オーギュスタン。オーギュスタン侯爵の嫡男で、シャーリーを豚呼ばわりして婚約破棄を突きつけた、二つ年上の元婚約者様である。

「……ごきげんよう」

今さらいったい何の用だと内心舌打ちしつつも、無視するわけにはいかないので、シャーリーはとりあえず面倒くさそうに挨拶だけ返しておいた。するとマティスは、シャーリーの反応が気に入らなかったのか、ピクリと眉を跳ね上げる。

だが、シャーリーにはこんな男にかまっている暇はない。少しでも多くの料理を食べて、大好きな料理研究をするのだ。

シャーリーがマティスを無視して再び料理に向かおうとすると、マティスがそれを邪魔するように回り込んできた。それどころか、不躾にじろじろとシャーリーを眺めまわし、ニヤリと口端を持ち上げる。

「へえ、豚がずいぶんと見られるようになったじゃないか」

「はあ」

シャーリーは適当に相槌を打った。

そしてマティスの横をすり抜けて、まだ食べていない料理に手を伸ばす。

豚と言われたところで、今のシャーリーには痛くもかゆくもない。

実際、一年ほど前――マティスに婚約破棄を突きつけられたときのシャーリーは、豚という形容が似合いすぎるほどにまるまると太っていた。

だが、シャーリーはこの一年で、かつての面影もないほどに痩せて綺麗になったのだ。今のシャーリーは、ほっそりとした小鹿のような手足をした、妖精のように可憐な美少女である。蜂蜜色の柔らかい髪にエメラルド色の大きな瞳。長い睫毛に白い肌。薔薇(ばら)色の唇。元婚約者に「豚」と蔑まれる要素はどこにもないのである。だから、何を言われようとまったく気にならない。

「おい豚。聞いているのか！」

シャーリーが怒りも泣きもしないからか、マティスはむっと口をへの字に曲げた。

「そんなに俺にフラれたことがショックだったのか？　そんなに痩せるほどに？　……まあ、今のお前なら俺の隣に立っても不自然ではないから、どうしてもと言うのならば――」

「それはどうも。あ、わたし忙しいので、豚には構わず、どうぞどこかに行っていただいて構いませんよ」

「な――」

マティスの顔にカッと朱が差したが、シャーリーは素知らぬ顔で再度料理を口に入れて、隠し味研究を再開する。

(もう、あいつがうるさいせいで忘れちゃったじゃないの。ええっと、もう一度最初から……、この燻製肉の上のソースは……)

「おい!」

(柑橘系の香りも入っているのよね。何の柑橘なのかしら？　柚子に近いような気もするけど、この国で柚子なんて見たことがないし……)

「おい！　無視をするなと言っているだろう！」

(柚子のような柑橘に唐辛子のような香辛料……。柚子胡椒が一番近い？　でもやっぱりちょっと違う……)

「シャーリー！」

マティスに皿を取り上げられて、シャーリーの思考が中断された。

顔をあげれば顔を真っ赤にして怒っているマティスがいる。シャーリーが無視をしたから怒っているのだろう。しかし、せっかくの料理研究を邪魔されて、今度ばかりはシャーリーもイラっとした。

「やっとこっちを見たか！　シャーリー！　お前がそんなに俺と元の関係に戻りたいのならば、父上に頼んで再び婚約者にしてやっても――」

(はあ？)

マティスはいったい、どういう思考回路をしているのだろうか。

唐突に復縁話をされて、シャーリーの脳内に「?」がぽぽぽんといくつも浮かび上がる。それと同時に「はん!」と鼻で嗤ってやりたいような気にもなった。

(よくわかんないけど、こいつの頭が異次元につながっているらしいってことだけはわかったわ)

これはあれだ。一度きっぱりはっきりと告げてやらないと、このまま張り付かれて大好きな趣味の時間を妨害され続けるに決まっている。

シャーリーはマティスの手から皿を奪い返した。

「申し訳ございませんけど、わたし――、あなたに興味はございません!」

マティスは、愕然と目を見開いて固まった。

1　婚約破棄されました

それは、一年と少し前のこと――

「いやあああああ！　わたしの顔が!!　子豚みたいになってる――――！」

シャーリー・リラ・フォンティヌスは前世の記憶を取り戻すとともに、鏡の前の自分の姿を見て絶叫した。


その日も、いつもと変わらない夕方になるはずだった。

小日向佐和子（こひなたさわこ）。三十二歳独身。職業、料理研究家。

大学を卒業して、上場していることだけが取り柄のような可もなく不可もない平々凡々な会社に就職。事務をする傍ら、趣味で続けていた料理ブログが注目されて、レシピ本が出版されることになったのは佐和子が二十八のときだった。

雑誌の取材を受けたのをきっかけに何度かテレビのゲストに呼ばれるようになって、気がついた時には、あれよあれよと雑誌やテレビに引っ張りだこになって、忙しい日々を送るようになっていた。

自分で言うのもなんだが、そこそこ美人な料理研究家として名前も売れて、就職していた企業もやめ、あっという間に三十二歳。

何もかもうまくいっていると言っても過言でないほど充実した日々を送っていた佐和子が事故に巻き込まれたのは、新しい料理本の打ち合わせで、出版社を訪れた帰りのことだった。

キキーッという耳をつんざくようなブレーキ音。

けたたましいクラクションに振り返るわずかな時間すらなく。

ドン！　という衝撃とともに、佐和子の意識は一瞬にして闇に飲まれた。

ああ、死んだな——

死んだはずの頭が、そんなことを考える。

強い衝撃を感じたけれど、そのあと痛みも何も感じなかったから、きっと即死だったのだろう。

短い人生だった。幸せだったけど、ちょっと早すぎる。

(もっとたくさん料理がしたかったな)

さすがに死んだら料理はできないだろう。

死ぬ前に一度くらい結婚だってしてみたかった。

できることならあと十冊くらいレシピ本を出したかったし、料理番組もやってみたかった。

いっぱいやり残したことがあるのに、本当に残念だ。あのとき周囲にもっと気を配っていれば、突っ込んできた車に轢かれることもなかっただろうか。

(はあ……、彼氏もいないまま死んじゃうなんて……)

「お前との婚約は今日をもって破棄させていただく!」

(……うえ?)

どうして死んじゃったのだろうと泣きそうになっていた佐和子は、突然知らない声に婚約破棄を宣言されて驚いた。

(なんですと?)

生まれてこの方、誰かと婚約したことなんて一度もない——と目をしばたたいた瞬間、誰かに突き飛ばされたような強い衝撃を受けた。真っ暗だった目の前が急に明るくなる。

突如として視界が変わって、茫然とした佐和子がいたのは、驚くほど豪華で広い部屋の中だった。

(……ここ、どこ？　テレビ局、じゃないわよね?)

きょろきょろと部屋の中を確かめて、テレビ局にこんな豪華な部屋はあっただろうかと考える。車に轢かれたと思ったのは夢の中の出来事で、実は死んでいなくて、テレビの収録に来ているのではないかと錯覚しそうになって、はたと気がついた。

部屋の豪華さにばかり気を取られていたけれど、目の前に、すごい形相でこちらを睨みつけている十六、七歳ほどの美少年がいる。

金髪碧眼(へきがん)。どこの外国人だと首をひねった直後には、彼が着ているごてごての、まるで中世のお貴族様が着ているような衣装に啞然(あぜん)とした。

(あれ？　ドラマの撮影？　……いやいや、わたし、女優業はしてないし！)

佐和子の演技力は壊滅的だ。

料理研究家としてテレビのゲストに呼ばれることも多かった佐和子は、一度だけ、ドラマのチョイ役をしてみないかと所属していた事務所のマネージャーに言われたことがあったが、全力で拒否させてもらった。佐和子にできるのはせいぜい通行人Aくらいだ。セリフが入った時点で即アウト。妄想はできても演技はできない三十二歳なのだ――いや？

佐和子はふと、もう一つ違和感を覚えた。

佐和子の身長は百六十三センチ。日本女性の平均身長よりも少し高かった佐和子の視界は、こんなに低かっただろうか。

座っているわけではない。立っている。それなのに、いつもよりだいぶ視界が低い気がする。

(目の前の子が誰かもわかんないし、いったいどういうこと?)

まったく状況が理解できない佐和子が首を傾げつつ考え込んでいると、目の前のアイドル系美少年がイライラしたように怒鳴った。

「聞いているのか！　ぷくぷくと豚のように丸いとは思っていたが、見た目だけではなく、まさか頭の出来まで豚程度なのかお前は！」

（なんですって？）

佐和子は「豚」という単語にぴくりと眉を揺らした。

豚とは失礼な！　丸いとはどういうことだ！

料理研究家だった佐和子はダイエッターでもあった。その料理の知識を生かして、数々のダイエット本を出版していたし、もちろん自身の体型管理も徹底していた。週に一度ジムにも通い、月に二度はマッサージに通って、ボディーラインを引き締めることも忘れない。並々ならぬ努力の結果、出るところは出て、引っ込むところは引っ込む、誰もがうらやむナイスバディ（自称）を手に入れた佐和子に向かって、豚とか丸いとか、何たる暴言！

本気でムカついた佐和子は、一回り以上年下だろう美少年に向かって、大人げなくキレそうになった――けれど。

怒りのあまりふと握りしめた自分の拳の感触に、ん？　と首をひねる。

（柔らかい……？）

自分の手は、こんな感触だっただろうか？

なんだか、記憶にある手よりも厚みを感じる。そして、小さい。握ったときに感じる親指の付け根の肉はこんなにふにふにしていただろうか？

佐和子は何げなく視線を落として、自分の手を見つめた瞬間、ヒッと悲鳴を上げた。

慌てて目の前で手を広げて、再び「ひい！」と声を上げる。

（うそおおおおお！）

小さい。丸い。分厚い。どうしてこんなに指が太い？　いやいや、そもそもどうして手のひらにこんなに肉がついているのだろう。

（あ、あれだけ指を細くするために頑張ったわたしの、わたしの細い手が……七号は無理だったけど、九号サイズはキープした、薬指が――！）

佐和子の手は一般女性のそれよりも少しだけ大きかった。それが小さなコンプレックスだった佐和子は、念入りに手をマッサージして、毎日むくみを取り、できるだけ華奢に見えるように努力に努力を重ねてきたのである。その手が、丸い。

――絶望だ。

がっくりとその場に膝をつきそうになった佐和子は、ふと、そもそもこの手は自分の手だろうかと疑問を持った。

そう、佐和子の手にしては小さい。

（……ちょっと待って）

手ばっかりに気を取られていたが、着ている服にも違和感があった。七五三――という言葉が脳裏をよぎるほどの、ふりふりひらひらしたピンク色のスカート。少なくとも、三十二歳が穿くようなスカートには見えない。

（どういうこと？）

佐和子は部屋の中に姿見を発見すると、目の前の美少年をほっぽりだして、猛然と鏡に向けてダッシュした。――いや、ダッシュしたつもりだった。実際は恐ろしく体が重くて、まるで亀の歩みのようなのろさだった。ちょっと動いただけなのにぜーぜーと息が切れる。

（ど、どうなってるの？）

広い部屋だと言っても、部屋の隅の姿見まで行くのに何分もかかるわけではない。そのわずかな距離を走っただけで息が切れるとは、どういうことだろう。

やっとのことで鏡の前にたどり着いた佐和子は、そこに映った自分を見て、彫像のように凍りついた。

（……え？）

佐和子の頭の中にいくつもの疑問符が浮かぶ。

鏡に映っている少女は、おおよそ十三歳か十四歳くらいだろう。つやつやとした蜂蜜色の柔らかそうな髪にエメラルド色の瞳をしている。……この時点であんた誰よって感じだが、ひとまずそちらの疑問を考えるのは置いておこう。そうしなければ口から魂が飛び出して行きそうだ。

着ている服も、やっぱりふわふわごてごてのピンクのゴスロリだった。七五三ドレスがかわいく思えるほど、盛りに盛ったドレスである。だが、これも、まあいい。

そんなことが些末にも思えるほどの一番の問題は――

「いやあああああ！　何このおデブな体型は！　丸い！　確かに丸い！　わたしの体が！　わたしの顔が!!　子豚みたいになってる――――！　いやああああああああああっ」

佐和子は頭を抱えて絶叫した。

佐和子のうしろでアイドル系美少年がドン引きしている顔が鏡に映っているが、そんなことも気

にならない。

とにかく、目の前の鏡に映った現実が、佐和子には許容できなかった。

顔が違う？　そんなこともどうでもいい。

年齢が違う？　それも今は関係ない。

（丸い丸い丸い丸い丸い――――！　わたしの、わたしの努力の結晶が……。絶対来ないだろうけどグラビアどんと来いだった、磨き上げたわたしの体が……）

絶望だ。こんなことはありえない。そう、悪夢だ。きっと夢を見ているのだ。だって佐和子は

――


「あ、そうよ。死んだんだったわ！」

佐和子はポン！　と手を打った。

だったらこれは夢だろう。死人が夢を見るのかという疑問は遠くに投げ捨てておく。夢だ。なーんだ。よかったよかった。

すべての疑問も矛盾もそっくり無視して、自分自身を納得させて胸をなでおろした佐和子の背後で、こほんと咳払いが聞こえた。

唖然としていた美少年が立ち直ったらしい。

「ようやくお前も理解できたか。ならばいい。とにかく、僕とお前の婚約は今日で解消だ。父上にも伝えておくからな。それもこれも、すべてお前が悪いのだ。この僕がお前のような豚を連れ歩くわけにはいかないからな。一族の恥だ」

後ろで相当なことを言われているが、「夢」だと認識した佐和子の耳には入らない。

(こんな悪夢からは早く覚めないと。いくら夢の中でもこの体型はないわぁ。糖尿病高血圧、心筋梗塞(こうそく)、動脈硬化――絶対長生きできない。考えただけでゾッとするわね。……顔立ちは可愛いけど、でもこーんなに顔に肉がついているのはいただけない――いた!)

どうやったら子供の顔にこんなに肉がつくのだろうかと頬を引っ張った佐和子は、感じた痛みに首を傾げた。痛い。どういうことだろう。

鏡の自分と睨めっこをしながら、もう一度頬を引っ張ってみる。やっぱり痛い。夢の中では痛みを感じないという大原則は、嘘っぱちだったのだろうか。

「おい! 人の話を聞いているのか!」

きれいさっぱり無視された美少年はイライラしてきたらしい。

つかつかと佐和子に近づくと、その腕をぐいっと力いっぱい引っ張った。

「聞いているのかと――っわぁ!」

「きゃあああ!」

途中で言葉を呑み込んだ少年が驚いたような声を上げる。

佐和子も悲鳴を上げて、そのまま後ろにひっくり返った。彼が引っ張った勢いでうしろ向きに転んでしまったのだ。

まさか丸太のように太い足が引っ張っただけでぐらつくとは思っていなかったのだろう。佐和子に向かって容赦なく辛辣(しんらつ)な言葉を浴びせていた美少年も、さすがに佐和子がひっくり返ると狼狽(うろた)えたようだった。

「お、おい、大丈夫か……？」

心配そうに顔を覗き込まれるが、佐和子はそれどころではなかった。

仰向けに倒れたまま、佐和子は茫然とする。

倒れた拍子に頭を打ったからなのか、突如として佐和子の頭に膨大な情報が駆け巡った。

まず、このぷくぷくした少女――自分は、佐和子ではない。

シャーリー・リラ・フォンティヌス。十四歳。フォンティヌス伯爵家の娘で、仲睦まじい両親と兄が一人。

そして、目の前で罵詈雑言を吐きまくっていた失礼極まりない美少年の名は、マティス・オスカー・オーギュスタン。十六歳。オーギュスタン侯爵家の嫡男で、シャーリーの婚約者（ただいま婚約破棄を突きつけられ中）だ。

佐和子は読書家ではなかったけれど、流行りのものにはいくつか目を通していた。その中に「異世界転生」もののライトノベルがあったけれど、――異世界転生とは、現実に起こりえることなのだろうか。

（この年になって異世界生活――いやいや、一応十四歳らしいけど、留学すらしたことないのに、どうしろっていうの……）

あまりの現実に脳がオーバーヒートを起こしたのか、くらりと眩暈を覚えた佐和子――いや、シャーリーは、仰向けに倒れたまま意識を失った。

この国はローゼリアというらしい。

象徴天皇制の日本とは違い、がっつり王族が政治に絡んでいる王政国家のようだ。シャーリーの記憶によると。

見た目はともかく、さすが伯爵令嬢と言うべきか。

幼いころからしっかりと教育を施されたシャーリーの頭の中には膨大な知識がある。シャーリーは馬鹿ではなかったようだ。その知識が少しくらい自身の健康管理に向いていれば、こんな体型になることもなかったのではないだろうかと悲しくなるが、これればっかりは嘆いても仕方がない。

佐和子は死んで、ここは異世界。わたしはシャーリー。この現実はなかなか受け入れがたいものがあるが、現実に小説の中のような異世界転生を果たしてしまったのだから受け入れるしかない。

「はあ……」

佐和子からシャーリーになって一週間。

気がつけばため息をついているシャーリーに、邸のメイドたちが憐憫を向けてくる。

「お可哀そうに。マティス様との婚約破棄がよほどおつらかったのでしょうね……」

「それはそうよ！　婚約破棄なんて……、社交シーズンになったら、周りが何を言いはじめるか」

「そうよね……」

「シーズンまでまだ二か月あるのがせめてもの救いかしら？」

「でも、二か月で噂はおさまるのかしらね」

「「「はあ……」」」

シャーリーのことを、まるで自分のことのように心配してくれるメイドたちの間にもため息が増えた。

メイドたちのこの様子を見る限り、婚約者に婚約破棄を突きつけられるほど嫌われていたらしいシャーリーだが、メイドたちには嫌われてなかったようだ。シャーリーの子供のころの記憶をたどってみれば、当時から真ん丸だったシャーリーは、メイドたちに真ん丸な子犬を可愛がるかのような扱いを受けていたような気がするが、嫌われるよりは半ばペット扱いされていた方がましである。

（でも、シャーリー……わたしが太った原因がわかったような気がするわ）

シャーリーの目の前には、お菓子が山のように積み上げられている。バターがたっぷり使われたお菓子はどれも美味しそうだが、この総カロリーはいかほどだろうか。シャーリーの記憶がそうさせるのか、ついつい手を伸ばしそうになって慌ててひっこめるをくり返す。

シャーリーはお菓子に手を伸ばすかわりに、自分の腹のぜい肉をドレスの上から引っ張ってみた。

（お腹の肉が伸びるって……）

がっくりである。

シャーリーはコルセットが嫌だから、メイドの誰もコルセットを身に着けさせようとしない。ドレスの下にはシュミーズと呼ばれる下着だけで、ぷよぷよした体が丸わかりだ。

「お嬢様、さあさ、お嬢様が大好きな蜂蜜のケーキですよ」

メイドがそう言ってお菓子を勧めてくるが、シャーリーは誘惑をぐっとこらえながら首を横に振った。

「いらないわ」

その一言に、メイドたちは天地がひっくり返ったかのように騒ぎ出した。

「お可哀そうに！　傷心でまだお菓子が喉を通らないのね！」

「どうしましょう！　このまま痩せ細ってしまわれたら！」

「お嬢様はこんなに真ん丸で可愛らしいのに、マティス様は見る目がなさすぎですわ！」

この一週間、ずっとこれである。

（周りがこれなら、そりゃ太るわ）

何せ、佐和子だった記憶を取り戻す前は、シャーリーは正真正銘の十四歳。大好きなものを目の前に積まれて、好きなだけ食べていいと言われれば、それは食べるだろう。食べないはずがない。子供は誘惑に弱いのだ。我慢はできない。

はあ、とシャーリーが本日十八度目のため息を吐きだした時だった。

「シャーリー！　お菓子が喉を通らないって本当!?」

シャーリーの部屋に飛び込んできたのは、まばゆいばかりの金髪を品よくまとめた超がつくほどの美女だった。ほっそりとした手足。けれども出るところは出ている完璧なスタイル。垂涎（すいぜん）ものの美女である。そして、この美女こそ、正真正銘シャーリーの産みの母親、ジュリエット・セガレーヌ・フォークナー＝フォンティヌスである。

（……どうしてこの美女から生まれてきたのが、真ん丸な子豚なのかしらね……？）

まったく謎である。

生命の神秘ならぬ不可解にシャーリーが首を傾げていると、美女のうしろからこれまた息を呑むようなイケメンがやってきた。濃い茶色の髪に濃紺色の瞳をした、モデルや俳優も裸足（はだし）で逃げ出すほどの高身長の美丈夫である。彼がシャーリーの父、ローランド・グラディエ・フォンティヌス伯爵だ。

（……遺伝子的にはサラブレッド級のものを受け継いでいると思うんだけどな）

シャーリーはまたため息だ。

シャーリーは元婚約者のマティスに豚と言われたほどのぷくぷく体型ではあるが、なるほど、もともとの顔立ちはそう悪いものではないのかもしれない。目鼻立ちははっきりとしていて、優良な両親の遺伝子の片鱗（へんりん）がうかがえる。だがしかし、顔や体にしっかりと乗っかった脂肪がすべてを台無しにしているのである。残念すぎる。

（今はここにはいないけど、お兄様も相当なイケメンよね）

シャーリーには五つ年上の兄がいる。ルシアン・ノエ・フォンティヌスという超絶美形だ。

ちなみにローゼリア国の貴族の名前の付け方は、ファーストネームが名前で、ミドルネームが過去の親族の誰かの名前（親族を敬う習慣から来ているらしい）、最後が家名だ。誰かに嫁げば旧姓と嫁ぎ先の家名を＝で結ぶ。元日本人から言わせれば、長ったらしくて覚えにくいことこの上ないが、国が変われば名前の付け方も違う。それがたとえ異世界だろうと、違うものは違うのだから受け入れるしかない。むしろ異世界だからこそ、文句を言う相手もいない。

「どうした、私の天使」

父ローランドがそう言ってシャーリーを抱き上げようとしたが、重かったのだろう、一度持ち上げたらすぐに下に下ろされた。

かわりに母ジュリエットがシャーリーの隣に座って、傷心の娘を慰めようと思ったのだろう、ぎゅっと抱きしめてくる。

「婚約破棄がよっぽどショックだったのよね。ごめんなさいね、相手が侯爵家だから、こちらからあまり強く文句は言えないのよ……」

「元はと言えばあちらから申し込んできた婚約だったのに、失礼極まりないことだがな！」

ローランドによれば、シャーリーとマティスの婚約は、シャーリーが生まれてすぐにオーギュスタン侯爵の申し込みで取り交わされたものだったらしい。

（まあ、この超美形二人から生まれた娘が、将来子豚になるとは思わなかったでしょうから、あっちも被害者と言えば被害者なのかしらね？）

そう思えるのは、シャーリーは、マティスとの婚約破棄に対して、これっぽっちもショックを受けていないからだろう。

佐和子としての記憶がよみがえる前のシャーリーは、マティスに恋心を抱いていたようだが、記憶がよみがえるとともにその恋心はどこかに消え失せてしまっていた。そもそもまだ十四歳である自分を受け入れられていないのだ、一回り以上も年下の男にはときめけない。そのうち、自分の年齢を受け入れられるようになれば変わってくるのかもしれないが、少なくとも婚約者を豚呼ばわりするような男は願い下げだった。

「シャーリー、ほら、あなたの好きなマドレーヌよ。たくさん用意させたから、好きなだけ食べて失恋なんてお忘れなさい。あなたはこーんなに可愛いんだもの！　きっとすぐに素敵な王子様が現れて、跪いて愛をささやいてくれるに違いないわ！」

（……お母様、なんとも夢見がちな乙女でいらっしゃる）

「そうだぞシャーリー！　マティス殿も今にわたしの天使と婚約を解消したことを悔しがるに違いない！　シャーリーが社交界デビューした暁には、世の中の男すべてが君の虜になるだろうからね！　マルゴ！　シャーリーに蜂蜜たっぷりのミルクティーを！」

（……お父様の目には分厚いフィルターがかかっていそうね）

この二人のシャーリーに対する溺愛っぷりはほかに類を見ないほどかもしれない。

（でも、なるほど。こうしてシャーリーは出来上がったのか……）

積まれていくお菓子。たっぷりと蜂蜜が注がれた甘そうなミルクティー。にこにこと満面の笑みでこれらの脂肪と糖分の塊を勧めてくる両親。メイドだけじゃない。この家の住人すべてがシャーリーをシャーリーにした諸悪の根源だ。

（太るに決まってるわ……）

両親には悪気はないのかもしれない。可愛い娘に幸せな思いをしてほしい。その一心なのだろう。

なまじ裕福なため、太ってドレスが着られなくなっても無問題。着られなくなったら新しいものを仕立てればいいじゃないと言わんばかりに、体型については一切合切、問題視していなかったに違いない。

（だめだわ）

このままの生活を続けていれば、近い将来、シャーリーは肥満が引き起こす様々な病気を発症してぽっくり逝くことになる。ここは異世界。日本より医学が発展しているとは思えない。煩ったら最後、あの世逝きだ。せっかく転生したのだから長生きしたい。

シャーリーはじーっとお菓子の山を見下ろして、拳を握りしめた。

「お父様、お母様」

「なぁに、シャーリー？」

「なんだい、私の天使」

両親がそろって満面の笑みを浮かべる。

シャーリーはそんな二人をキッと睨みつけて、高らかに宣言した。

「わたし、ダイエットします！」

シャーリーのダイエット宣言を聞いた両親の反応と言ったら、まるでこの世の終焉を見たかのようだった。

父ローランドは目を剝いて、母ジュリエットは目に涙を浮かべ、崖の上から飛び降りかけている娘を押しとどめようとするかのような必死さで縋りついてくる。

「ダイエットなんて、そんなつらいこと！」

「そうだ、シャーリーがそんな苦しい思いをするなんて！」

「気にしなくていいのよ、あなたはこんなに可愛いんだもの！」

「ちょっとくらい太っていた方が、健康的でいいじゃないか！」

（……これが『ちょっと』に見えるならよっぽどね）

シャーリーはすでに自分が何度ため息をついたのかわからなくなっていた。

さながら傷心の娘が自傷行為に及ぼうとしているのを見たかのような慌てぶりに、さすがのシャーリーも途方に暮れる。

ダイエット宣言は早まったかもしれない。

この様子だと、ダイエットに猛反対の様子の二人に妨害されるのは必至だろう。

（計画変更。この二人は危険だわ）

ここまでがっつり贅肉がついていたら、一朝一夕で落とせるようなものではない。ダイエットを成功させるためには綿密な計画が必要だ。急激に体重を落とすと、伸びた皮がみょーんと余ってしまう。それはシャーリーの美意識的に許せないから、緩やかに、時間をかけて、引き締めながら少しずつ体重を落としていくべきだ。

（よし、一年計画でいきましょう！）

シャーリーがデビュタントとして出席するはずのデビュタントボールは二か月後。とてもではないがダイエットは間に合わない。

ローランドは国の要職についているため、シーズンオフのこの時期も王都にいて領地には戻らない。兄は領地でのんびりしているようだが、シャーリーは領地よりも王都の方が美味しいお菓子がそろっているという、なんとも自堕落な理由で両親について王都に滞在していたようだ。

このまま二か月後のシーズンになれば、王都にいるのだから否が応でもデビュタントボールに連行される。

(デビュタントの時に着るのは純白のドレス。……この体型で、純白のドレス。――ぜったいいやああああああ!)

デビュタントは、成人式のようなものだ。一生に一度の晴れ舞台。そんな大切な日を、こんな贅肉たっぷりのお腹周りで迎えたくない。

(よし、決めた!)

ダイエットの敵である両親を遠ざけ、なおかつ今年のデビュタントを避けて一年の猶予を作る方法。

シャーリーは胸の前で指を組んで、瞳をうるうると潤ませて両親を見上げた。

「お父様お母様。わたし、マティス様に捨てられて、心が苦しすぎて甘いものも喉を通りません。一年ほど領地で静養したいのですが、デビュタントを一年後にずらすことはできますか?」

ダイエットの敵から距離を取って、一年ほど領地で生活し、肉体改造に取りかかるのだ。そのためには、苦手な演技も厭わない。

すると、シャーリーの大根役者な嘘泣きをあっさり信じた両親が滂沱の涙を流しはじめた。ドン引きである。なんだこの両親。

「シャーリー！　なんて繊細な子なの！」

「儚いシャーリーには婚約破棄はショックが大きすぎたんだね！」

この体型のどこを見たら儚そうに見えるのだろう。

ともあれ、娘に激甘の両親は、大泣きしながら勝手にいろいろ勘違いしてくれて、あっさり一年間の療養生活の許可をくれた。

（よし！）

シャーリーは泣きじゃくる両親に左右から抱きしめられつつ、心の中でガッツポーズである。

こうしてシャーリーはデビュタントまで一年間の猶予を取り付けて、領地で悠々自適なダイエット生活を送ることになった。

2　ダイエットはじめます！

食べるものは高タンパク低脂肪な鳥のささ身や胸肉中心。

たくさんの野菜と、炭水化物はちょっとだけ。そして、適度な運動とストレッチ。マッサージで引き締めることも忘れない。

（体重を一気に落とすのは厳禁。……この世界に体重計がないのがつらいけど、カロリー計算をしっかりすればなんとかなる、かな）

フォンティヌス伯爵領は王都の南西部に隣接している。

王都の両親に別れを告げて領地にやってきたシャーリーは、ダイエット計画をびっしり紙に書きだすと、王都からついてきてくれた侍女であるエレッタにダイエット宣言をした。

エレッタはシャーリーの宣言を聞くなり、急におろおろしはじめた。どこかで頭でも打ちましたかと大変失礼なことを訊かれたが、頭をぶつけたのはあながち間違いでもなかったので、それにはノーコメントを貫く。まさか前世の記憶がよみがえりましたなんて、馬鹿正直に答えられるはずもない。

仕方がないので「元婚約者のマティスに豚呼ばわりされて傷ついたから、ダイエットして見返すことにした」と答えたところ、今度はエレッタは顔を真っ赤にして怒りだした。

「お嬢様！　そんな失礼なことを言われては黙っていられませんね！　お嬢様はちょっとばかしぽっちゃりさんで、それでももちろん、充分すぎるほどお可愛らしいですが、言われるままに泣き寝入りするのは女の名折れ！　きっちり見返して、土下座で謝罪させましょう！」

エレッタは鼻息荒くまくしたてる。

エレッタの剣幕に驚いたシャーリーだったが、ダイエットの邪魔をされる心配はなさそうだとホッとした。

領地の邸のシャーリーの部屋で、エレッタと二人で拳を握りしめてダイエットの誓いを立てていたら、領地でのんびりとすごしていた兄のルシアンがやってきた。

「……何をやっているんだ、お前」

妹が侍女と二人で騒いでいたから気になったのだろう。

ルシアンにも同じくダイエット宣言をすると、彼はあきれた顔をした。

「何を騒いでいると思えばそんなことか。ようやく痩せる気になったのはいいことだが、三日坊主で終わらないように気をつけろよ。それにしても、いくら言ってもお菓子をやめなかったお前が、男にフラれたくらいで痩せる気になるなんてな。お前も一応女だったんだな」

あんまりな言いようである。

どうやらルシアンは、両親と違って妹に激甘ではないらしい。

小馬鹿にしたような笑いは気になったが、ルシアンがひとまずダイエットの敵ではないとわかってシャーリーはホッとした。ダイエットの最大の敵は周囲の人間の甘やかしだ。ダイエットには必ず苦しい時期があって、その時に「もうやめてしまいなさい」と甘いお菓子を差し出されれば、ころっと誘惑に負けてしまう。そしてリバウンドして元の木阿弥（もくあみ）になるのだ。だから、そんな敵がたくさん存在するような環境でのダイエットは、必ずと言っていいほど失敗する。

（目算でマイナス三十キロ！　これだけ落とせれば素敵なスリムボディになるはずよ。一か月マイナス三キロ計画で行けば無理なく痩せられそうだし、体重激減で皮がたるんだりしないはず！）

　そうと決まれば、シャーリーはさっそくキッチンをジャックすることにした。

　リッチなフォンティヌス伯爵家は専属の料理人を雇っているが、彼らの出すものはどれもこれもハイカロリーだ。お菓子をやめても、三食カロリーの高いものを食べていればダイエットにならない。だから、自分の食べるものは自分で作ることにしたのである。元料理研究家の腕の見せ所だ。

　シャーリーが鼻歌交じりにキッチンへ向かうと、夕食の準備に取りかかっていた料理人が目を丸くした。

　フォンティヌス伯爵家にはメインのキッチンのほかに、サブで第二キッチンがある。シャーリーが、パーティーの時くらいにしか活用されない第二キッチンを使わせてほしいと頼むと、料理人は怪訝（けげん）そうにしながらも「使っていないからかまいませんよ」と許可をくれる。

「おい、シャーリー、何をする気だ？」

　キッチンに向かうと言ったシャーリーについて降りてきたルシアンも訝しそうだ。エレッタもきょとんとした顔をしている。

「何って、料理よ」

第二キッチンに向かいながらシャーリーが答えると、ルシアンが「は?」と首をひねった。無理もない。ローゼリア国では、貴族女性が料理をすることはまずない。料理をするのは労働者階級の人の仕事で、特権階級の人は料理どころかキッチンに立つこともないのである。

「ダイエット料理を作るの。ダイエットの基本でしょ?」

「……そういうものか?　よくわからんが、まあ、怪我だけはするなよ。お前が怪我をすれば、俺が父上に怒られるんだからな」

ルシアンはシャーリーが料理をすると言っても目くじらを立てたりはしなかった。好きにしろと言いつつ、心配しているのかしていないのかよくわからない忠告をくれる。けれども料理人に、念のためたまにでいいから様子を見に行ってやってくれと頼んでくれたあたり、兄なりに心配してくれているのだろう。口は悪いが、なんだかんだとルシアンは優しい。

シャーリーはルシアンにお礼を言いつつ、意気揚々と第二キッチンの扉を開けた。


(わあ!　憧れのアイランドキッチン!　広っ!　オーブンも大きいし、ピザ窯(がま)みたい!)

シャーリーは目を輝かせた。

シャーリーが佐和子だったときに住んでいた東京のマンションのキッチンは、それほど広くはなかった。キッチンの広さを重視して選んだマンションだったので、もちろん狭くはなかったが、東京で立地条件がよくてセキュリティーも完備しているマンションはとにかく高い。料理本がそこそこ売れて、テレビにも雑誌にも引っ張りだこだった佐和子の収入は、もちろん、その辺のサラリーマンに比べると高かったけれど、それでも収入の中から家賃に出せる割合で選んだマンションは、ほかよりちょっと広いかな程度のキッチンがついた2ＬＤＫだった。

（はー！　これだけで異世界転生万歳って感じがするわー！）

シャーリーはすりすりとキッチンに頬ずりする。

この広いキッチンを好きに使っていいとは、なんて贅沢なのだろう。いっそのこと、ベッドを運び込んでここで生活したい。ここが自分の部屋でいい！

「お、おじょ、お嬢様……？」

すりすりとキッチンに頬ずりしていると、エレッタが口元をひきつらせていた。見開かれたエレッタの目が、「やっぱり頭でも打ったんじゃ……？」と言っている。

シャーリーは慌てて頬ずりをやめると、苦し紛れの言い訳をした。

「ほ、ほら！　大理石のキッチンが冷たくって気持ちがいいなぁ……なぁんて……」

「さ、左様でございますか？　まさか熱でも……」

「ううん！　熱なんてないから！　ほ、ほら！　今日は暑いでしょ？　だからね、冷たいものがほしいなーって」

「確かに今日は暑うございますわね。気がつかずに失礼いたしました。すぐに冷たい飲み物でもご用意いたしますわね」

　エレッタがホッとしたような表情を浮かべて、キッチンの端でお茶の準備をはじめた。

　どうにか誤魔化すことに成功したシャーリーは胸をなでおろして、改めてキッチンの中に視線を這わせる。

　鍋も包丁もピカピカに磨かれていて、うっとりしてしまう。キッチンの奥にある収納庫には、調味料や小麦粉などが置いてあった。さすがに生ものは、普段使っていない第二キッチンには置いていないらしいけれど、第一キッチンにある材料を好きに使っていいと料理長から言われている。フォンティヌス伯爵家はお金持ちなので、ケチらずに好きなものを好きなだけ使ったところで怒られない。うっとりしてしまう。料理研究したい放題。痩せるまではダイエット料理しかできないというのが難点だが、包丁が握れるだけよしとしよう。太っていること以外は、とってもいい環境に転生できたようだ。

（ダイエットが成功したらもっといろいろ作ってみたいなー）

　ローゼリアの食は、フランス料理とイタリア料理の間を取ったものが近いと思う。もちろんここは異世界なので、それらとも微妙に違うのだが、せっかくなのでこの世界にあるもので和食に近い料理は作れないだろうか。ダイエットと言えば和食である。少なくとも元日本人のシャーリーはそう信じて疑わない。

（問題は味噌や醤油がないことよね。ビネガーらしきものはあるけど、穀物酢じゃないから風味が変わるし……。海藻文化もないみたい。ここからは海が遠いから海の魚を手に入れるのは難しそうだし、冷蔵庫とか冷凍庫もないし、車もないから遠出できないし）

そう考えると、魚や昆布から取る出汁は諦めた方がいいだろう。そうなると鶏ガラや豚骨から出汁を取ることになるが、和風のイメージではないし、海産物系の出汁と比べればカロリーが高い。

（うーん、和食は難しいかな？　仕方ない。和食についてはまた今度考えることにして、当面はポトフと鶏肉メインで、トマトからリコピンを取り入れて……、豆腐があればよかったけど。大豆はあるみたいだから豆乳くらいなら作れるわよね）

ローゼリアの食事情と、食糧庫の中身を確認しながら考える。

「よし、最初はお試しってことで！　作ってみますか！」

シャーリーはエレッタが用意してくれた、キンキンに冷えた――とは言い難い、微妙に生ぬるいアイスティーを飲み干して、さっそく料理に取りかかった。

出来上がった料理に満足していると、そばで見ていたエレッタが目を丸くしていた。

キッチンから漂ういい匂いにつられたルシアンや料理人たちが第二キッチンに集まってきて、入口から中を覗き込んでいる。

シャーリーが作ったのは、野菜たっぷりのスープと、香辛料をきかせて満足感をアップさせた大豆とトマトの煮物。そして油分を極限まで控えるためにあえて無駄な手は加えずに、シンプルな茹で卵を作った。

ローゼリアは卵文化が発達しているようで、きちんと管理された養鶏場がある。卵を生で食べる人は少ないようだが、生で食べても問題ないほど衛生面もきちんとしているようなので、卵が大好きなシャーリーとしても嬉しい限りだ。

(別に珍しいものを作ったわけではないと思うんだけど)

シャーリーが作った料理はどれもシンプルなもので、別段珍しいものは作っていないと思う。味付けは違うだろうが、似たような料理はローゼリア国にも存在している。それなのに、どうしてみんな珍しいものを見るような目で、キッチンの中を覗き込んでいるのだろうか。

視線が気になりながらも、シャーリーはそれぞれの料理を皿に盛る。スープは大盛だ。野菜中心に作ったスープで、野菜から出汁を取りたかったから具材は多め。ダイエット中に不足しがちなビタミン類を補うため、これはたっぷり食べても問題ない。

「………お嬢様……、あのぅ、お嬢様は、料理をどこで学ばれたのですか……?」

長い長い沈黙の後で、エレッタが遠慮がちに訊ねた。

料理をダイニングに運ぶため、ワゴンの上に乗せていたシャーリーはきょとんとして、それからハッとする。

ローゼリア国では上流階級の女性は料理をしない。わかっていたくせに、料理ができることに興奮して、周囲がどう思うかも考えずに料理をしてしまった。エレッタもルシアンも、料理をすると宣言したシャーリーが、まさか料理に成功するとは思っていなかっただろう。手際よく何品も作り上げてしまったせいで怪訝がらせてしまったようだ。

(あー……、最初は失敗するくらいにしておいた方がよかったのか……)

シャーリーとして生きた十四年の記憶はあるけれど、前世である佐和子の記憶が混ざったせいか、この世界の常識がまだきちんと理解できていないようだ。

佐和子の時と比べると、シャーリーは身長が低いし手も小さい。そのせいか手間取った部分もいくらかある。しかし、エレッタたちから見れば、シャーリーは伯爵令嬢に似つかわしくない手際のよさで料理をしたことになる。さて、どう誤魔化したものか。

「ええっと……、ま、前から興味があって、ずっと料理長が料理をするのを見ていたの。見様見真似でも意外とできるものなのね、あ、あはははは……」

（苦しい！　苦しすぎる！　ああああああ……！）

内心で頭を抱えながら、秘儀、笑って誤魔化せ作戦に出てみたところ、意外にもエレッタはあっさり頷いた。

「確かにお嬢様は食い意地が――い、いえ、食べることが大好きでございますからね」

「俺はてっきり、お嬢様が待ちきれなくなってキッチンに催促に来ていたと思っていたんですが、料理に興味があったんですか。言ってくだされればお教えしたのに」

料理長もうまく誤魔化されてくれたようだ。

ルシアンに至っては、シャーリーが作ったスープを覗き込みながら、

「お前もようやく食うこと以外に興味を覚えたのか。この際、食うこと以外なら料理だろうとなんだろうとかまわない。ここにいる間は大目に見てやるから好きにしろ」

などと憎まれ口をたたく。

そのくせちゃっかり「味見をさせろ」と言い出すから、シャーリーは苦笑してしまった。妹が作ったものがよほど気になるのか、ルシアンの目は先ほどから、そわそわと料理の上を行き来している。

「普通の野菜スープだけど」

よこせと言われたので小さめの深皿によそって差し出せば、ルシアンは行儀が悪くも立ったままそれを口に運んだ。そして、大きく目を見開く。

「嘘だろう？　……うまい」

（そんな、奇跡を目の当たりにしたような顔をしなくてもいいのに……）

スープが美味しいのは当たり前だ。具材のほかに、鶏ガラ、野菜くずなども余さず利用して、しっかり出汁を取ったのだ。隠し味はほんの少しだけ使った、軽くあぶったベーコン。ベーコンの脂の甘みがスープに溶け出して、さっぱりとした野菜スープに深みを落としてくれている。

ルシアンはあっという間にスープを完食すると、当然のようにお代わりを要求してきた。それを見た料理長たちも次々に味見させてほしいと言い出して、気がつけば、鍋に残っていたスープはからっぽになってしまった。多めに作って明日の朝食に回そうと思っていたのに、残念極まりない。

残っていた大豆とトマトの煮物もしっかりと食べつくされて、ルシアンがさらにシャーリーの夕食分まで奪い取ろうとしたので、さすがにこれは死守をする。ダイエットをすると決めたが、空腹にあえぐのはいただけない。

「また作ればいいだろう」

「今から作ったら遅くなるでしょ！」

夕食の時間にはまだ少し早いが、作り直していれば逆に遅くなる。夜遅くに食事をすると太りやすいのだ。兄は不満そうだが、元はと言えばこれはシャーリーが自分で食べるために作ったものである。断じて、ルシアンの間食用に作ったものではない。

「お嬢様、少しいいですか？　こちらのスープの出汁は何で取られたんです？　具材の出汁だけではありませんよね」

料理長からの質問だった。

シャーリーは首をひねりながら、スープの出汁に使った鶏ガラと野菜くずを見せる。

「これよ」

「……これ、ですか？」

料理長が目を丸くする。佐和子が暮らしていた日本でも、くず野菜から出汁を取る人は少なかったかもしれない。少なくとも、一般家庭ではあまり見ないだろう。一時、野菜の皮や種などの使わない部分から出汁を取るベジダシが流行ったから知っている人は多いだろうが、実際にそれをしていた人は少ないと思う。

料理長の反応を見る限り、ローゼリア国でも、捨てる野菜を出汁に使う文化はなさそうだった。

シャーリーはまたしてもやらかしてしまったのかと青くなったが、料理長はそれについては何のツッコミもせず、逆に目をギラギラさせて食い入るように野菜くずを見つめていた。

「野菜の皮や種、芯からこんなにいい出汁が……、ここにあるのは玉ねぎと、ニンジンとキャベツ、それから……」

目がイっている気がする。大丈夫だろうか。

「明日も作るなら多めに作っておけよ」

ルシアンが当然のように言う。ちゃっかりした兄である。

（わたしのダイエット食なんだけど……）

しかし、ルシアンが言う通り多めに作らなければ、明日からシャーリーは飢えと戦うことになりそうだ。ルシアンは容赦なくシャーリーの食事を奪っていく、そんな気がする。兄というものは、どこの世界でも理不尽な生き物だ。

シャーリーのダイエット生活は、違った意味で前途多難な幕開けとなったのだった。

3　あなたに興味はございません！

シャーリーのダイエット作戦は、見事に成功したと言っていい。

丸一年を領地ですごしたシャーリーは、十五歳になっていた。

バランスのいい食事と適度な運動がよかったのか、一年で身長が五センチ以上も伸びた。もともと小さかったので、五センチ伸びたところで小柄なことは変わらないが、まだまだ成長期である。これからに期待しよう。

一年延期したデビュタントボールのため、シャーリーは王都にあるフォンティヌス伯爵家へ戻ってきた。フォンティヌス伯爵領は王都の隣にあるので、王都までは馬車で丸一日ほどでたどり着く。

王都の貴族街にあるフォンティヌス伯爵家に到着すると、シャーリーは両親から熱烈な歓迎を受けることになった。

「おかえり、シャーリー！」

「まあ！　なんて可愛らしいのかしら！」

「半年前に会ったときもずいぶん大人びたと思ったが、さらに美人さんになったな！」

「うふふ、だんだんわたくしに似てくるわね！」

両親からそれぞれハグを受けて、シャーリーは苦笑した。

仕事の忙しい父ローランドは滅多に領地へ戻ってこられないため、シャーリーと会ったのは半年前が最後だった。半年前でも元の体型を思えばシャーリーはかなり痩せていたが、残り半年でしっかりと整えた体は、目標にしていた目算マイナス三十キロをクリアして、見違えるほどにスリムになっている。

まだ十五歳なので、胸元が淋しいのは致し方ない。けれどもほっそりとした小鹿のような手足に、しっかりとくびれた腰、シャープになった顔の輪郭。痩せたせいか目も大きくなって、どこからどう見ても「ザ・美少女」である。サラブレッドの子はやはりサラブレッドだったようだ。遺伝子万歳。異世界転生万歳！　転生先が美少女って、最高だ。

（自分の顔なのにずっと鏡を見ていられるわ！）

まだこの顔が自分だとは信じられないほどだ。兄のルシアンも相当な美青年で、その顔立ちの中に痩せた自分を想像したりしたものだが、同じ遺伝子を引き継いでいても男女ではやはり違う。ルシアンは凛々(りり)しい感じだが、シャーリーはふんわりと柔らかい雰囲気で、母ジュリエットの言う通り、彼女の顔立ちを濃く受け継いだようだ。

（睫毛も長くてふさふさで、一センチは軽く超えてそう）

自分の睫毛がどのくらい長いのか、いつか定規で測ってみたいものである。

「デビュタントボールは三週間後だよ。急いでドレスを作らないとね。去年用意していたものは……、サイズが合わないだろうからね」

父が微苦笑を浮かべた。それはそうだろう。大げさではなく、今のシャーリーはおよそ半分のサイズになっているのだ。去年のドレスなんて、どこもかしこもぶかぶかだ。

デビュタントボールまで三週間しかないので、急いで仕立て屋を呼ばれることになる。

デビュタントの時は真っ白いドレスを着るのが慣例だ。露出は控えめで、ふんわりと雪の妖精のような柔らかく初々しい感じのドレスが好まれる。ただし、全体をふんわりさせすぎると野暮ったい感じになってしまう。つまるところ、デザイナーの腕が如実にわかるドレスなのだ。

前回のドレスも、ローランドが王家も御用達にしているほど有名なデザイナー、テレーゼに依頼して作らせたものだった。今回もテレーゼに無理を言って、すでにスケジュールを押さえているらしい。

テレーゼは数年前に台頭してきたデザイナーで、まだ二十代後半と、名前が知られているデザイナーたちの中では若い方だ。デザイナーとして有名なマダム・ファージーのところで修業を積んで、のれん分けという形でデザイナーデビューをした。どちらかと言えば、十代から二十代前半の、若い世代の女性に人気がある。若い女性たちの憧れ、第一王女アデルの御用達デザイナーなのだ。

テレーゼは明後日に採寸とデザインを決めに、フォンティヌス伯爵家へ来てくれるという。

「シャーリーが社交界デビューをしたら、次々に求婚者が現れるかもしれないな。嬉しいような淋しいような複雑な気持ちだよ」

ローランドはそう言って、ぎゅっとシャーリーを抱きしめる。

ローランドの腕の中で、シャーリーは考え込んだ。

（求婚者ね……）

佐和子だった時はそろそろ結婚したいと思っていた。三十歳を過ぎて、周りの友人たちが次々に結婚していったこともある。離れて暮らしていた両親から「結婚はいつ？」とせっつかれていた焦りもあったのかもしれない。けれども今は生まれ変わって十五歳。正直言って、十五歳の小娘の前に求婚者がずらりと並ぶ様は想像できない。というか、嫌だ。

（だってまだ十五歳よ？　まだまだいっぱいレシピも作れるだろうし、ダイエットも終わってようやく料理研究できるって時に、求婚者はいらないかな？）

貴族女性は原則料理をしないという文化のローゼリア国だ。領地にいたときはルシアンが許可をくれたから第二キッチンに我が物顔で出入りできたが、結婚すればそうはいかない。名門フォンティヌス家の娘であるシャーリーの嫁ぎ先は例外なく貴族であると考えていい。料理なんてさせてくれるはずがない。

（あー、無理。料理できない環境に嫁ぐとか、無理！）

とはいえ、貴族女性に生まれたならば、結婚は避けては通れない道である。貴族の結婚は自身の幸せよりも、家同士のつながりや繁栄を考えなくてはならない。つまり家のために結婚しなくてはならないのだから、生涯独身なんて修道院にでも入らない限り無理な話だ。

それはわかっているから、いつかは諦めて嫁ごうとは思う。けれども少なくともあと数年は自由にしたい。好きなだけ料理をさせてほしい。だが、それを父ローランドに言ったらどうなるだろう？

ローゼリア国では、貴族女性は十六歳から二十歳が適齢期だ。二十歳を過ぎれば嫁ぎ遅れと言われる。佐和子だった時の価値観で言えば「はあ?」と声を裏返したくなるところだが、それがこの国の女性の扱いなのだから文句を言ったところで仕方ない。女性貴族の結婚は政治的な意味合いが強いので、いい条件で売れるときに売ってしまいたいのだろう。

ローランドが愛娘(まなむすめ)を家のための奴隷にするとは思えないが、逆に言えば娘が嫁ぎ遅れて後ろ指を指されることを良しとするとも思えない。嫌だと言っても、あの手この手で説得されて、二十歳を過ぎるまでには嫁がされると考えるのが自然だ。

(二十歳か……、二十歳まで逃げ回ったとしてもあと五年。短っ!)

マティスから婚約破棄されたという事実は、シャーリーの結婚にどれだけ影響を及ぼすのだろうか。しっかりと濃い影響を落としてくれれば、婚約者もなかなか決まらず、長めに逃げ回れるかもしれない。溺愛する娘をどこかの男やもめに無理やり嫁がせるようなことは、ローランドはしないはず。そう考えれば、マティスから婚約破棄されたのはある意味ラッキーだったかもしれない。

(人を豚呼ばわりする男と結婚したくもないし。むしろ破談になってよかったわ。……でも、念には念を、よね)

マティスのおかげですぐには求婚者が現れないかもしれないが、父が下手に頑張らないように、ここはしっかりと釘を刺しておかなくては。

シャーリーはローランドの腕の中で顔をあげ、困ったように眉尻を下げた。

「わたし、お父様以上にカッコよくて優しい男性でないと、結婚したくありません」

この発言は効果てきめんだったようだ。

「シャーリー！」

ローランドは感激し、さらにぎゅうぎゅうとシャーリーを抱きしめてきた。

「求婚者が現れても、しっかりふるいにかけてあげるからね！」

そんな父を、母ジュリエットが頬に手を当てて微笑みながら見ている。ジュリエットは基本的に夫の意見には逆らわない人なので、ローランドさえ攻略できればなんとかなる。

（よし、これでひとまず大丈夫よね？　しばらくは『この方はお父様よりカッコよくありません』で逃げ切れる！）

本音を言えば、料理することを許可してくれる男性がいいと条件をつけたいところだ。もちろんこれを言えば難色を示されるのがわかっているので口には出さない。

ローランドは、シャーリーが領地の邸で料理をしていたことを知っている。しかし、自領の邸の中でこっそり料理をすることは許されても、それが他人に漏れるようなことは良しとしないはずだ。フォンティヌス家は娘を使用人のように扱っていると、いらぬ噂を立てられかねない。

王都に戻って来たときも、ここで料理をするのならばせめてお菓子だけにしておきなさいと釘を刺された。お菓子であれば、チャリティーバザー用に作っているのだという言い訳が通るからである。

デビュタントボールが終われば、そのまま社交シーズンに突入である。しばらくは領地に帰れないだろうから、大好きな料理はシーズンオフまでお預けだ。

（ローゼリアのシーズンは、秋から晩春まで。はあ、長い……）

シャーリーはちょっぴり憂鬱になって、ローランドの腕の中でこっそりと嘆息した。

デビュタントボール当日。

シャーリーの様相は、まさに妖精と言わんばかりだった。

柔らかい蜂蜜色の髪はおくれ毛を残して結い上げられて、細い首には朝露のように輝くダイアモンドの華奢なネックレス。

ドレスは百合の花を逆さまにしたような形の、裾にかけてふんわりと広がるデザインで、よく見ると生地と同じ白い糸で繊細な刺繍が施されている。襟を詰める分、肩は肌が透けるように薄いレースで仕上げられて、肘までの絹の手袋には、ライラックの糸で小さな花の刺繍が入れられて、ちょっとしたアクセントになっていた。

デビュタントボールの前に、今年デビュタントを迎える令嬢たちは国王夫妻に挨拶を行う。

国王夫妻の待つ広間の手前までのエスコートは父や兄が行うことが多く、シャーリーはもちろんローランドにお願いした。むしろそれ以外の選択肢はなかったからだ。ルシアンにお願いでもしようものなら、父が拗ねに拗ねまくるのが目に見えていたからである。

親バカであるローランドは、朝から何度も「可愛い！」「私の天使！」と繰り返してはルシアンにあきれられていたが、本人はまったく気にならないようで、その娘への大絶賛は城に入ってからも続いていた。

　ローランドではないが、シャーリーも自身の仕上がりには大満足だ。

（ダイエット頑張ってよかったわ）

　ナルシストと言われようとかまわない。この顔はマジで天使。もともと整っていた顔立ちが、薄く化粧をしたことによってさらに際立っている。自分の顔なのにいつまでも見ていたいなんて、佐和子時代には一度も思わなかった。

　父にエスコートされながら、広間へ向かう。デビュタントの挨拶は城の二階にある広間で行われて、そののち夕方から一階の大広間で、盛大にデビュタントボールが開かれるのだ。

　広間へ続く廊下には、多くのデビュタントたちが並んでいた。シャーリーも、父と一緒にその列に並ぶ。順番に名前が呼ばれて広間に入り、国王夫妻に挨拶をするのだ。エスコート役のローランドは中には入れず、広間の外でシャーリーが挨拶を終えるのを待つ形となる。

　挨拶の練習は何度もしたし、大丈夫なはずだ。

　シャーリーが次第に高鳴っていく胸の上を押さえて長い列の先を見つめていると、こそこそと小さなささやきが耳に入ってきた。その声の中にシャーリーの名前が混ざっている気がして首をひねる。

　どこか変だろうかとドレスを見下ろすと、隣でローランドがくすりと笑みをこぼした。

「みんな、シャーリーが可愛いから見ているんだよ」

ささやかれて、まさかと思ったが、よくよく考えてみれば痩せたシャーリーが人前に出るのはこれがはじめてだ。もともとぽっちゃり体型だったシャーリーのことを知っている令嬢たちにとって、突然スリムになって現れたシャーリーは別人のように映るだろう。

(もしくは、一年前の婚約破棄の噂がまだ鎮火していない……ってところかしら?)

一年もたてば、シャーリーがマティスから捨てられたことなど誰もが忘れていると思ったが、考えが甘かったのかもしれない。新たな求婚者を避けるためには覚えていられた方がいいのだろうが、同性からの視線は別物だ。

若干の居心地の悪さを覚えながら、シャーリーより前に並んでいる令嬢たちが、一人、また一人と呼ばれていくのを見やる。

デビュタントの挨拶は、広間の入口である扉から国王夫妻の座る玉座までをまっすぐに歩き、玉座手前の短い階段のところでカーテシー。その後、国王陛下から一言——まあ、全員同じような言葉がかけられるのだろうが——いただき、来た道をしずしずと戻って退出する。

時間にすると、五分もないだろう。だが、ここで転ぶなどして失敗してしまうと、あとあと国王夫妻の中に悪い印象が残ってしまうため、わずか数分の出来事であっても気が抜けない。令嬢たちはみな、戦地へ赴くような緊張を強いられる。

カーテシーは片足を斜めに引いて、もう片足を折り曲げて、しかし背筋は伸ばしたままという、慣れないと難しい挨拶だ。

シャーリーもこの日のために幾度練習したことか。最初は曲げた足がぷるぷると震えて、頭が左右にゆらゆらと揺れたが、ようやくまともに挨拶ができるようになった。母ジュリエットからも、これならば大丈夫だと太鼓判を押されている。だから、いつも通りやれば大丈夫だと信じているが、不安は完全に消えるものではない。

（人、人、人！）

シャーリーは手のひらに三回「人」という文字を書いて飲み干す。緊張を緩和するという前世の迷信だが、しないよりはいいだろう。隣でローランドが不思議そうな顔をしているが、それに気づく余裕はシャーリーにはない。

まもなく名前が呼ばれて、シャーリーは顔をあげた。

入口から玉座まで、赤い絨毯（じゅうたん）が一本の道のようにまっすぐに敷かれている。上品に見えるように、シャーリーは絨毯の上をゆっくりと、けれども遅くなりすぎないように気をつけながら進んでいった。ドレスは裾が長く、うっかりしていると裾を踏んでしまう。裾さばきも練習したが、これがなかなか難しいのだ。

国王夫妻は階段の上。一メートルほど高いところにある玉座に座っていた。視界にちらりと二人の顔が映ったが、緊張からか、目にしたはずの顔が認識できない。

シャーリーが黙ってカーテシーをすると、国王が口を開いた。

「そなたの門出に、幸あらんことを祈っている」

国王は優しそうな声をしていた。シャーリーは深く礼をすると、来た道を戻っていく。広間の外で待つローランドのそばに戻ってくると、今になって緊張で膝が笑った。

「おめでとう。これでシャーリーも大人の仲間入りだ」

ローゼリアでは社交界デビューすることと大人になることは同じことだ。十五歳で大人だと言われると不思議な気がするが、ちょっと誇らしい。

（今更だけど、この国の――、この世界の一員になったような気がするわ）

シャーリーは佐和子ではなく「シャーリー」だ。この世界で前世の記憶を取り戻したその瞬間からわかっていたことだが、頭で理解しようとしても心はなかなか追いついてこなかった。どこかまだ夢を見ているような気持ちだった。けれども、今この時を迎えて、シャーリーはようやく、シャーリーとしてこの世界を生きるのだと、本当の意味で理解できた気がする。

シャーリーはまだ高鳴っている心臓の上に手を置いた。

前世に未練がないわけではない。事故で唐突に命を落としたことで、佐和子の両親は、兄は、友達は、きっと悲しんだと思う。それを申し訳なく思う気持ちも、もう一度彼らに会いたいと思う気持ちもないわけではない。でも――

シャーリー・リラ・フォンティヌス。

もうこの名前が、この世界が、自分の生きていく場所なのだと、シャーリーはようやくその事実を受け入れられた気がした。

国王夫妻への挨拶の後はパーティーがあるが、パーティー開始まではまだまだ時間があった。

シャーリーはパーティー開始までの時間を、城に用意されている控室ですごすことにした。ローランドは一度邸に戻って、パーティーの時間に合わせてジュリエットとともに来るらしい。ルシアンも出席すると言っていたから、一緒に来るのだろうか。

控室は城の二階に用意されていた。

一人一部屋とはいかないが、いくつもの部屋が用意されていて、五、六人ずつに振り分けられる。デビュタント全員が控室を利用するわけではなく、自宅に戻る人もいるが、大半は控室を利用するそうだ。なぜなら、今年社交界デビューしたデビュタントたちにとって、控室は友人を作るために最適な場所だからである。大げさな言い方をすれば、ここで誰と仲良くなるかで、社交界のどの派閥に属するのかが決まるのだ。もっともシャーリーは、その派閥とやらにはまったく興味がないので、振り分けられた部屋にいる令嬢たちと仲良くなれればそれでいい。

控室の振り分けは、身分が近いところで固められる。

シャーリーが与えられた部屋にいたのは、シャーリーのほかに伯爵令嬢が三人、侯爵令嬢が二人だった。シャーリーのフォンティヌス家は、王都のすぐ隣に領地を賜っている由緒ある家柄で、伯爵家の中でも格が上の方だ。そのため、同じ部屋にいる令嬢たちは必然的に、貴族社会の中でも上の方の身分の令嬢たちになる。

デビュタントを迎える令嬢たちは十四歳から十六歳がほとんどだ。シャーリーと同じ控室にいる令嬢たちも例外ではないようで、みんなシャーリーと同じくらいの年齢だった。

控室に案内されたばかりなので、みんなはまだ様子見中なのか、それぞれが微妙に距離を取って静かに座っている。

　何もすることがなくて暇なので、シャーリーは不躾にならない程度に彼女たちを観察することにした。彼女たちの顔と名前は一致している。部屋に案内されるときに、一人一人名前を呼ばれたからだ。

　まず、窓際の一人がけのソファに座って、窓に映った自分の前髪をしきりに気にしているのが、マルゴ・ディアンナ・レックボード伯爵令嬢。紅茶色の髪に青灰色の瞳の、シャーリーとさほど身長の変わらない小柄な令嬢だ。癖っ気なのか前髪が少しうねっていて、それが気になって仕方のない様子である。

　火のついていない暖炉のそばの揺り椅子でぼんやりしているのは、メリッサ・エナ・フィジー伯爵令嬢。まっすぐな黒髪に黒い瞳の、スレンダーな長身美少女である。濃い睫毛がびっしりと揃ったアーモンド形の目をしているからか、エキゾチックな雰囲気だ。

　本棚近くのテーブルの椅子に座って、本の背表紙を一つずつ目で追っているのは、ダリア・タバサ・エドヴァルド侯爵令嬢。視力が弱いのか、たまに目をすがめるようにしている。けれども好奇心に彩られた目をぱちぱちとしばたたく様子は、彼女が本好きであることを教えてくれた。

　部屋の中央におかれているソファには、シャーリーのほかに、キャシー・オズ・マーベラ伯爵令嬢と、シェネル・アンジー・イヴァンドル侯爵令嬢だ。

　キャシーが微妙に距離を取ってシャーリーの隣に座り、シェネルはローテーブルを挟んでシャーリーの対面に座っている。

キャシーはミルクティーのような色をしたきつめの巻き髪で、癖なのか、指先にくるくると髪を巻き付けては、たまにちらちらとこちらを見てくる。

シェネルはシャーリーを含む六人の中で一番泰然として見えた。艶やかな金髪を品よくまとめて、真珠の髪飾りでとめている。

誰一人口を開こうとしない中、城のメイドがティーセットを運んできた。しーんと静まり返った部屋の中では、カチャカチャとティーカップやお菓子を準備する音が異様に大きく響く。

茶請けのお菓子は、ガトーショコラのようなチョコレートケーキだった。

メイドが一礼して去ると、シェネルが大きなため息をついて、チョコレートケーキの皿をシャーリーの方へ押しやった。

「よかったら差し上げるわ。わたくし、ダイエット中なの」

高すぎず低すぎず、落ち着いた声だった。ダイエット中だと言うが、シェネルは決して太っていない。というか、痩せている方だ。身長はローゼリア国の女性の平均くらいで、まだ十代なのでもう少し伸びる可能性があるだろう。

「まあ、シェネル様もダイエット中なのですか？　実はわたくしも……」

一人が口を開いたからか、どこかホッとしたような表情を浮かべて、隣のキャシーが髪をいじるのをやめるとチョコレートケーキを見下ろした。

キャシーは小柄で、丸顔。太っているというほどではないが、痩せているわけでもなく、普通、といったところだ。

二人が食べないと言い出すと、残りの三人も途端にチョコレートケーキを遠ざけはじめた。みんな、自分の体型を気にするお年頃らしい。

シャーリーはちょっと考えたが、先ほどからお腹がすいていたこともあり、ここは空気を読まないことにした。

気にせずにチョコレートケーキにフォークを突き刺して口に運ぶ。食べすぎはよくないが、分量さえ間違えなければ、スイーツはダイエットの敵ではない。第一、シャーリーはダイエットを終えて目標体重まで体重を落としたので、甘いものを控える必要はないのである。

(んー！　濃厚！　美味しい！)

シャーリーがチョコレートケーキを食べはじめると、五人の視線がシャーリーに突き刺さった。

誰もがシャーリーの行動を非難しているように見えて、居心地が悪くなってくる。別に悪いことをしているわけではないのに、何か言い訳をしなければならないような気がして、シャーリーは口の中のケーキを呑み込むと、紅茶で喉を潤してから言った。

「えっと、食べすぎなければ、スイーツはダイエットの敵ではないですよ？　チョコレートにはポリフェノールも含まれていますし、少量であれば食べた方が……」

「ぽりふぇ……ええっと、なんですって？」

ダリアが首を傾げた。ポリフェノールはローゼリア国では知られていない単語らしい。

シャーリーは慌てて言いなおした。

「チョコレートには美容と健康にいい栄養がたくさん含まれているんですよ」

「まあ、そうなんですの?」

「美容に?」

「これに?」

　ダリアに続き、キャシーとメリッサも目を丸くした。

「はい。ですから少しは食べた方がいいんですよ。もちろん食べすぎはよくありませんが、我慢しすぎるのもよくありませんし」

　シャーリーがそう言いながらもう一口チョコレートケーキを頬張れば、五人の令嬢が互いに顔を見合わせた。

「美容と健康にいいのですよね?」

　マルゴが遠慮がちにケーキの皿に手を伸ばした。それを見て、シェネルを除く四人全員がチョコレートケーキの皿を手元に引き寄せる。

　四人が幸せそうにチョコレートケーキを口に運ぶ中、シェネルだけが優雅にティーカップを傾けていた。

「イヴァンドル侯爵令嬢は召し上がらないんですか?」

「シェネルで結構よ。あと、別にあなたの言うことを疑っているわけではないのよ。人づてに聞いたのだけど、あなた、もともと太ってらしたのでしょう? 今の痩せた体型を見る限り、あなたの言うことは間違っていないのでしょうし。でも、わたくしはただ痩せたいだけではないの」

　シェネルが言うと、四人の視線が一斉にシャーリーに向いた。

「確かに、シャーリー様は、そのぅ、去年まではぽっちゃりされていたと聞きましたわ。いったいどうやってお痩せになったのかしら？」

メリッサが興味津々に訊ねれば、残りの三人が大きく頷く。

社交デビュー前の令嬢は、親しい友人を除けば、あまり人に会うことはない。シャーリーは特に外へはあまり出なかったため、それほど多く人の目には触れていない。

それを考えれば、マティスがシャーリーの社交デビュー前に婚約破棄を突きつけたのも頷けた。シャーリーが社交デビューして、その体型を理由に婚約者である自分まで笑いものにされるのを避けたかったのだろう。

もっとも、年頃の令嬢たちは美容や体型の噂話にはピラニアのように食いつくので、実際に会ったことがなくても人づてに聞いていろいろなことを知っている。シャーリーが「ぽっちゃり体型」だというのは広く知られていたことのようなので、彼女たちが知っていても不思議ではない。

令嬢たちのキラキラした瞳を見る限り、彼女たちが痩せて綺麗になったシャーリーに興味を示したのはすぐにわかった。婚約破棄の噂も知っていれば、それもあわせて想像を搔き立てることだろう。このままでは根掘り葉掘り質問攻めにあいそうで、シャーリーは慌てて彼女たちの興味を別のところへ誘導した。

「ただ痩せたいだけではないとのことですけど、シェネル様はどのような体型になられたいのですか？」

シャーリーがシェネルに話題を振ることで令嬢たちの視線を避けようとしたのがわかったのか、

シェネルが微苦笑を浮かべた。

「わたくしは筋肉をつけたいんですの。理想は第一王女殿下のアデル様なのよ」

目標が第一王女アデル・コンスタンス・ローゼリアだと言われても、アデルと面識のないシャーリーはピンとこない。首をひねっていると、隣のキャシーが教えてくれた。

「アデル様は女性でありながら剣の腕に秀でていらっしゃるの。身長もすらりと高くて、とてもカッコいいんですのよ」

「カッコいい……?」

カッコいいとは、女性に使う形容詞としては珍しいのではなかろうか。

「ええ。凜々しくって、でも優雅で。わたくしもアデル様の侍女になることが夢ですの」

うっとりとため息をつくキャシーや、同調するように頷いているほかの令嬢たちを見ても、アデル王女が男性顔負けにモテることがよくわかる。

(あれかしら、宝塚的な……?)

女性でカッコいいと言われれば、思い浮かべてしまうのは宝塚である。というか、それ以外思い浮かばない。

(まあともかく、アデル様はカッコよくて、シェネル様はアデル様のような女性になりたいということでいいのよね?)

そのために筋肉をつけたいと言うのだから、つまるところ、アデルは引き締まった体つきをしているのだろう。

「それでしたら、脂肪分が少なくて高タンパクのものを食べたらよろしいですよ」

プロテインはこの世界にないだろうが、大豆もあったし、近いものなら作れそうだ。シャーリーは筋肉を必要としていないのでプロテインは必要ないが、望まれれば試しに作ってみてもいい。もちろん、領地に戻ってからのことになるが。

「こうたんぱく……?」

またしても聞きなれない単語だったらしく、シェネルが眉を寄せた。

(ああっ、またやっちゃった! この世界って、食べ物の栄養分析ってされていないのかな……?)

シャーリーは怪しまれる前に急いで誤魔化した。

「ええっと、例えば鶏のささ身とか、あと脂肪分の少ない赤身のお肉なんかも……」

「そうなんですの? お肉は太ると思って、お野菜中心の食事にしていましたわ」

「それだと痩せても筋肉はつきにくいですよ」

「まあ……、知らなかったわ」

シェネルは考え込むように視線を落として、それからにっこりと微笑んだ。

「シャーリー様は食べ物にお詳しいのね。わたくし、いろいろアドバイスがいただきたいのですけど」

すると、ほかの令嬢たちも全員シャーリーの周りに集まってきた。

「わたくしもダイエットの相談に乗っていただきたいですわ!」

「頑張っているのですけど、なかなか痩せなくて……、どうしたら痩せられるかしら?」

「身長を伸ばす方法はありまして?」

あっという間に取り囲まれたシャーリーは、令嬢たちの勢いに目を白黒させながら、パーティーがはじまるまでの間、ひたすらに彼女たちに食事のアドバイスをする羽目になってしまった。


デビュタントボールがはじまって、父と仲のいい貴族たちに挨拶回りをすませると、シャーリーはすっかり仲良くなった控室メンバーと談笑に興じていた。

けれども、六人が全員同じ場所に揃ったのは僅かな時間だけで、あっという間にシャーリーの周りからは人が減っていく。

なぜならシャーリーと同室だった令嬢たちは、社交界でも上位にいる裕福で由緒正しい家柄出身だからだ。そして何より、みんな可愛い。令嬢たちは、次々にダンスに誘われて、一人、また一人とダンスホールに消えていく。

シャーリーももちろん、例外ではなくダンスに誘われたが、気乗りがしなくて全員断った。だって、誰もがシャーリーが名乗ると「え……?」と思考を止めたような顔をするのだ。そして、じろじろと全身を眺められる。そんなことをされれば気分はよくないし、失礼だ。どんなに顔がよくて家柄がよくても、そんな男は願い下げである。

(腰のあたりをじろじろ見られるけど、いくらコルセットで締めてもここまで細くならないわよ!

別人かって聞こえてるっつーの！　人の体型をとやかく言う前に、女性に対するマナーを学んできなさいよね！）

マティスにしてもそうだが、この国の男性は女性に対するマナーを知らなすぎではなかろうか。面と向かって豚と言ったマティスも最低だが、人の体をじろじろと眺める男も似たり寄ったりだと思う。紳士という言葉を勉強してきてほしい。

いい加減、寄ってくる男にうんざりしてきたシャーリーは、パーティーがはじまってすぐに目をつけていた飲食スペースに向かうことにした。みんなダンスや歓談に夢中で、大広間の端に用意されている飲食スペースにはほとんど人がいない。

（さすがお城のパーティー！　豪華で見たことない料理がたくさん！）

シャーリーはキラキラと目を輝かせた。元料理研究家として、料理への探求心は尽きることがない。

素敵な発見があるかもしれないと、シャーリーは皿を手に取ると、気になった料理を端から少量ずつ皿に乗せていった。前世の記憶では、立食のビュッフェスタイルのときは、一度に皿に取っていいのは三品までだった気がするけれど、ここは異世界。気にしない。

（んー！　美味しーい！）

できるだけ多くの料理を味わいたいので、少しずつしか食べられないことが何より残念だ。だが、せっかくの機会を無駄にはできない。できるだけ多くの味を研究するのだ。

シャーリーは料理を少量ずつ口に入れては、舌の上で転がして、使われている食材や調味料を探していく。そのたびに新しい発見があって面白い。

（帰ったらすぐに料理がしたいのに！　領地に戻るまでお菓子作り以外禁止なんて……、明日領地に戻りたいー！）

もちろん、そんな勝手が許されないこともわかっている。実際に作るのは来年まで我慢して、帰ったら今日の発見を忘れないようにメモに残そう。

「おい！　無視をするな!!」

ジグソーパズルのピースを一つ一つ外していくように、綺麗にまとまっている料理を口の中でほぐしていると、背後から横柄な声がした。

ぐいっと肩を引かれて、せっかく隠し味を見つけようと頑張っていたシャーリーは、思考を中断された苛立ちのままに振り返る。

偉そうな顔でそこに立っていたのは、一年前、シャーリーを豚呼ばわりして婚約破棄を宣言した、元婚約者のマティス・オスカー・オーギュスタンだった。

「あなたに興味はございません！」

苛立っていたこともあり、元婚約者のマティスに向かってきっぱり容赦なく宣言した後で、さすがにシャーリーは言いすぎたかもしれないと反省した。

なぜなら、目の前のマティスが顔を真っ赤にしてふるふると震えだしたからだ。

（……まあ、怒るわよね？　見るからにプライド高そうだし）

けれどもシャーリーにだって言い分はあるのだ。

このパーティーを逃せば、次にいつ城でパーティーに出席できるかわかったものではない。城でパーティーが開かれること自体が珍しいことに加えて、ローゼリア城で開かれるパーティーはパートナーを伴って出席することが決まっていて、出会いの場にすることはご法度。それぞれの貴族宅で開かれるパーティーのように家族にくっついて出席が許されるものではない。デビュタントボールだけが例外なのだ。

ローゼリア国では社交界デビューして大人の扱いを受けても、結婚していなければ一人前とはみなされない。城のパーティーが配偶者もしくは婚約者を伴わず出席できないのは、そういった背景があるのだろう。

だから、婚約者のいないシャーリーは、この機会を無駄にしたくないのだ。せっかくの趣味の時間を、邪魔しないでほしい。

（謝罪なんてしなくていいわよね？　もとはと言えば、わたしのことを豚呼ばわりしたのはそっちなんだし、興味ないって言うよりは豚って言う方がひどいもんね？　そうだよね？）

シャーリーは自分に都合よく考えることにして、怒っているらしいマティスに背を向けると、再び趣味の時間に没頭することにした。プライドの高そうな彼のことだ、そのうち怒ってどこかに行くだろう。そう、思ったのだが。

結論から言えば、シャーリーは十七歳男子を舐めていた。

十七歳――、そろそろ自分は大人だという自覚とともに、自己顕示欲と矜持(きょうじ)がむくむくと膨れ上がるころである。そして、やはりまだ完全には大人ではない。飲食スペースの周りに人が少ないとはいえ、誰もいないわけではない。人前で「あなたに興味がありません」発言をされて黙って引き下がるほど、心は成長していないのである。

「ふ……、ふざけるな!」

大声で怒鳴られて、シャーリーはビクリとした。

驚いて振り返ったシャーリーに、マティスが指を突きつける。

「何様のつもりなんだ! 豚のくせにお高くとまりやがって! どういう魔法を使ったのかは知らないが、痩せたところで豚は豚なんだ!」

マティスの剣幕に、近くにいた人たちが何事かと振り返る。マティスが大声で喚(わめ)いたからか、声が届いた人たちが集まってきた。

まるで珍獣を取り囲むように遠巻きにされたシャーリーは、恥ずかしくなってかあっと顔を染める。

パーティーでこれだけ罵(ののし)られれば、父の顔に泥を塗ることになるくらいシャーリーにだってわかる。羞恥と困惑、それから父に迷惑をかけてしまった申し訳なさで、シャーリーの心臓が氷のように冷えた。手足が冷たくなっていくような気がする。

(どうしよう……)

まさかマティスが、こんな行動に出るとは思わなかった。

シャーリーは周囲を見渡して、きゅっとドレスのスカートを握りしめる。

何とか穏便にこの場をやり過ごす方法はないだろうか。

しかし、前世で三十二年を生きたシャーリーでも、この世界では十五歳。そして今日が社交界デビューの日だ。社交界のマナーも詳しく知らない。貴族女性としてこの場でどのような態度を取るのが最善か、記憶を探ったところで答えが出てくるはずもない。

シャーリーが何も言い返せないでいるからだろう。マティスはふふんと鼻で嗤った。

「俺に捨てられたことがよほど悔しかったんだろうが、どんなに取り繕っても豚は所詮豚なんだ！」

シャーリーは唇を噛んだ。

自分もちょっと言い方がきつかったかもしれないが、だからと言ってここまで罵られる理由がわからない。悔しいやら情けないやらで唇を噛んでいないと涙が盛り上がってきそうだった。

遠巻きに見てくる人たちの視線も痛くて、シャーリーが俯（うつむ）いたそのときだった。

「ずいぶんと礼儀知らずなものがいるようだ」

女性にしては低めの声がシャーリーの耳を打った。

シャーリーがハッと顔をあげたのと、周囲が大きくざわめいたのはほぼ同時くらいだった。

カツカツとヒールの音を響かせながら、すらりと背の高い女性がこちらへ近づいてくる。

まっすぐな銀色の髪に琥珀色の瞳。昨今の流行であるふんわりとしたシフォンドレスではなく、ぴっちりと体のラインに沿うようなタイトなデザインの、ワンショルダーの緋色のドレス。

まるで獲物を見つけた豹(ひょう)のように、ひたと琥珀色の瞳をこちらに向けて歩いてくる彼女のために、周囲の人々が道をあけていく。

さながら、舞台俳優がスポットライトを当てられて、高い階段の上から降りてきたかのような錯覚に陥った。

(リアル宝塚……!)

思わずそんな感想を覚えるほどに凛々しい雰囲気をまとった彼女は、シャーリーのすぐ隣までやってくると、鋭くマティスを睨みつける。

「これから社交界を彩ってくれる新しい花に対して、君はずいぶんと無粋だな」

睨まれたマティスは、ひゅっと息を呑んで硬直してしまった。彼女は相当身分の高い女性なのか、あのマティスが言われたまま何も言い返せないでいる。

「君の父上は、女性の敬い方一つも教えてくれなかったのかな。ねえ、マティス・オスカー・オーギュスタン。衆人環視の中で女性を貶(おとし)めるような発言をするなんて、品位を疑うよ」

決して大きな声ではないのに、彼女の声には聞くものを圧倒させるような迫力がある。

マティスが真っ青になって俯いた。

彼女はくるりとシャーリーに向きなおると、にこりと笑った。

「君も災難だったね。何、気にすることはない。そこの彼は、逃がした魚が大きすぎたことに気がついて惜しくなってしまっただけだ。だが、それにしても言い方というものがある。跪いて許しを請うのならまだしも、公式の場で口汚く罵っていいものではない。——君、反省したまえ」

シャーリーの肩を周囲の視線からかばうように引き寄せて、彼女は静かにマティスを睥睨（へいげい）する。

シャーリーはぽかんとしてしまった。

（だ、誰？　この妙にカッコいい方……）

これが男だったら、おそらくシャーリーはこの一瞬で恋に落ちていただろう。どこの王子様だろうかと思いたくなるほどにカッコいい。……女性だけど。

シャーリーが茫然としていると、マティスが崩れ落ちるようにその場に膝を折った。

「も、申し訳ございません……、第一王女殿下」

（へ？）

シャーリーはこれでもかと目を見開いた。

（だ、第一王女殿下――――!?）


アデル・コンストンス・ローゼリア。それが、今年十九歳になったローゼリア国の第一王女の名前である。

（これが噂の……シェネル様が憧れてやまないという第一王女殿下……）

シャーリーはまじまじと第一王女アデルを見つめた。

イヴァンドル侯爵令嬢シェネルが憧憬する理由がわかった気がする。すらりと高い身長に、すっきりと引き締まった痩軀（そうく）。ツンと尖ったシャープな顎のライン。小さな顔に、髪と同じ銀色の長い睫毛。そして、猛禽類（もうきんるい）や肉食獣を思わせる、綺麗だけれど鋭い眼光。見るものをハッとさせ、睨まれれば思わずひれ伏したくなる――アデルは、そんな迫力を持った美女だった。

マティスは、アデルに向かって謝罪をするなり、逃げるようにどこかに去って行った。

シャーリーたちを遠巻きに見ていた野次馬たちも、アデルのひと睨みで散っていく。

「やれやれ、とんだデビュタントになってしまったね。主催者側として謝罪するよ。ごめんね」

「い、いいえ！　とんでもございません……！」

シャーリーが恐縮してぶんぶんと首を横に振ると、アデルは薄く笑う。

「もしまた面倒な相手に絡まれたら、わたしを呼ぶといいよ。給仕にでも言づけてくれれば、すぐに駆けつけてあげるからね」

どうしてアデルが一介の伯爵令嬢を気にしてくれるのかわからないが、王女は軽く手を振ると「じゃあ、またね」と言って去って行く。

（……『またね』？）

その一言が妙に気になったが、今後もパーティーなどで顔を合わせることもあるのだろうから、その時のことを言っているのだろうと、シャーリーは深く考えるのをやめた。

ひと悶着あったあとでこのままパーティーに居座るのも気まずいので、シャーリーは父ローランドを探すと、事情を説明して早々に邸に戻ることにする。

ローランドはマティスがシャーリーを罵倒したと聞くとひどく憤慨して、オーギュスタン侯爵家に苦情を入れると息巻いた。

「傲慢だとは思っていたが、あんな男だったなんて！　去年のことは腹が立つが、婚約を解消してよかったよ！　危うく、私の可愛い天使をあんな男に嫁がせるところだった！」

「太っていたおかげだな。マティスと結婚する羽目にならなくてよかったな、シャーリー」

慰めているつもりなのか、ルシアンが微妙にずれたことを言う。だが、その意見には賛成なので、シャーリーが確かになと頷きつつ、父と兄がマティスを罵るのを聞いているうちに、馬車がフォンティヌス伯爵家に到着した。

侍女のエレッタに着替えと入浴を手伝ってもらい、ふかふかのベッドにもぐりこむ。

（あの騒ぎのせいで、せっかく食べた料理の味、全部忘れちゃったわ）

マティスに罵られ、アデルの登場で料理の隠し味探求どころではなくなってしまった。今更ながらに、マティスにムカついてくる。

（豚だと思うなら話しかけなきゃいいじゃないの！　はー、せっかくの機会だったのに！）

城で開かれるパーティーは当分ないだろう。あったとしても、婚約者がいないから参加できない。マティスが怒ったのはシャーリーが怒り任せに口にした不用意な一言のせいだけど、マティスが絡んでこなければあんなことにはならなかったのだ。

（料理研究したいよー！　料理がしたいよー！　どうしてこの国の貴族は料理しちゃだめなのよー！）

どこかに抜け道はないだろうか。シャーリーはしょんぼりしながら目を閉じる。

――小さな騒動が起こったのは、その、翌日のことだった。

フォンティヌス伯爵家の執事であるトーマスが、珍しく息せき切ってシャーリーを呼びにやってきたのは、デビュタントボールの翌日の昼前だった。

今日は朝から、父ローランドがオーギュスタン侯爵家へ苦情を入れるよりも早く、侯爵家から昨夜の詫びと称していろいろなものが届けられていたので、シャーリーは最初、またオーギュスタン侯爵家から何かが贈られてきたのかと思った。

オーギュスタン侯爵家からの詫びの品々はどれも、元婚約者であるマティスの名前ではなく、その父の侯爵の名前で贈られてきていた。パーティーで騒動を起こしたことについて、王家から侯爵家へ苦情が入ったのではないかと推測したのは兄のルシアンだ。オーギュスタン侯爵家としては王家に目をつけられるのは避けたいところで、昨夜の件は何事もなく穏便に解決したと思わせたいのだろうとルシアンは言った。

そう聞かされると誠意も何もあったものではないなとあきれるが、シャーリーは別にマティスからの謝罪がほしいわけではない。しいて言えば、詫びの品を贈りつけてくるのであれば、どうせなら珍しい食材をくれればいいのにと明後日の方に考えたくらいだ。

そういう経緯もあって、慌てて呼びに来たトーマスから、今度は届け物ではなくて来客だと知らされた時は、まさか侯爵が直接謝罪に来たのかと身構えた。

けれどもよく考えてみれば、オーギュスタン侯爵が謝罪に来るのであれば、シャーリーではなく父宛てにくるはずだ。シャーリーが呼ばれるのは妙である。

「ねえ、トーマス。お客様っていったい誰？」

「お会いになればわかります！　お待たせするわけにはまいりませんから、お急ぎくださいませ！」

トーマスに急かされて、シャーリーは何度も首を傾げながら階下へ降りた。そして応接間に入るなり、目を見開いて立ち尽くす。

困惑と緊張で硬い表情をしている両親の対面に座っているのは、まっすぐな銀髪と、琥珀色の瞳をしたすらりとした美女。

「え？　第一王女殿下!?」

驚きのあまりあんぐりと口をあけてしまったシャーリーに、第一王女アデル・コンストンス・ローゼリアはにっこりと微笑んだ。

「やあ、会いに来たよ」

確かに昨日、アデルはシャーリーに向かって「またね」と言った。

だがしかし、次の日にこの国の第一王女が会いに来るなど、どうして想像できただろう。

（というかまたねって、本当に『またね』だったの!?）

その一言には多少引っかかりを覚えたものの、ただの社交辞令のようなものだと思っていたのに、どうやら違ったらしい。

今日のアデルはドレス姿ではなく、鎧を外した女性騎士のようなパンツスタイルだ。さすがに帯剣してはいないが、ぴったりとしたラインの詰め襟のジャケットとズボンが凜々しい彼女によく似合っている。

入口で立ち尽くしたままでもいられないのでシャーリーが席に着くと、アデルはにこにこしながら口を開いた。

「前触れもなく会いに来て申し訳なかったね。先ぶれをだそうかと思ったんだが、どうもわたしが行くと伝えると、一週間や十日先の日程を指定されて、誰もかれもすぐに会ってくれないから、突然来てしまったよ」

それはそうだろう。王女の来訪ともなればいろいろ準備することもある。王族と親しい公爵家やそれに準ずる家格の家ならまだしも、格式があってもフォンティヌス家は伯爵家だ。突然「明日行くね」と言われても、すぐには王女を迎える準備を整えられない。

シャーリーはちらりとローランドの顔を見た。前触れもなくやってきたアデルに、父は心臓が縮むような思いをしただろう。それもマティスとひと悶着あった翌日である。何かお叱りを受けるのかと思っても不思議ではない。

アデルのまるで悪戯(いたずら)が成功したかのように楽しそうな表情を見る限り、彼女が叱責するために我が家に来たのではないとわかるが、心臓に悪いことには変わりないのだ。

（というか、王女様がふらふらと出歩いてもいいのかしら？）

前世でも今世でも王族と関わりのない生活を送ってきたシャーリーは、王族の生活がどのようなものか想像できないが、おいそれと出歩いていい身分ではないはずだ。

「それで、娘に用事とは……？」

シャーリーでは王女の相手は荷が重いと判じたのか、代わりに父が口を開いた。母ジュリエットはその隣で、人形のように笑顔を貼り付けて固まっている。口角をあげたままでは顔が引きつらないだろうかと心配になったが、シャーリーとて、母のことを悠長に心配している余裕はない。王女自ら一伯爵令嬢に会いに来るなど、よほどのことだ。

アデルは優雅にティーカップに口をつけた。見れば、茶請けに出したお菓子には何一つ手をつけていない。フォンティヌス伯爵家の料理人が作るお菓子はとても美味しいし、その中のお酒をきかせたスイートポテトはシャーリーが考案したレシピだ。

ローゼリアにサツマイモを発見して嬉しくなって、試行錯誤の上に完成したレシピである。この世界のサツマイモはやや水っぽくて甘さがたりないため、お酒と蜂蜜を使ってコクと甘さを追加したのだ。

そもそもローゼリア国では、サツマイモはペースト状にして食べる以外のレシピが存在しなかった。イメージとしてはトルコ料理のフムスが近いが、ひよこ豆ではなくサツマイモなのでやはり風味が違う。香辛料もいれないため、ただぼんやりとした甘さが残るなんとも微妙な料理で、シャーリーはあまり好きではない。

そのため、王都の邸でも、お菓子ならば作っていいと許可が出されているシャーリーはスイートポテトを作ることにしたのである。

サツマイモで作られたお菓子を前に、ローランドもジュリエットも不思議そうな顔をしていたが、今では両親ともにお気に入りのお菓子だ。

（せめてスイートポテトだけでも食べた感想がほしいな）

緊張していた割に暢気なことを考えはじめたシャーリーに、ティーカップをおいたアデルがにこやかに言った。

「いやね、シェネルに聞いたのだが、シャーリーは食べ物に詳しいのだろう？」

また唐突なことを言われた。

シェネルというのは、シェネル・アンジー・イヴァンドル侯爵令嬢のことだろうか。第一王女に憧れていると聞いたが、本人とも面識があったらしい。

パーティーの前に控室で、筋肉をつけやすくする食べ物のアドバイスをしたが、もしかして、その時のことをアデルに話したのだろうか。

ローランドとジュリエットがそろってシャーリーに視線を向けた。二人とも困惑気味だ。シャーリーが料理をしていることは知っていても、娘の――ひいては伯爵家の評判にも関わることなので、それを堂々と口にするのは憚られる。あまり余計なことは言ってくれるなと視線で訴えられて、シャーリーは瞬きを二回繰り返すことで言外に了解と返した。

「ええっと、詳しいと言いますか……、食べることが好きなので、まあ、それなりにと言いますか……」

苦しい言い訳だが、間違っているわけではない。前世で料理研究家になったきっかけは、食べることが好きだったからだ。自分で美味しいものを考え、それを食べるのが楽しくて、趣味の延長線上で料理研究家になったのである。

アデルは満足そうに頷いた。

「なるほどね。ところで君は、シェネルたちに食のアドバイスを行ったそうだね」

「知っている範囲のことですけど、まあ……」

「謙遜しなくていいよ。シェネルがいろいろなことを教えてもらったと言って満足そうにしていたからね。それでね、わたしがここにお邪魔したのはほかでもない、わたしも君に食に関するアドバイスをもらいたくて来たんだ」

「ええ!?」

シャーリーは目を丸くした。

ローランドもジュリエットもびっくりした顔になって固まってしまっている。

シャーリーのアドバイスがほしいと言うが、城にはたくさんの料理人たちがいるはずだ。プロがいるのだから、そのプロたちに訊けばいいのではないだろうか。

シャーリーは戸惑ったが、アデルは真剣だった。

アデルはちらりと伯爵夫妻に視線を投げた。なんとなくだが、これ以上は二人に話を聞かれたくないようだった。

ローランドは心配そうに娘を見たが、おもむろに席を立つと、母を伴って応接間から退出した。

応接間の中で二人きりになると、アデルが紅茶でのどを潤して、申し訳なさそうに眉尻を下げる。

「申し訳ないね。突然来た上に、強引なことをしてしまった。でもわたしも少々参っていて、藁にも縋る思いなんだよ。藁にも縋るなんて言ったら気分を悪くしてしまったかもしれないけど、それだけ切羽詰まっているということなんだ。せめて話だけでも、聞いてくれないかな?」

シャーリーにはアデルの言いたいことがまったくわからなかったが、彼女がひどく困っているということだけは伝わってきた。

アデルはどんな大変な問題を抱えてここに来たのかと、シャーリーは緊張して背筋を伸ばすと、王女に向かって小さく頷いた。


「わたしには十歳ほど年下の、九歳になる妹がいてね」

アデルが言った。

アデルの妹というと、第二王女のイリス・カプシーラ・ローゼリアのことだろう。面識はないが名前くらいなら知っている。

「その妹――イリスなんだが、最近人が変わったようにおとなしくなってしまって、何があったのかはわからないけれど、それと同時に食事をとろうとしなくなったんだよ。何を食べても美味しくないと言うんだ。そのせいで見る見るうちに痩せ細ってしまってね。多少体重が落ちるくらいなら、そこまで心配するようなことでもないんだが、まったくと言っていいほど食べようとしないものだから、異常なほどに細くなってしまってね……。侍医も料理人も、あの手この手で食事をとらせようとするものの、一口食べては顔をしかめて、いらないと言って下げさせるから、どうしようもない状態なんだ」

イリスはもともと好き嫌いの多い子供だったそうだが、ここ最近のそれはあまりに異常だという。イリスのわがままをこのまま聞いていれば、彼女の命に関わる問題に発展しかねないそうだが、かといって食べ物を無理やり口に突っ込むわけにもいかず、アデルも国王夫妻もほとほと困っているらしい。

イリスが食べたいものを訊こうにも、本人は「ほしくない」の一点張りで、どうにもこうにも手に負えない。

アデルは何とか妹に食事をとらそうとしたものの、お菓子までほしくないと言われると、打つ手なしで、ただ焦りばかりが募っていく。

そんなとき、昨日のパーティーで、シェネルからシャーリーの話を聞いたらしい。シェネルが言うには、シャーリーは人が知らないことを知っているそうだから、知恵が借りられるかもしれないと思ってやって来たとのことだった。

本当はパーティーで話をしたかったそうなのだが、シャーリーを探して見つけてみれば元婚約者に絡まれていて、さすがにタイミングが悪いだろうと諦めたという。

アデルの話を一通り聞いたシャーリーは、うーんと首をひねった。

さすがにイリスがどうして食事をとりたくないのか、その理由がわからない限り、打つ手はないと思う。

「えっと……、イリス様のお好きな食べ物はご存じですか……？」

安直な考えだが、好きなものなら少しは食べる気になるのではなかろうか。

しかし、アデルは首を横に振った。

「恥ずかしながら、成人前の王子や王女と一緒に食事をとることはないから……、あの子が何を好んで食べているのかは知らないんだよ。乳母に聞いても、数か月前まではただ黙って食べていたと言っていたんだがね」

「ただ黙って、ですか？　表情の変化とかでわからないものでしょうか？　それに、九歳であれば、好きや美味しいといった感情は、素直に口に出されると思うのですが……。それに、例えばこの料理が出たときは真っ先に手をつけていたとか、逆にこの料理は食が進んでいなかったとか、些細なこともわからないんでしょうか？」

九歳の子供がただ黙々と食事を続けるというのは、シャーリーの感覚から言えば妙なものだ。好きなものが出ればまた食べたいと言うだろうし、嫌いなものが出れば嫌いだと言うだろう。

「ちなみにですが、以前イリス様がとられていたという食事と今の食事は同じものですか？」

「まったく同じだよ。いつも似たようなものだからね」

（いつも似たようなもの？）

シャーリーは小さな引っかかりを覚えつつも、顎に手を当てて考えた。

　デビュタントボールでふるまわれていた料理は、軽食とはいえ美味しかった。普段食べているものとメニューは違うだろうが、同じ料理人が作ったと考えれば、普段食べているものも美味しいはずだ。

「あの、失礼なことを訊くようですが、お食事は美味しいですよね?」

「美味しい?　イリスの?」

「いえ、アデル様が普段とられている食事についてです。何か思うことがあれば教えていただきたいんですが」

　アデルは何やら返答に困って、考えるように天井を仰ぎ、それから何とも無感動に答えた。

「どうだろうね。味について特に何かを考えたことはないかな。こんなものだろうと思って食べているけど」

「……え?」

　シャーリーは目をしばたたいた。

「こんなもの?　か、感想はそれだけですか?　美味しいとか、逆に美味しくないとか……、ええっと、ほかには……?」

「特にないかな。少なくとも美味しいという感想は持ったことがないよ」

「ええ!?」

　食べ物を「美味しい」と思ったことがないなんて、どういうことだろうか。人生の半分――いや、半分以上を損している気がする。というか、食事を一度も美味しいと感じたことがない人が存在するというのが驚きだ。美味しいと思わないということはすなわち、食に対する欲求が満たせていないということである。あり得ない。

「えっと、普段はどういうものをお召し上がりになっているんでしょうか？」

「いつも同じようなものだよ。そうだな、朝はパンとスープとオムレツとサラダ。昼は魚か肉を煮たか焼いたかしたものにスープにカーシャのようなものかパン。あと茹でたか蒸したかした野菜。夜は肉と魚の両方が出て、やはりスープと野菜類、豆を煮たもの、パン、あとフルーツが少しかな？　あ、そうだった！　フルーツは美味しいと思うよ」

「………そ、そうですか」

嬉しそうに「フルーツは美味しいと思う」と言われても、シャーリーはどう答えていいのかわからない。逆に言えばフルーツしか美味しいと感じないということだ。というかフルーツはフルーツであって、手を加えた料理ではない。

（嘘じゃないのよね？）

もう唖然とするしかない。アデルにとって食事は楽しむためのものではないのだろうか。ただ生命活動維持のために口に入れていると言っているように聞こえてくる。

「昨日のパーティーに出ていた料理は、その、美味しかったですよね……？」

もしかして味覚異常なのだろうかと思い訊ねてみれば、アデルは首を傾げた。

「飲食スペースの料理かな？　どうだろうね。ああいったものは口に入れてはいけないと言われているから食べたことがないよ。ないとは思うけど、万が一、異物が混入していたら事だからね。ただ、客人が食べる料理だからね、まずいものは出してはいないんじゃないかな?」

異物とはすなわち、毒などのことを言っているのだろう。パーティーの食事にも口をつけられないなんて、王族の生活は思ったよりも窮屈そうだ。

「普段の食事の味は、どんなものですか?」

「味?　普通に薄めの塩味だよ」

「え?　それだけですか?」

「そうだけど?　さすがに砂糖味の料理なんて食べたくないよ」

「え、えっと……、そうでしょうけど……」

(ちょっと待って。あれだけメニューがあって、全部ひっくるめて「薄い塩味」ってどういうこと!?　もっとあるよね?)

もしかしなくても、王族が食べている料理は「美味しくない」のだろうか。先ほどアデルが言ったように、異物の混入にすぐに気がつけるように、どれもこれも「薄い塩味」で統一?　いやいやまさか、いくら何でもそれは食に対する冒瀆(ぼうとく)だ。そんな食生活、シャーリーは絶対嫌である。

(毎日同じような料理で同じような味付けって、よくそれで文句が出ないわね……)

シャーリーは急に目の前のアデルが可哀そうになってきた。一国の王女相手に可哀そうと思うのは不敬かもしれないが、可哀そうなものは可哀そうだ。

アデルは出される食事が当たり前のものだと思っている。美味しいと感想を抱かないことが当たり前だと、そう思っているのだろう。妹王女のイリスが「美味しくない」と言って食事を遠ざけても、その理由にすら思い当たらないほどに感覚が麻痺しているのだ。

王族は贅沢三昧な生活を送っているのだろうと勝手なことを考えていたが、どうやらローゼリア国では違うようだ。少なくとも食べ物に関しては、庶民や貴族の方が何倍も美味しいものを食べている。

「実際にこの目で見ない限り何とも言えないですが……、イリス様の拒食をなおすのは、案外単純なことかもしれません。ただし、イリス様の食事内容を変更できないというのであれば、難しいと思います」

単純に、美味しいものを出してあげればいいのではないかと思う。「美味しくない」と言うのだから、事実「美味しくない」のだ。ならば、イリスの好む味のものを出せばいい。

しかし、王族が普段食べている食事のメニューを変更できないというのであれば話は別である。そうなればシャーリーには打つ手がない。

シャーリーが言うと、アデルはぱあっと顔を輝かせた。

「本当!? 食事の内容ならわたしが陛下に伝えておくから大丈夫だよ。父も母も妹のことを本当に心配しているから、食事をとるようになるかもしれないと言えばそのあたりは大目に見るはずだよ」

「そうですか。それなら……、あの、アデル様。差しさわりなければ、イリス様の食事をわたしに作らせていただくことは可能ですか?」

「え? 君が作るの?」

「はい。その、これは内緒にしていただきたいのですが、わたし料理は得意な方なので。……貴族としてはあまり褒められたことではないので、もちろん無理にとは言いませんが……」

　さすがに、城で働くプロの料理人を捕まえて、偉そうに料理や味付けの指示を出すのは気まずぎる。それならば自分で作った方が気楽でいいのだが、さすがに許可が下りないだろうか。

　それからアデルは少し考え込んで、ポンと手を打った。

「シャーリー、それならば、少しの間、城で生活してくれないかな。さすがに城のキッチンに君が出入りするのを見られるのは、君にとっても、フォンティヌス伯爵にとっても外聞が悪いだろうからね。わたしの侍女として迎え入れて、君専用のキッチンを用意しよう」

「……え？」

「うん。それがいいな。そうと決まればさっそく準備をしなくては。ああ、伯爵にはこちらから改めて君を侍女にしたいという連絡を入れさせてもらうよ。……あ、わたしの侍女として城で生活するのは嫌かな？　待遇はよくするつもりだよ？」

「え、えっと……、その……、嫌じゃ、ないですけど……」

　王女相手に「嫌」だなんて言えるはずがない。

　思わぬ方向へ話が転がって、シャーリーが目を白黒させている間に、アデルは満足そうに立ち上がる。

「じゃあシャーリー、また迎えに来るよ」

　アデルは上機嫌でシャーリーに向かって手を振ると、シャーリーが茫然としている間にさっさと城へ戻ってしまったのだった。

4　侍女という名の王女専属料理人になりました

第一王女、アデル・コンスタンス・ローゼリアの行動は速かった。

それはもう、速かった。

アデルがフォンティヌス伯爵家へ来てから二日。シャーリーがまともに準備を整える間もなく、あれよあれよと城へ向かうことになった。

アデルが言った通り、シャーリーの立場は第一王女の侍女ということになるらしい。

城は王都の北にあり、正門をくぐると、しばらくは大きな庭や人工的に作られた小さな森など、まるで森林公園の中のような風景が続く。カーブを描きながら延びる道を馬車が進めば、やがて見えてくるのは三階建ての大きな城だ。白鳥城の異名からもわかる通り、屋根まで真っ白な優美な城である。

シャーリーを乗せた馬車は正面玄関を通り過ぎて、東にある別の入口に向かった。

パーティーなどの来客は城の正面玄関を使うが、シャーリーは侍女の立場でやってきたため、侍女や政務官など、城で働く人間の中でも一定以上の身分のものが使う入口へ向かっている。ちなみに、メイドや料理人、庭師など、貴族の出自ではない使用人たちが使う入口は西にあるのだそうだ。

東の玄関の前で馬車を降りたシャーリーは、荷物をシャーリーの侍女であるエレッタに頼んで、玄関の前で迎えを待った。

シャーリーはアデルの侍女としてやってきたが、そのシャーリーも自身の侍女を一人だけ連れてくることが許されている。侍女は住み込みなので城に部屋を賜るから、その際に身の回りの世話をしてくれる人が必要だからだ。

（少し早く来すぎちゃったかな？）

迎えを待っている間、玄関口の警護をしていた兵士たちがちらちらとこちらを見てくるので居心地が悪い。きちんと名乗ったので不審者扱いはされていないとは思うけれど、格好がおかしいのだろうか？

シャーリーは自分のドレスを見下ろした。銀糸の刺繍が入った濃紺のドレスだ。侍女にはお仕着せはないので、あまり派手ではないドレスを選んできた。袖口も無駄な飾りのないシンプルなもので、クリノリンを使わないからスカートも膨らんでいない。

（地味すぎたかしら？　でも、パーティーじゃなくて仕事だし、こんなものだろうと思ったんだけど……。それとも、顔にパンくずでもついているのかしら？）

気になったシャーリーが何気なさを装って口元に手をやったときだった。

「いらっしゃい、シャーリー」

落ち着いた響きの中に楽し気な気配を感じさせる、聞き覚えのある声だった。

ハッとして振り返ると、つややかな金髪を品よくまとめた令嬢がこちらに向かって歩いてくるところだった。その見覚えのある顔にシャーリーは目を丸くする。

シェネル・アンジー・イヴァンドル公爵令嬢だ。シェネルが着ているのはドレスではなく、えんじ色のタイトなロングスカートに白いブラウスだった。ブラウスの上にはスカートと同じえんじ色のボディスを身に着けている。

「シェネル様？　えっと、どうしてここに……？」

シェネルは悪戯が成功した子供のような顔で笑った。

「ふふふ、驚いたかしら？　わたくし、アデル様の侍女になったのよ。つまり、今日からあなたの同僚ってわけ」

この短い期間に、シェネルもアデルの侍女になっていたらしい。

詳しい話は歩きながらしようと言われて、シャーリーはシェネルのあとをついて行った。エレッタの案内はシェネルの侍女のドリスがしてくれるそうだ。

「アデル様のお部屋はね、二階にあるのだけど、渡り廊下を渡った奥の棟だからここから結構歩くのよ。あなたの部屋もアデル様の部屋の近くに用意されてるからあとで案内するわね」

シェネルはずいぶん城に詳しいようだ。デビュタントボールのときはアデルの侍女ではなかったはずなので、シャーリーと同じこの三日の間に侍女として雇われたはずだが、以前から城に出入りしていたのだろうか。シャーリーなら絶対迷いそうな城の中を、足取り軽く進んでいく。

「アデル様ったらひどいのよ。わたくしがあなたの話をしたら興味を持って、自分の侍女にするって言うじゃない？　そんなのずるいわよ。だからわたくし、アデル様に言ったの。シャーリーを紹介したのはわたくしなのだから、わたくしも侍女にしていただかないと不公平ですわって」

なるほど、シェネルは押しかけ女房ならぬ押しかけ侍女になったらしい。

「あとそれから、わたくしのことはシェネルって呼んでね。同じ侍女のわたくしに敬称や敬語を使う必要はなくってよ」

シャーリーはなかなか行動派なシェネルに苦笑しつつ、頷いた。

「わかったわ、シェネル」

シャーリーとしても顔見知りがいるのは心強い。

シェネルは満足そうに笑って、城の中を説明しながらアデルの部屋まで案内してくれた。


アデルの侍女は、シャーリーを含めて四人だそうだ。

本当はもう一人いたそうだが、その侍女は既婚者で、つい一か月ほど前に妊娠を機に退職したという。

アデルの部屋に行くと、残りの二人の侍女もそこにいた。

残りの二人も、アデルの服装に影響されているのか、それとも彼女に憧れているのか、すっきりとした格好をしている。ひらひらとスカートを膨らませたドレスを着ている人は一人もいなかった。

「やあ、いらっしゃい！　待っていたよ」

アデルはくるぶし丈のガウチョのようなパンツを穿いていた。上半身はシンプルな詰め襟シャツである。

シャーリーが覚えたてのカーテシーで挨拶すると、アデルはからからと笑った。

「そんな堅苦しいことはしなくていいよ！　少なくともわたしの部屋では楽にすごしてくれてかまわない。ここにいるみんながそうだし、わたしもその方が気が楽だからね」

前から思っていたことだが、アデルはずいぶんと気さくな王女である。

「シェネルのことは知っているだろうから省略するとして、残り二人を紹介するね。こっちがミレーユで、あっちがレベッカだよ」

アデルの紹介で、二人の侍女が一歩前に出た。

まず一人目が、ミレーユ・エリザベート・サドック男爵令嬢。ミレーユはアデルと同じくらい身長が高くて、黒髪に翡翠（ひすい）色の瞳をしていた。父であるサドック男爵は近衛隊の将軍で、幼いころから父に剣術を習ってきたから、細身ながらも相当な剣の使い手だそうだ。だが、昔から剣を振り回してばかりいたせいか、どうにも大雑把な嫌いがあるようで、細かいことが苦手だという。ちなみに刺繍をさせればハンカチが血で真っ赤に染まるから、絶対にさせてはいけないとアデルが笑って教えてくれた。年は二十歳だそうだ。

二人目は、レベッカ・エテノーラ・ジェームズ伯爵令嬢である。レベッカはミレーユの隣で、おっとりと微笑んでいる可愛らしい令嬢だ。ピンクベージュの髪に、赤レンガのような色の瞳をしている。見た目通りのおっとりとした性格で、年は十七歳。紅茶を入れるのがうまいらしい。しかし、普段はおっとりとしているが怒らせると性格が豹変するそうで、決して怒らせないようにとアデルが笑った。おっとりと優しそうな見た目からは想像できないが、以前、絡んできた男性貴族を鬼のような形相で黙らせた挙句に土下座までさせて、もう二度と近づきませんと誓約書まで書かせたというのだから相当だろう。

「シャーリー・リラ・フォンティヌスです。よろしくお願いいたします」

シャーリーが挨拶すると、二人はにっこりと微笑み返した。

「そうそう、シャーリー。君の仕事は頼んだ通り、イリスの食事の管理だよ。わたしの部屋にあるキッチンを自由に使っていいからね。ほとんど飾りのようなもので、記憶にある限り一度も使われたことはないはずだからメンテナンスが必要だろうけどね」

そう言ってアデルは立ち上がると、シャーリーをキッチンへ案内してくれる。

アデルの部屋は続き部屋で、今いる部屋の、向かって右手が寝室、その奥が浴室だ。そして向かって左の部屋にキッチンがあるという。この城は数百年前から建っており、このキッチンはアデルがこの部屋を使うようになる前から存在していたそうだ。いつ作られたのかはわからないが、ずっと昔の王族が使っていたのだろうという。

アデルはもちろん、侍女たちも料理なんてしないため、その部屋は使われずに放置されていたらしい。

アデルに案内されてキッチンのある部屋に向かったシャーリーは、小さいながらもしっかりとした作りのそれに早くも感動を覚えた。

もしかしたら、昔この部屋を使っていた王女だか妃だかは、料理が趣味だったのではなかろうか。

キッチンにはオーブンもついていて、作業台も広い。使われていないと言うが掃除は毎日されているのか、どこも錆びついていていない。メンテナンスさえすればすぐに使えそうだ。

このキッチンを自由にしていいと言われて、シャーリーは浮き立った。

シーズンオフまで料理はお預けだったのに、思わぬ形で解禁された。第二王女イリスに食事をさせるという大義名分があるので、大手を振って料理ができる。

「気に入ったようでよかった。すぐにメンテナンスさせるようにするよ。使いたい食材があればメイドに言えば食糧庫から取って来てくれるからね。ほかにほしいものはあるかな？」

シャーリーはキッチンの中を確かめた。火を使うために薪が必要だが、こちらはあと一か月もすれば暖炉を使うようになるので、そのための薪がすでに城の倉庫に用意されているはずだ。それを分けてもらえれば問題ないだろう。包丁は研ぎなおす必要があるけれど、鍋などの調理器具も、古いけれどそろっている。定期的に磨かれているのか綺麗なものだ。料理をする上で急いでそろえなければならないものは何もない。

「調理器具は大丈夫そうです。わたしからお願いすることは、イリス様の食事を味見させてくださいということでしょうか？」

食欲のないイリスのために呼ばれたのだ。イリスの食事はどのようなものかを知らなくてははじまらない。アデルや第二王子、国王夫妻はダイニングで一緒に食事をとるが、侍女たちは別の部屋でとることになる。メニューも違うだろう。

九歳のイリスは姉や両親たちとは違う部屋で食事をしているそうだが、食べるものは同じだという。

アデルは大きく頷いた。

「そうだね。今夜から、君の部屋にはわたしたちが食べているものと同じものを運ばせるよ」

「ありがとうございます」

シャーリーはもう一度キッチンをぐるりと見渡して、ぐっと拳を握った。

（よし、こうして呼ばれたんだもの、頑張ろう！）

こうして、シャーリーの城での生活がはじまった。


シャーリーの部屋は、シェネルの隣だった。アデルの部屋からは三つ隣りとなる。

アデルの私室のように何部屋もがくっつけられた造りではなかったものの、シャーリーに与えられたのもなかなか広い部屋だった。ベッドや机などの家具はシンプルだが、いいものが置かれている。アデルは部屋の模様替えは自由に行っていいと言っていたが、触る必要はなさそうだった。

シャーリーがシェネルに部屋を案内してもらったときには、荷物はすでにエレッタの手によって片付けられたあとだった。

エレッタには別の部屋が与えられていて、二人で使う共同部屋らしい。ルームメイトはシェネルの侍女のドリスだそうだ。

シャーリーの今後の予定だが、さっそく翌日に第二王女との面会を組まれていた。今日の夜にシャーリーに運ばれてくる食事で味を確認したのち、本人と会って希望を聞き、それをもとに改善点を探っていくという流れである。

アデルが何をしても無駄だったと言っていたので、すぐに結果が出ることはないかもしれない。だが、心配しているアデルのためにも、できる限りのことはしてあげたいと思う。

（アデル様はパーティーの日に助けてくれたし、借りた恩は返さないとね！）

まだ三回しか話したことはないが、アデルはとってもいい人だ。王女なのに傲慢ではなく、からりとした性格で、人当たりもいい。シャーリーの元婚約者マティスの方がよほど傲慢だ。

シャーリーはイリスの食事改善係として呼ばれたので、アデルの侍女としての仕事はほとんどと言っていいほどない。

暇なときは自由にしてくれていいと言われたけれど、侍女として給金が払われている以上、客人のようにのんびりしているのは気が引ける。ここでの生活に慣れてきたら、手が空いた時間はシェネルの仕事を手伝わせてもらおう。

（アデル様もいい方だし、最初はちょっと不安だったけど、うん、大丈夫そう！）

父ローランドはシャーリーがアデル付きの侍女になることをとても心配していたから、安心させるために手紙でも書いておこうと思う。

窓際のライティングデスクに向かったシャーリーは、ふと、窓の外に見える庭に目を向けた。

この部屋から見えるのは城の表の庭ではなく、表からは見えない側面のあたりだ。低木や花で彩られた庭の奥には、人工的に作られた森のようなものが広がっている。その中に一際目立つ、高い塔を見つけたシャーリーは首をひねった。塔には緑の蔦がびっしりと絡みついていて、森の中では木々に同化して見えるが、周りの木々よりもはるかに高くそびえ立つそれは、どこか異質に見える。

（なんの塔なのかしら……？）

塔の壁面も見えないほどにびっしりと蔦が巻きついているからだろうか、ちょっと不気味だった。もしかしたら、誰にも使われなくなった過去の遺物だろうか。そう考えると、お化けでも出てきそうな気がしてきた。

シャーリーはふるりと震えた。

（扉を開けた瞬間に死体とか出て来そう……。それか、錆びた鎧とか。……鎧が夜な夜な動き回る、なあんて、さすがにゲームの中のようなことは起きないでしょうけど）

シャーリーがそんなくだらないことを考えながら、ローランドへの手紙をしたためていると、いつの間にか夕食の時間になっていた。

「お嬢様、夕食が到着いたしましたよ」

エレッタがメイドから受け取ったワゴンを部屋の中に入れながら言った。

「ありがとう。どんなメニューなのかしら？　どきどきするわね」

エレッタがテーブルの上に食事を並べていくのを、ちょっぴりわくわくしながら見やったシャーリーは、思わず眉をひそめた。

籠に乗せられたパン。黄金色のシンプルなオムレツ。スープ。ソースのかかっていない、焼きすぎなほどに焼かれたステーキ。茹でただけの白身魚は、川か湖で取れた淡水魚だろう。それから温野菜のサラダに、くし形にカットされたオレンジ。

　びっくりするほどにシンプルな食事だった。王族の食事とは思えない。そして、全部が冷たい。作られていったいどれほどの時間が経過しているのだろう。

（毒見係が毒見した後で運ばれてくるとは聞いていたけど……、それにしても、オムレツもステーキもスープも、こんなに冷めてたら美味しくないわよ）

　シャーリーは席につくと、最初にサラダを口にしてみた。ほんのり塩味を感じるが、ドレッシングらしいものがかかっていないので、はっきり言って美味しくない。葉野菜もしおれていて歯ごたえがないし、茹でたニンジンは水っぽくて甘みが感じられない。

（信じられない……めちゃくちゃまずい……）

　スープもステーキも魚も、全部薄い塩味。その中でオムレツだけがまだましな気がしたが、すっかり冷めているせいか美味しいとは思えない。パンも硬くてパサパサで口の中の水分を全部持っていかれる。ただ、パンに関しては、フォンティヌス伯爵家でも似たようなものだった。前世のようなふんわりしっとりしたパンには、この世界ではまだ一度もお目にかかっていない。

（食材自体は悪くなさそうなのに、どうやったらこんなくそまず……いえ、素朴すぎる味になるのかしら？）

　アデルが「塩味」と一言で片づけた理由がわかった気がした。これは「塩味」以外の感想を持ちようがない。

　こんなのが毎日運ばれて来れば、食べたくなくなるのも仕方がない。前世で美味しいものを好きなだけ食べて生きてきたシャーリーにしてみれば、これが毎日運ばれてきたのならば一種の拷問だと感じるだろう。それくらい、運ばれてきた料理を食べるのがつらい。

微妙な顔をしてフォークをおいたシャーリーに、エレッタが困惑した顔を向ける。

「そのぅ……、なかなか、質素なお食事ですね」

「そうね……」

この部屋の中にはシャーリーとエレッタしかいないけれど、さすがに大声でまずいとは言えない。この料理だって、一生懸命作った人がいるのだ。シャーリーは料理を一口ずつ食べただけで残りを食べる気は失せてしまったが、残すのも失礼だしもったいないので、必死に胃の中に押し込んだ。無心で機械的に咀嚼をして、水で流し込んでいく。

最後のオレンジだけが涙が出そうなほどに美味しかった。他がまずすぎたからか、オレンジが光り輝いて見える。

シャーリーが食事を終えて、食器が片づけられたころになって、シェネルが部屋に遊びに来た。

「食事はどうだった？」

シェネルはアデルたちがとっている食事を知らないのだろう。興味津々で訊ねてきたので、シャーリーは逆に問い返してみた。

「シェネルたちがとっている食事はどうなの？　美味しい？」

王族の食事がこれなら、侍女の食事も似たり寄ったりなものだろうと思ったのだが、シェネルはにっこりと微笑んで大きく頷いた。

「ええ、とっても美味しいわよ！」

（嘘でしょ？）

するとつまり、城で出される食事がすべて美味しくないのではなく、王族が口にする食事だけが「くっそまずい」ことになる。

思い出してみれば、デビュタントボールの飲食スペースで出されていた食事はとても美味しかったのだから、城の料理人の腕が悪いわけではないのだ。だが、そうなるとどうして、王族に出される食事だけがほとんど手の込んでいない、食材に塩だけかけたようなものなのだろうか。

わけがわからなくなって、シャーリーは頭を抱えた。

（とりあえず食事が美味しくない理由はのちのち考えるとして……、これ、イリス様だけじゃなくてアデル様の食事改善もしたほうがいいんじゃないかしら？　食べるものがない戦時中ならまだしも、これはちょっとあんまりだわ……）

食事は美味しく楽しいもの。これがシャーリーのモットーだった。食材はいいのだから、少し手を加えるだけで充分美味しくなるはずなのだ。それをわざわざ「まずく」仕上げる必要がどこにある。

「よくわからないけど、なんだか大変そうね」

シャーリーが困っている理由がわからないシェネルが、そう言いながらシャーリーの肩をポンと叩く。

シェネルもあの食事をとればこの気持ちがわかるだろうと、シャーリーはこっそり嘆息すると、小声で「頑張るわ」と返しておいた。

キッチンのメンテナンスは、さっそく翌日に行われることになった。

メンテナンスが行われている間にシャーリーはアデルからイリスを紹介された。

アデルに案内されて向かったイリスの部屋は、子供部屋らしく、花柄の壁紙の可愛らしい部屋だった。イリスは部屋の中央におかれている猫足のソファにちょこんと座っている。

九歳の第二王女はとても可愛らしかった。ふんわりと波打つ肩までの銀髪に琥珀色の瞳の、まるでビスクドールのような愛らしい王女だ。けれども、アデルの言う通りすっかり痩せこけていて、手足はびっくりするほどに骨ばっている。幼いから頬はふっくらと丸いが、栄養が足りていないからだろう、顔は青白かった。

イリスはレースとフリルたっぷりのふわふわしたピンクのドレスを着ていた。

対照的に、アデルは細身のパンツにチュニック姿で、長い銀髪も無造作に束ねられただけという、なんともシンプルないでたちだ。どうもアデルはお洒落に興味がないらしく、公式の場以外でドレスを着る気はないらしい。

顔立ちに共通点はあるものの、服装が違うからか、同じ姉妹でもがらりと印象が違う二人だ。

（それにしても、随分と大人びた雰囲気の九歳ね）

イリスは、姉が連れてきたシャーリーを訝しんでいた。警戒心丸出しで一言挨拶をしたきり黙り込んで、こちらの出方を窺っているようなまなざしで見つめてくる。

見た目は間違いなく九歳なのに、その反応はどうにも九歳らしくなかった。姉であるアデルに対してもよそよそしい感じがする。

「シャーリー、わたしはキッチンの様子を見に行ってくるよ。また戻ってくるから、その間にイリスと話でもしていてほしい。コーラル夫人も一緒に来てくれないだろうか」

アデルは、シャーリーとイリスを二人きりにした方がいいと判断したようだ。イリスの乳母のコーラル夫人は、初対面のシャーリーとイリスを二人きりにすることに難色を示したが、アデルが強引に部屋から連れ出してしまう。

二人きりになると、イリスがため息をついた。

「わたくしの食事を作ると言うけれど、どうせお姉様が無理を言って連れてきたんでしょう？　ごめんなさいね」

幼い子供特有の高い声には不自然なほどの諦観があった。

その違和感がぬぐえないまま、シャーリーは首を横に振って、さっそく本題に入ることにした。

「アデル様から、お食事を召し上がらないとお聞きしましたが、それはどうしてなのでしょうか？」

「美味しくないからよ」

イリスは即答した。きっとシャーリー以外にも何度も訊かれた問いなのだろう、答える様子は面倒くさそうだ。

「お気持ちは、まあ、わからなくはないですが……」

シャーリーが頷けば、イリスはおやと目を見張った。

「あら、あなた。もしかしてわたくしと同じ食事をとったの？」

「はい、昨日」

「まあ……、それはなんというか、ご愁傷様ね」

イリスが小さく笑った。

「美味しくなかったでしょう？　どうやったらあんなに美味しくない食事が作れるのか、本当に不思議だと思わない？」

さすがにこれに同意をするのは作った料理長に失礼なので、シャーリーは曖昧に笑ってやり過ごす。

「それで、イリス様は食事が美味しくなれば食べてくださいますか？」

「さあ、どうかしら。あまり食欲もわかないの」

「それは、どうしてでしょう？」

「気の病みたいなものなの、気にしないで」

イリスは頬に手を当てて、再びため息を吐く。

少し喋っただけでもわかる。やはりイリスには子供らしさがない。王族とは、子供が子供らしくいられないような教育を施すのだろうか。食事も美味しくなく、子供らしさまで奪われるような環境――だんだんと王族が可哀そうになってくる。

（これは食事だけでも美味しいものをとらせてあげないと……！）

年齢にそぐわない大人びた笑顔ではなく、子供らしく無邪気に笑ってほしい。シャーリーは拳を握りしめて、ソファに座るイリスと目線の高さをあわせるためにその場に膝をついた。

「どういったものなら、食べてみたいと思いますか？」

イリスは琥珀色の大きな目をしばたたかせて、どこか嘲るような笑みを浮かべた。

「答えたところで、あなたには用意はできないわ」

「答えていただかないと、それも判断できませんよ」

「……だから、無駄なのに」

イリスは数秒目を閉ざして、それから口を開いた。

「そこまで言うなら試しに教えてあげるわ。そうね……、味のついたお粥のようなものが食べたいわ」

「パン粥ですか？」

「どうかしら？」

この世界で粥といえば、パンを牛乳で煮込んだものか、米を牛乳とバター、チーズで煮込んだリゾットのようなもののどちらかだ。けれども、食べたいものはパン粥なのかと訊ねて「どうかしら」と返したのだから、イリスの食べたいものはこのどちらでもないのだろう。

（味のついたお粥のようなもの……雑炊、とか？）

元日本人のシャーリーが思い浮かべる食べ物はやはり雑炊だった。シャーリーは佐和子だったとき、煮干しやカツオ出汁の雑炊が好きだったが、この世界では煮干しもカツオ出汁も手に入らない。

この世界にシャーリーが想像したような雑炊は存在しないのだから、イリスが望んでいるものは雑炊ではないだろうが、なんとなく、彼女が欲しがっているものはこの雑炊が一番近い気がした。

（昨日食べてわかったけど、出されている料理は基本的に薄い塩味なのよね。肉は焼けすぎなくらい火を通してあるし、煮込み料理はこれでもかと煮込んであるから、あんまり素材の味がしない。そして冷たい。……イリス様が望んでいるものが雑炊でなかったとしても、間違いなく昨日の料理よりは美味しいはずだわ）

シャーリーはにっこりと微笑んだ。

「わかりました。キッチンが使えるようになったら作ってきますから、一口でもいいので食べてみてくださいますか？」

「作るって、本当にあなたが作るの？」

「はい。アデル様からも許可をいただいていますよ」

イリスは目を丸くして、それから長い睫毛を伏せると、ただ一言、興味なさそうに「そう」とだけつぶやいた。

キッチンのメンテナンスは昼すぎに終わった。

こまめに掃除がされていたこともあって、壊れたところがないかどうかを確かめるだけですんだようだ。

部屋には薪が運び込まれ、食材と調味料さえそろえばいつでも料理ができるよう整えられる。

シャーリーはアデルから紹介されたメイドに、米をはじめとしたいくつかの食材と、塩と胡椒、スパイスなどの調味料を頼んだ。欲を言えば味噌や醤油もほしいのだが、残念ながら少なくともこの国には存在していない。それらが使えないなら味を工夫するしかないが、試行錯誤はすでにフォンティヌス伯爵領の邸でしていたから困ることはない。

次の日になって、シャーリーの手元に食材と調味料が届いた。

（出汁は鶏ガラが無難かしらね）

米から雑炊にするのもいいが、シャーリーとしては一度ご飯を炊いて、軽く洗って粘り気を落としてから使用したい。その方が食感がさらりとして食べやすいからだ。

ローゼリア国の米はタイ米に近い細長い米で、粘り気が少ないが、日本米で作るときと同じ要領で進めていく。

ローゼリア国では米を炊く文化はないので、炊飯用の鍋もなければ、土鍋文化もないので土鍋もない。仕方がないので深さのある鍋で米を炊きつつ、雑炊のベースとなるスープを作る。

鶏ガラベースで雑炊を作れば、どちらかと言えば中華がゆに近くなるが、そこは工夫してできるだけ和風に仕上げたい。

丁寧に灰汁(あく)を取りながらスープを取ると、その中に米と同じくらいの大きさのみじん切りにした野菜を入れて煮立たせる。スープは塩をベースに、鶏ガラの独特の臭みを消すためにショウガをはじめとするスパイスを少々。洗ったご飯を加えて、最後にコクを出すために溶き卵を回し入れる。

運んでいるうちに米がふやけるので、米は固めに炊き、煮る時間も短くした。

「うん、やっぱりちょっと中華がゆっぽくはなったけど、美味しい！」

シャーリーが自信満々で胸を張ったとき、匂いにつられてか、アデルがふらふらとやってきた。その後ろに侍女仲間のシェネルとミレーユ、レベッカもいる。

アデルは興味津々な様子で鍋を覗き込んだ。

「見ない料理だけど、いい匂いがするね」

「味見なさいますか？」

シャーリーが何気なく問うと、アデルは若干の躊躇(ちゅうちょ)を見せた。決められたもの以外は口に入れてはいけないと言われているそうで、シャーリーの作ったものを口にしていいかどうか悩んでいるようだ。

シャーリーはアデルの目の前で小さな皿に雑炊を取り、口に入れた。アデルが決められたもの以外食べてはいけないと言われているのは毒への警戒もあるのだろうから、こうして目の前で食べることで、少しは安心してもらえればいいと思った。

アデルが苦笑する。

「君が毒見をする必要はないのだけど、そうだね……。少しだけならいいかな。妹にも許可が下りたのだから、わたしが食べてはいけない理由はないだろう？」

　シャーリーがアデルのために皿に雑炊を取り分けると、アデルは湯気の立っている皿の中身をしげしげと見やったあとで、恐る恐る口に運ぶ。そして、すぐに目を見開いた。

「美味しい……」

「本当ですか？　よかったです」

　アデルが美味しいと感じたのならば、王族の味覚にもあっているということだ。イリスも美味しいと感じてくれるだろうか。

　シャーリーの目の前でアデルはあっという間に雑炊を平らげると、「もう少し」と言っておかわりまで要求してきた。シェネルたちがうずうずしているのが見えたので、アデルと、侍女三人にも雑炊を取り分けてあげる。

（あんまりあげるとなくなっちゃうけど、まあ、このくらいなら大丈夫かな）

　シャーリーはこれ以上おかわりを要求される前に、ワゴンに皿と鍋を乗せた。

「まさか鍋ごと持って行くの？」

「はい。皿に取り分けて持って行くと冷めてしまうので。この料理は温かいのが美味しいんです」

「なるほど、確かに……。温かい料理というものをはじめて食べたけど、こっちの方が美味しいね」

（はじめて!?）

　シャーリーは叫びそうになる口を押さえて誤魔化すように笑った。王族なのだから毒見は当たり前なのだろうが、今まで一度も温かい料理を食べたことがなかったなんて、どんな拷問だろうか。

シャーリーは次に作るときは多めに作って、アデルにも食べてもらおうと決めて、ワゴンを押してイリスの部屋へと向かったのだった。


「本当に来たのね」

イリスの第一声はこれだった。

シャーリーが運んできたワゴンを見て、イリスの乳母であるコーラル夫人は眉をひそめたが、アデルからも、国王夫妻からも、シャーリーが作った料理をイリスが口にする許可は出ているので、文句は言わなかった。

シャーリーは雑炊を皿に取り分けて、自分用に小皿にも少量取ると、アデルの前でしたように目の前で食べて見せる。シャーリーが毒見をしてようやく、コーラル夫人の表情に安堵が見えた。

イリスはシャーリーが差し出した雑炊を見て瞠目（どうもく）した。

「これ……」

「見慣れないかもしれませんが、一口でもいいので召し上がってみてくださいますか？」

シャーリーが言うと、イリスはスプーンを取って雑炊を一口頬張り、時間が止まったかのようにスプーンを持ったまま固まってしまった。

「お口に合いませんでしたか……？」

あまりに反応がないので不安になって訊ねると、イリスはハッと息を呑んで、それから一心不乱に雑炊を食べはじめた。

食事をまともにとらなくなったイリスが、あっという間に皿をからっぽにしたからだろう、コーラル夫人が驚愕して立ち尽くす。

「……おかわり、ある？」

イリスが少し恥ずかしそうに言うのを聞いて、シャーリーはガッツポーズをしたくなった。

アデルたちに取られたので残りは少ないけれど、まだ皿に半分ほどくらいなら残っている。

イリスはお代わりした分もすべて平らげて、ほぅっと息をついた。

「美味しかったわ」

満足そうな顔でイリスが言うと、コーラル夫人が目に涙を浮かべた。

「まあ、まあ！　それはようございました！　あなた……、ええっとシャーリー様でよろしかったかしら？　ご苦労様でございました。これで陛下たちもご安心なさることでしょう」

「ありがとうございます。では、また夕食もご用意しても……？」

「もちろんでございますとも！　ねえ、姫様？」

コーラル夫人はすっかりシャーリーを信用してくれたようだ。

イリスはコーラル夫人に頷いて見せてから、ちょっと考えて言った。

「夕食もお米を使った料理がいいわ。お米に味がついているともっと嬉しい。でも、バターやチーズの味しかしないカーシャは嫌よ」

カーシャ以外がいいと言われてシャーリーは悩んだ。カーシャとは穀物や豆などをスープや牛乳で煮込んだ料理である。シャーリーの前世では東欧の家庭料理の一つで、日本人だったシャーリーにはあまりなじみのない料理だったが、米を炊いて食べる文化のないローゼリア国の人々は基本、米を食するときはそうして食べるようだ。雑炊も大枠で言えばこの部類に入るので、さほど違和感を持たれなかったが、二回連続で同じ料理を出すわけにもいかない。

（ご飯って、出していいのかしら……？）

米を炊く文化がないのに、炊いた米を出していいものだろうか。

シャーリーが考え込んでいると、イリスは探るような目をシャーリーに向けて、含みのある笑みを浮かべた。

「どうしたの？　『あなた』なら作れるでしょ？」

どういう意味だろう。

シャーリーの中でイリスに対する違和感が大きく膨れ上がるが、まだこの時は、シャーリーはその正体には気がつかなかった。

（もうどうにでもなれよね。ご飯出しちゃおう！）

米を使った料理が食べたいと言われて、シャーリーが最初に思いついたのは丼ものだった。これならば米に味がついているものがいいというイリスの要望にも応えられる。

「鶏出汁の雑炊を気に入ってくれたなら、親子丼とかも気に入ってくれるかしらね？」

魚介類の出汁も醬油もないが、塩と鶏ガラで代用できなくもない。少し風味は変わるが、鶏ガラベースの親子丼も美味しいはずだ。

（醬油のコクを補うためには玉ねぎを多めにしよっと。まろやかさも追加されて一石二鳥でしょう）

アデルは国王たちと一緒に夕食をとるので、シャーリーの作ったものを味見できなくて残念そうにしていたが、シャーリーが明日の朝食はアデルの分も用意すると言えば嬉しそうに笑って「楽しみにしている」と言った。

アデルは夕食だけ国王たちとともにするけれど、朝食と昼食は部屋でとるというから、もし許されるならば、これからアデルの食事も作らせてもらいたいところだ。雑炊一つであれほど感動されたのを見ると、アデルの食生活も改善してあげたくなるというものだろう。

シャーリーが親子丼を作ってイリスの部屋に向かうと、彼女はシャーリーが持って来たものを見て薄く笑った。

「やっぱりね」

（やっぱり？）

シャーリーは首を傾げた。

イリスはシャーリーが持って来た親子丼を警戒することなく黙々と食べている。

食欲がないと言ったのが噓のようにぺろりと親子丼を平らげたイリスが、突然、コーラル夫人に部屋から出るように言った。

「ちょっとシャーリーと二人だけにしてほしいの」

コーラル夫人は不思議そうだったが、イリスがシャーリーのことをよほど気に入ったと思ったのか、黙って控室に下がる。

イリスはじっとシャーリーを見上げて、唐突に言った。

「あなた、前世の記憶があるんでしょ」

シャーリーは息を吞んだ。

どう答えていいものかわからずシャーリーが黙り込むと、イリスは重ねて続ける。

「そしてたぶんだけど、前世は日本人。違うかしら？」

「どうして、それを……」

イリスの口から出た「日本」という単語に驚いた。それと同時に、朝から感じていた違和感の正体に予想がついて、シャーリーはごくりと唾を飲みこむ。

「もしかして、イリス様も……？」

イリスは肩をすくめた。

「ええ。二か月前だったかしら？　コーラル夫人が言うには頭をぶつけたそうだから、その拍子でしょうね。でもわたくし、記憶がよみがえる前の自分のことを覚えていないから、詳しくはわからないんだけど」

イリスが言うには、日本での最後の記憶は病室の中だったそうだ。

「自覚はないんだけど、たぶん死んだんでしょうね。親は最後まで病名を教えてくれなかったけど、治らない病気だっていうのは薄々わかっていたし。そして、気がついたらここにいたのよ。でも、これまでの九年間のことは何一つ思い出せないの」

つまり、イリスは気がついたらこの世界にいて、まったく知らない人たちに囲まれていたということになる。

シャーリーも十四歳の時に突然前世のことを思い出したが、「シャーリー」として生きてきた十四年間の記憶も残っていた。そのため大きな混乱はなく過ごせたが、イリスは違う。まったく知らない人たちが突然家族になって、しかも王女で、戸惑ったに違いない。

（食事がとれなくなったのはそのためだったのね）

食事の味が気に入らなかったのもあるだろうが、何より、知らない世界に一人ぼっちという心細さが大きかったのではなかろうか。知らない人間から与えられたまずい料理を、食べたくないと思うのもわかる気がする。

九歳だというのに大人びて感じたのは、イリスが前世で死んだとき、彼女は二十五歳だったからだろう。九歳の体に二十五歳の大人の女性が入っていたら、違和感を覚えて当たり前だ。

イリスは笑った。

「あなたがわたくしではなくお姉様の侍女だというのが残念だけど、できるだけ会いに来てくれないかしら？　この世界に来て、ようやく息がつけた気がするわ」

シャーリーの前世とイリスの前世は、もちろん接点はない。

けれども同じ転生者として仲間意識を感じるのだろう。シャーリーが頷けば、イリスはそれはそれは嬉しそうな顔をした。

5　緑の塔の秘密

シャーリーがアデルの侍女になって十日がすぎた。

もっとも、シャーリーはアデルの侍女でありながら専属料理人のような扱いだ。

今ではアデルもすっかりシャーリーの作る料理を食べたがるので、朝食と昼食はイリスとアデルの食事を作り、夕食はイリスの分だけを作る。シェネル達も珍しい料理を見れば味見をしたがるので、毎回少し多めに作る羽目になるが、料理は好きなので苦にはならない。

この十日の変化と言えば、アデルとイリスの部屋を往復するのが大変だろうとアデルが言い出して、朝食と昼食のときはイリスがアデルの部屋に来ることになったくらいで、変わりのない穏やかな日々がすぎている。

そんなある日のことだった。

「君の料理が美味しいから、半年後が淋しくなるね」

アデルがシャーリーの作ったオムライスを食べながら、ぽつりと言った。

シャーリーとともに給仕にあたっていたシェネルが、その一言を聞いてぎくりと手を止めると、きゅっと唇を嚙む。

だが、シャーリーはアデルの言う意味がわからず首をひねった。

「半年後に何かあるんですか？」

「あれ、そういえばシャーリーにはまだ言っていなかったかな」

「お姉様、わたくしも知りません」

「そうだったっけ？」

イリスが言うと、アデルはスプーンをおいて、シャーリーとイリスを交互に見やった。

「半年後だけどね、わたしは隣国——ブロリア国に行くことになっているんだよ」

「ブロリア国ですか？」

ブロリア国はローゼリアの西隣にある。

シャーリーの脳裏によぎったのはアデルとブロリア国の王子との縁談の可能性だったが、彼女はまだ誰とも婚約を交わしていない。婚約を交わす前からいきなり移動するのはおかしいし、縁談であれば、噂になっていないはずがない。

「では、わたしも一緒に、ブロリア国に行くことになるのでしょうか？」

王女が嫁ぐにしろそうでないにしろ、他国に移るのであれば、全員でなくとも数人の侍女を伴っていくことが多い。同行を求められた場合、シャーリーに拒否権はないが、両親には話を通しておく必要があった。

アデルは淋しそうに微笑んだ。

「いや、侍女は誰も連れて行かないよ」

「そうなんですか？　ちなみにブロリア国にいらっしゃるのは、どのくらいの期間なのでしょうか」

縁談でないのならば、すぐに戻ってくるだろう。もちろんまだ秘密にされている縁談である可能性も捨てきれないが、そうであればアデルがここまで浮かない顔をしているのはおかしい。

アデルは考え込むような仕草をして、曖昧な回答をよこした。

「どうだろうね。短くて三年、長くて二十年じゃないかな？」

「それは、随分と開きがあるんですね……」

「その時の状況によって変わるから、期間に開きがあるのは仕方のないことなんだよ」

ブロリア国に向かう目的については伏せたいようで、詳しくは教えてくれなかった。

これ以上は訊いてくれるなとばかりに苦笑して、アデルは続ける。

「だから、わたしがブロリア国に向かった後は、できればシャーリーにはイリスの侍女になってほしいと考えているんだけど、どうだろう」

九歳のイリスには、まだ侍女がついていない。彼女の身の回りのことはすべて乳母のコーラル夫人が行っているのだ。けれども、たいてい十歳前後で誰か侍女がつけられる。幼い王女とうまくやれる人物で、なおかつ実家に問題のない相手はいないものかと、慎重に人選がなされている最中らしい。

シャーリーのことはイリスも信頼しているし、フォンティヌス伯爵家にも問題がない。さらにはイリスの拒食をなおしたという功績もあり、現時点ですでに有力候補に挙がっているという。

「わたしが推薦すれば、間違いなく君に決まると思うよ。もちろんシャーリーの意志は尊重するから、無理にとは言わないけど」

シャーリーが侍女になるかもしれないと聞いたイリスはぱっと顔を輝かせたが、イリスが口を開く前に、急にシェネルが泣きだした。

「アデル様！　わたくしも一緒にブロリア国へ連れて行ってくださいませ！　あんなところにお一人でなんて……あんまりでございます！」

いつも品よく微笑んでいるシェネルがぼろぼろと泣き出したので、シャーリーは驚いた。

（あんなところ……？）

シェネルの言い方では、まるでアデルが敵地にでも向かうかのように聞こえる。

ブロリア国は平和な国で、ローゼリア国とも友好条約を結んでいる親密な関係だ。シェネルがどうしてそれほど嫌悪しているのかがわからず、シャーリーは戸惑ったが、この場でこれ以上のことを訊ける雰囲気ではなかった。

アデルがシェネルを慰めるのを見やりながら、シャーリーはイリスと顔を見合わせて、互いに首を傾げたのだった。


「シェネルはアデル様がブロリア国へ行く理由を知っているの？」

午後の休憩時間になって、空き時間に焼いたクッキーを持ってシェネルの部屋に遊びに行ったシャーリーは、どうしても気になったのでアデルのブロリア国行きについて訊ねてみた。

シェネルは紅茶を準備している侍女のドリスに、準備を終えたあとは部屋から下がるように伝える。あまり聞かれたくない話のようだ。

「わたくしはおばあさまが元王女で、『そう』だったから知っているの」

「『そう』って？」

シェネルは迷うように一度視線を下げて、意を決したように口を開いた。

「わたくしも、すべてを知っているわけではないわ。おばあさまも全部を教えてはくださらなかったし。だからわたくしが知っているのは、アデル様が『緑の塔』へ入れられるということだけよ」

「緑の塔？」

「この部屋からも見えるでしょ？　窓の外に見える、あの蔦だらけの塔のことよ。あの塔は、それぞれの国に一つずつ存在するの」

シェネルが指さした窓外には、シャーリーの部屋の窓からも見える緑の蔦に覆われた塔があった。

「あのちょっと不気味な塔？　アデル様は、あそこに入れられるの？」

シャーリーがお化けでも出てきそうだと思った塔である。壁が見えないほど、びっしりと緑色の蔦が巻きついていて、到底、中で人が暮らしているようには見えない。

「ブロリア国の、ね。見た目はどこも同じだと聞くから、あれとそう大差はないのでしょうけど」

「でも、どうして？」

シェネルはきゅっと唇を噛んだ。

「人質よ。ローゼリア国とブロリア国は、友好条約の維持のために、それぞれ人質を交換し合っているの。このことは秘密にされているから、知っている人は多くないわ」

「人質!?」

「そうよ。ここから見えるあの塔にも、ブロリア国の王族の誰かが人質として住んでいるはずよ。人質の期間を終えるまで、塔からは一歩も出ることを許されないのだとおばあさまから聞いたわ」

シャーリーは茫然とした。

人質としてブロリア国へ向かい、その任期を終えるまで閉じ込められるなんて、まるで囚人のようではないか。シェネルが泣き出したのも頷ける。敬愛するアデルがそのような目にあわされるなんて耐えられないだろう。付き合いの短いシャーリーでも嫌だ。

「緑の塔へ人質として入るためには、ある条件があると言うの。そしてその条件を満たせる人はごく稀(まれ)で、わたくしを含めて侍女の誰もその条件を満たしていないから、アデル様に同行することはできないのよ。聞いた話によれば、陛下もその条件を満たしている人物がいないか探していらっしゃるようだけど、まだ誰も見つかっていないんですって。だから残りの半年で見つからなければ、アデル様はたったひとりで塔の中に閉じ込められることになるのよ。身の回りの世話をする人も、話し相手も連れて行けず、たった一人で……」

「一人きり……」

「過去には、一人きりで塔に閉じ込められて、精神に異常をきたしてしまった方もいらっしゃるんですって。おばあさまのときは、一人だけ条件を満たした人がいて、その人と二人で塔に入ったし、期間は四年だったそうだから、まだ耐えられたとおっしゃっていたけど……、このままだったらアデル様はたったお一人で入られることになるわ」

シェネルは泣くのを我慢するように天井を仰いだ。

シャーリーは窓外に見える緑の塔を見やってそっと息を吐きだす。あまりのことに言葉もない。

（平然としているように見えるけど、アデル様は半年後に塔へ入ることを、どう思っていらっしゃるのかしら……）

毎日のまずい食事も、こんなものだと言って納得してしまうような人だ。人質の件にしても、アデルは自分の中で折り合いをつけて納得しているのかもしれない。だが、それでもつらくないはずはない。妹であるイリスの食事を気にかけていたのも、もしかしたら、自分がいなくなったあとのことを考えたからかもしれない。

「このことは限られた人しか知らないことだから、誰にも言わないでね」

泣き出すのを必死でこらえているような震えた声でシェネルが言ったが、シャーリーはただぼんやりと頷き返すことしかできなかった。

次の日の午後。

休憩時間に、シャーリーはふらふらと庭を歩いていた。

シェネルから聞かされたことが頭から離れず寝不足で、頭がぼーっとしているのに、心の中はもやもやして落ち着かない。

シャーリーは何となく広大な庭にある森の中に入って、緑の塔の近くまで歩いて行った。

窓から見てわかっていたことだが、絡みつく蔦の量に唖然とする。

（入口らしいものがどこにもないわ）

この中に人質として入るのだから、入口があるはずなのに、それらしいものは見当たらない。入口さえ蔦に覆い隠されてしまっているのだろうか。

塔の周りには衛兵の姿はなく、周囲を木々に囲まれているからかひっそりとしていて、やはり不気味だ。

（条件を満たさないと入れないってシェネルは言っていたわよね？　何か特殊な作りなのかしら？）

てっきり入る資格のことを言っているのだと思ったが、もしかして、条件を満たさなければ物理的に入れないような仕掛けでもあるのだろうか。

「それにしても、蔦ばっかりね。どこに壁があるのかしら？　まるで、蔦だけで作られているみたい」

密集した蔦の厚さはいかほどだろう。塔の大きさからみて、蔦の厚みはそれほど分厚くはないと思うけれど、そうなると、外壁らしいものが何も見えないというのはおかしな話だ。

（こんな不気味な塔に、アデル様も……）

これだけ蔦が絡まっていれば、中に光も差し込まないのではなかろうか。そんな中に一人きりで何年も閉じ込められれば、正気でいられなくなっても不思議ではない。

(この中にも、誰か閉じ込められているのよね……)

それを思うといたたまれなくなって、シャーリーがそっと蔦に触れた、そのときだった。

「きゃ……！」

急に目の前が真っ白に光って、あまりのまぶしさにシャーリーはきつく目を閉じる。

しばらくして、恐る恐る目を開けたシャーリーは、周囲の景色が一変していることに気がついて愕然とした。

(どこなの、ここは!?)

モスグリーンの絨毯が敷かれた、玄関ホールのようだった。振り返った先には玄関扉がある。目の前には大きな階段があって、その上には二階らしき場所と、そこから三階へと延びて行く階段が見えた。吹き抜け部分から上を見上げる限り、さらにその上にも階段が続いているようである。

(どうなってるの……?)

これは夢だろうか。先ほどまで外の森の中にいて、緑の塔を眺めていたはずだった。それが、気がつけば知らない邸の中にいるなんて、どう考えてもおかしい。

茫然としたシャーリーが、吹き抜けの下からぼんやりと、いったいどこまで続いているのかわからない階段を見上げた時だった。

コツン、と小さな足音が聞こえて、シャーリーはハッとした。

ダイエットプチブーム到来？

それは、シャーリーがフォンティヌス伯爵領に帰って半年ほどたったころのことだった。

ダイエットも順調に進み、持っていたドレスがぶかぶかになったので、侍女のエレッタとカントリーハウスで働くメイドたち総出でドレスのサイズ直しを行っている。兄のルシアンはそんな面倒なことをしなくても買い替えればいいだろうと言うのだが、シャーリーのダイエットは現在進行形だ。この先もドレスのサイズが変わることが想定されるので（というか変わってもらわないと困る）、サイズが変わるたびに買い替えていてはきりがない。

幸いにして、カントリーハウスの生活は暇なので、みんなでおしゃべりしながらチクチクと針を動かすのはなかなか楽しい。シャーリーが作ったダイエット中でも食べられる低カロリーお菓子の試食会も兼ねている。これは、ルシアンに頼まれて開発中のお菓子なのだ。

シャーリーが領地に戻って何気なく作った低カロリーのお菓子を目にしたルシアンが、これで一儲けできるのではないかと言い出したのだ。シャーリーが作った低カロリーのお菓子が、カントリーハウスで働く女性陣に好評だったからである。

父を手伝いながら領地経営を学んでいるルシアンは、シャーリーの低カロリーお菓子が領地の特産になりそうだと感じたらしい。おかげで、シャーリーはダイエットとは別に、日々低カロリーお菓子の研究をする羽目になったのだ。

「このブラウニーはほんのり苦みがあって美味しいですわ」

「こっちのクッキーも美味しいです」

「本当？　クッキーは固すぎない？」

「わたくしはこのくらい固い方が食べ応えがあって好きですわ」

メイドたちからの意見はおおむね良好だった。

シャーリーはダイエットのために豆乳を作って飲んでいるのだが、これらの低カロリーお菓子には、

転生料理研究家は今日もマイペースに料理を作る 1

あなたに興味はございません

狭山ひびき

イラスト：みわべさくら

初回版限定
封入
購入者特典

特別書き下ろし。

ダイエットプチブーム到来？

※『転生料理研究家は今日もマイペースに料理を作る　あなたに興味はございません①』をお読みになったあとにご覧ください。

その搾りかすであるおからを使用している。小麦粉とはどうしても風味が異なってしまうため心配だったが、受け入れられたようでホッとした。

「お嬢様がお作りになるお菓子を普段のお菓子の代わりに食べるようになってから、体重が少し落ちたんです」

クッキーを頬張りながら嬉しそうに笑うのはエレッタだ。エレッタは決して太ってはいないのだが、やはり体重や体型は女性にとって大きな問題で、コルセットが緩くなったと喜んでいる。

（お兄様、もしかしなくてもいいところに目をつけたのかしらね……？）

エレッタやメイドたちの反応を見る限り、低カロリーお菓子にはそこそこの需要がありそうだ。だが問題は作る人間が今のところシャーリーしかいないことだった。二週間後に試作品を売りだすと言うルシアンのせいで、シャーリーはその数日前からてんやわんやになることが目に見えている。これは急いで誰かにレシピを提供したいところだが、ルシアンが情報漏洩を懸念しているため、当面はカントリーハウスで働く料理人たちだけを対象にすると言うから、しばらくの間シャーリーが駆り出されるのは間違いない。

「おいシャーリー、二週間後に売り出す商品は決まったか？」

兄が両親に黙っていてくれるおかげでダイエットがうまくいっていることもあり、ルシアンには逆らえない。部屋に入ってくるなり、開口一番にそんなことを言い出したルシアンに、シャーリーは嘆息しつつ答えた。

「ブラウニーとクッキー、それからこっちのシフォンケーキにしようかと思うんだけど」

シフォンケーキは卵と油をたっぷり使って作るのが普通だが、開発したケーキは卵白のみで、油もほぼ使わずに作り上げた。腹持ちがよくないのが残念なところだが、紅茶の茶葉を砕いて練り込むことで風味をアップして満足感を追加している。ちなみに、メイドたちの評価はこれがダントツで一位だった。

「三種類だけか……、もっとないのか？」

「あるけど、さすがに一人だと作れないし、日持ちしないものもあるから」

「日持ちしないか……、レストランならいけるのか」

「……お兄様」

兄の口から不穏な単語が出てきて、シャーリーは半眼になった。レストランを作ってどうするつもりだ。シャーリーにそこで働けとでも言いたいのだろうか。

シャーリーの言いたいことがわかったのか、ルシアンが肩をすくめる。

「日持ち問題はまたおいおい考えよう。じゃあ、クッキーでバリエーションを増やしてくれ。できるだけたくさんの種類を用意したい」

「いいけど……、どれだけ必要なの？」

「そうだな、我が家と懇意にしている店すべてに並べる約束をしたから……」

「ちょっ、ちょっと待って！」

シャーリーは慌てて兄を遮った。

「うちと仲良くしているお店なんて、それこそ三十店以上あるじゃない！」

「近くの町だけだ。だからざっと……七店か？」

「ひいっ！」

シャーリーは悲鳴を上げた。七店すべてに商品を並べるとなると、いったいどれだけ作る必要があるのだろうか。兄のことだ、すでに大々的に宣伝しているはずで、あとに引けない。

（なんてことをしてくれたの！）

兄の計画を詳しく確かめなかったシャーリーも悪かったが、まさかルシアンがこれほど力を入れているとは思わなかったのだ。

茫然とするシャーリーの肩を叩いて、ルシアンはにこやかに告げた。

「お前のおかげで、領地にダイエットブームが到来しそうだな！」

そんなことにはならないはずだと言いたいところだが、すでにカントリーハウス内ではプチダイエットブーム中だ。

（……ダイエットなんて流行して、商品が好調に売れたりなんかしたら、お兄様のことだから全力で売りはじめるに決まってる……）

シャーリーはぞっとして、うっかり兄に低カロリーお菓子の存在を知られたことを大いに後悔したのだが、すでに後の祭りだった。

介したのはわたくしなのだから、わたくしも侍女にしていただかないと不公平ですわって」

なるほど、シェネルは押しかけ女房ならぬ押しかけ侍女になったらしい。

「あとそれから、わたくしのことはシェネルって呼んでね。同じ侍女のわたくしに敬称や敬語を使う必要はなくってよ」

シャーリーはなかなか行動派なシェネルに苦笑しつつ、頷いた。

「わかったわ、シェネル」

シャーリーとしても顔見知りがいるのは心強い。

シェネルは満足そうに笑って、城の中を説明しながらアデルの部屋まで案内してくれた。


アデルの侍女は、シャーリーを含めて四人だそうだ。

本当はもう一人いたそうだが、その侍女は既婚者で、つい一か月ほど前に妊娠を機に退職したという。

アデルの部屋に行くと、残りの二人の侍女もそこにいた。

残りの二人も、アデルの服装に影響されているのか、それとも彼女に憧れているのか、すっきりとした格好をしている。ひらひらとスカートを膨らませたドレスを着ている人は一人もいなかった。

「やあ、いらっしゃい！　待っていたよ」

アデルはくるぶし丈のガウチョのようなパンツを穿いていた。上半身はシンプルな詰め襟シャツころだった。その見覚えのある顔にシャーリーは目を丸くする。

シェネル・アンジー・イヴァンドル公爵令嬢だ。シェネルが着ているのはドレスではなく、えんじ色のタイトなロングスカートに白いブラウスだった。ブラウスの上にはスカートと同じえんじ色のボディスを身に着けている。

「シェネル様？　えっと、どうしてここに……？」

シェネルは悪戯が成功した子供のような顔で笑った。

「ふふふ、驚いたかしら？　わたくし、アデル様の侍女になったのよ。つまり、今日からあなたの同僚ってわけ」

この短い期間に、シェネルもアデルの侍女になっていたらしい。

詳しい話は歩きながらしようと言われて、シャーリーはシェネルのあとをついて行った。エレッタの案内はシェネルの侍女のドリスがしてくれるそうだ。

「アデル様のお部屋はね、二階にあるのだけど、渡り廊下を渡った奥の棟だからここから結構歩くのよ。あなたの部屋もアデル様の部屋の近くに用意されてるからあとで案内するわね」

シェネルはずいぶん城に詳しいようだ。デビュタントボールのときはアデルの侍女ではなかったはずなので、シャーリーと同じこの三日の間に侍女として雇われたはずだが、以前から城に出入りしていたのだろうか。シャーリーなら絶対迷いそうな城の中を、足取り軽く進んでいく。

「アデル様ったらひどいのよ。わたくしがあなたの話をしたら興味を持って、自分の侍女にするって言うじゃない？　そんなのずるいわよ。だからわたくし、アデル様に言ったの。シャーリーを紹足音は上の階から響いているようである。

規則的に、コツン、コツンと音がする。音の出所を確かめるべく、目を凝らしたシャーリーは、四階か五階のあたりの吹き抜けに面した手すりから、誰かが下を見下ろしていることに気がついた。

（あ、人！）

あの人に訊けば、ここがどこだかわかるだろうか。

シャーリーは上に向かって呼びかけようと口を開いたが、その前に上にいた人の姿が消えて、次いでものすごい勢いで階段を駆け下りてくる足音が聞こえた。

ぜーぜーと肩で息をしながらあっという間に階段を駆け下りてきたその人は、太陽のようにまばゆい金髪の男の人だった。

背は高いが痩せ気味で、しばらく日に当たっていないかのような真っ白い肌をしている。金色の髪は肩よりも少し長いくらいで、整った顔に不似合いなくらいに毛先がガタガタでざんばらだ。外見から判断するに、年齢は二十歳くらいだろうか。

彼は長い前髪の下で、よく晴れた夏の空のような色の瞳を何度も瞬かせた。まるで新種の生物でも見たかのような顔をしている。

あまりに無言で凝視されるものだから、シャーリーは居心地が悪くなった。

「あのー……」

シャーリーが声をかけると、彼はビクリと肩を揺らした。

（……まるでお化けでも見たような反応なんだけど）

さすがにちょっと傷ついた。シャーリーは化け物のような顔立ちはしていない。むしろ両親の遺伝子に感涙するほどに整った顔立ちだ。……自分で言うのもなんだが。

彼はシャーリーを凝視したまま、何度も口を開閉した。「あー」とか「うー」とか発声練習でもするかのように声を出す。その声は妙なほどに掠(かす)れていて、もう何年もまともに声を出していなかったかのようだと思った。

やがて発声練習に満足したのか、彼は一音一音を確かめるようにゆっくりと言った。

「そなた、どうやってここに入ってきたんだ？」

「どうやってと言われても……」

シャーリーは自分の身に起こったことをそっくり伝えた。

緑の塔に触れた次の瞬間にはここにいたこと。そして、シャーリー自身にもこの状況がよくわかっていないことを告げると、彼は「なるほど」と頷いた。

「つまり偶然なのか？　その様子だと、この塔に入る資格も知らないのだろうか？」

「塔？　え？　じゃあ、ここは緑の塔の中なんですか？」

シャーリーは目を丸くした。

外から見た塔は、小さくはなかったが、こんなに奥行きがあるようには見えなかった。どういうからくりなのだろうか。いや、というか、そもそも入口すらなかったし、当然、玄関を開けた記憶もない。シャーリーはどうやって中に入ったのだろう。

（というか、シェネルも言っていたけど、塔に入る資格って何？）

塔に入るにはある条件を満たしていなければならないとシェネルは言っていたが、それはいったい何なのだろう。シェネルはその条件を満たした人は、誰も見つかっていないと言っていた。資格もなく無断で入ったら罰せられるのだろうか。

シャーリーは青くなった。

（というか、ここが緑の塔の中だとしたら……この人、ブロリアの王族？　うわ、まずい。無断で入ったって怒られる！）

相手が隣国の王族だと気づくと、シャーリーは途端に落ち着かなくなった。アデルは気さくだから話しやすいけれど、さすがにブロリア国の王族に失礼があったら大変だ。

早くこの場から立ち去らなくてはと、シャーリーが慌てて取っ手のない玄関扉を振り向けば、彼は焦ったようだった。

「ま、待て！　せっかく来たのだ、少しくらいゆっくりして行っても、いいだろう？」

「え、でも……」

「茶くらいなら私にだって入れられる！」

まるで縋りつくような声だった。

シャーリーは不思議に思ったが、どうして彼がこのような反応を示すのか、その理由に思い当たりハッとする。

（そっか、この人、人質だから……、ずっと一人きりだったんだ）

アデルは一人きりで塔に入る予定だと聞いた。つまりは、ここにいる彼も、ずっと一人きりでこの塔で生活していたのだろうか。塔に入る条件を満たした人はなかなかいないと言うし、彼以外の人の気配がないことからも、彼が一人きりだというのは間違いなさそうである。

シャーリーに与えられた休憩時間は、まだ充分残っている。

「じゃあ、ちょっとだけなら……」

シャーリーが頷けば、彼は嬉しそうに破顔した。


彼の名は、アルベール・リュカ・ブロリアというそうだ。

ブロリア国の第三王子で、年は二十歳だと言った。

王子が紅茶を入れると言うから心配していたが、塔での一人暮らしが長いからか、手つきは非常にスムーズだった。

一階にあるダイニングはとても広く、映画などでよく見る、中世の古い城の中のような威厳のある作りをしている。壁に埋め込まれるようにして並んでいる蠟燭（ろうそく）のランプには、煌々（こうこう）とした赤い炎が灯っていた。

天井を見上げると、こちらも蠟燭のシャンデリアがあるが、こちらには火が灯されていない。

アルベールによると、食事や衣服、生活に必要なものは届けられるが、侍女も使用人もいないために、身の回りのことは自分でしなければいけない。塔に入れられて最初のころは、自分が入れた茶は渋くて飲めたものではなかったそうだが、人間慣れるものだなと彼は笑った。

さらに言えば、食事や衣服を届けられるけれど、人と顔を合わせることも会話することもなく、決められた小さな部屋――食糧庫――に置かれているだけなのだそうだ。アルベールは塔に入れられて二年だそうだから、人に会ったのは二年ぶりだと言う。

そういう話を聞いていると可哀そうになってきて、シャーリーの鼻の奥がツンと痛くなってくる。二年も一人ぼっちだなんて、シャーリーには耐えられない。

紅茶とともに出されたビスケットをかじる。恐ろしく固いビスケットだった。防災用の乾パンの方が柔らかい気がする。日持ちを考えて作られているのかもしれないが、はっきり言おう、まずい。（お菓子でさえこれってことは、運ばれてくるのはアデル様たちと同じ、あの美味しくない食事なんだろうな）

たった一人きりで閉じ込められて、食事もまずくて、本当に囚人のような扱いだ。友好条約のための人質ならばもっと丁重に扱うべきではなかろうか。

半年後にアデルも同じような境遇になるのだと考えると、ふつふつと小さな怒りが沸いてくる。アルベールは今日まで二年をこの塔ですごしているが、彼はあとどのくらいここに閉じ込められる結果となるのだろうか。アデルは短くて三年、長くて二十年ほどだと言っていた。最長で考えれば残り十八年――シャーリーならば、考えるだけで気が狂うだろう。

塔に入る条件――アルベールは資格と言ったが――が何であるのかはシャーリーは知らないから、どうしてシャーリーがここに入ることができたのかはわからないが、アルベールに言わせれば、ここへ入れた時点で、シャーリーはどうやらその条件とやらを満たしているらしかった。

「偶然とはいえ、そなたが私の前に現れたことは、私にとって神の慈悲のように思う。だが、そなたがここに入れたことは、誰にも言わない方がいいだろうな。私がこの塔へ入る一年ほど前に、ブロリアの塔の人質の入れ替えがあった。ローゼリア国はそれほど長く同じ人間を塔へ閉じ込めたりしないから、そろそろあちらの塔の人質の入れ替えがあるころではないのか？　そなたがここへ入ることができると知られれば、そのものとともにブロリア国の塔へ入れられることになるだろう」

まだ声を出すことに慣れないようで、アルベールはゆっくりとかみしめるように話す。

（その条件って何なのかしら？）

訊いてみたいような、あまり深入りすべきではないような。少なくともシャーリーはその条件とやらを満たしているそうなので、アルベールの言う通り、この件を公にすればアデルとともにブロリア国の塔へ入ることになるのだろうか。

シャーリーがついて行けばアデルは一人きりで人質の期間をすごさなくてすむ。シャーリーはアデルの侍女なのだから、彼女が望めばついて行くべきだ。

シャーリーの思考が安易な方へ傾きかけたとき、アルベールが嘆息した。

「その顔を見るに、あまりわかっていないようだな。いいか？　そなたが何を考えているのかは知らないが、塔の中に閉じ込められるということは、何年も人に会うこともできず、自由に出歩くこともできず、日の光に当たることもないということだ。塔の中での生活がどういうものか、すぐには想像できないかもしれないがよく考えろ、覚悟をして入った私でさえ、この二年の間に何度死にたいと思ったかわからない。それが、そなたには耐えられるのか？　話を聞くだけではわからないかもしれないが、経験者の忠告は聞いておけ」

アルベールに諭すように言われて、シャーリーはごくりと唾を飲みこんだ。

そうだ、アデルについてブロリアの塔に入るということは、少なくとも三年、長くて二十年、ずっと二人きりで塔の中で生活するということになる。両親にも兄にも会うことはできない。外に出ることも許されない。耐えられるだろうか。……無理な気がする。

（でも、条件を満たす人はなかなか現れないっていうから、わたしが黙っていたらアデル様は……）

シャーリーはぎゅっと拳を握りしめた。

アデルが可哀そうというだけで簡単に判断できることではない。けれども、「わたしには関係ない」と知らんぷりが続けられるかといえば、シャーリーの心はそんなに強くはないのだ。

アデルは気が狂ったりしないかもしれない。三年で無事に帰ってくるかもしれない。だが、人が見殺しにされるのを黙って見ている――まるでそんな気分だ。たとえようもないほどの恐ろしい罪悪感が胸を占める。

どちらを選んでも、シャーリーは後悔する気がした。キリキリと胃のあたりが痛くなってうつむけば、アルベールが硬いビスケットをミルクティーに浸してふやかしながら言った。

「悩むなら止めやしない。そなたが決めることだ。だが、悩むくらいならまだ黙っておけ。答えが出るまでは少なくとも、誰にも言わない方がいい。わかるな？」

シャーリーは頷いた。

答えはすぐに出せない。アデルがブロリア国へ向かう半年後までに、答えが出るかもわからない。誰かに話せば強制的にブロリア国の緑の塔行きになると言うのならば、答えが出るまでは内緒にしておいた方がいいという彼の言葉は理解できる。

「そなたは、ローゼリア城で生活しているのか?」

暗くなってしまったシャーリーを気遣ってか、アルベールがわざと明るい声を出した。

「はい、アデル様――第一王女殿下の侍女をしているので」

「そうか。外はどんな様子だ。どんなことでもいいから教えてくれ」

閉じ込められているからどんな話でも面白いとアルベールは言う。

シャーリーは時間の許す限りアルベールの話し相手を務めることにした。ずっと一人きりで閉じ込められていた王子の気分が、少しでも晴れるといい。

「それで昨日は、アデル様が――っと、もうこんな時間」

アルベールが楽しそうに話を聞いてくれるから、時間を忘れて喋っていたシャーリーはハッとした。シャーリーの休憩時間は長いが、それでもそろそろ終わるころだ。

「……もう時間か」

アルベールがしゅんとする。

その淋しそうな様子に、一人ぼっちで置いて行かれる子犬を想像してしまったシャーリーの心がズキンと痛くなった。

「ま、また明日来ますよ?」

つい、そんな約束をしてしまう。

アルベールはぱっと顔をあげた。

「本当か？　待っている！　そなたがよければ、たまにでいい、ちょっとの時間でいいから、会いに来てくれ。そなたが来てくれるならば、私はまだ正気でいられる気がする」

アルベールは心底嬉しそうな表情で言ったが、最後の一言に彼の心身の疲弊を感じ取って、シャーリーは泣きたくなった。

6　緑の塔へ入る条件とポテトサラダ

昨日の夜に漬けておいた青菜の浅漬けは大成功だった。

チンゲン菜に似た形をしていて、食べてみるとみずみずしくて繊維が柔らかかったので、漬物にしたら美味しいのではないかと思ったが、その読みは間違っていなかった。

「今まで漬物の存在を忘れていたわ。もっと早くに作ればよかった」

ふんふんと鼻歌を歌いながら、軽く水洗いをした浅漬けを細かく刻むと、唐辛子とほんの少しの砂糖で炒める。何を作っているのかと言えば、高菜炒めの代用品だ。

濃いめに味付けをした浅漬けの炒め物を、炊き上がったご飯に混ぜこんで三角のおにぎりにすると、こっそり用意していた木製の蓋つきの箱に二つほど詰めた。

（次は唐揚げよね！）

鶏肉にニンニクと塩で下味をつけて数時間寝かせておいたものに、薄く小麦粉をつけて唐揚げにする。衣の小麦粉をできるだけ薄くするのがカラッと仕上がるコツである。まだ中への火の通りが少し浅いかなというところで外に出し、ほんの少しだけ時間をおいて強火で二度揚げ。こうすることで余熱で中まで火が通り、ジューシーな唐揚げに仕上がるのだ。

唐揚げが揚がると、今度は甘めの卵焼きを作る。唐揚げを作るときに素揚げしておいた野菜をビネガーで軽くあえて、それも箱に詰める。そして最後は、ポテトサラダだ。

ローゼリア国にはマヨネーズというものが存在していなかったが、混ぜてしっかり乳化させるのが大変なだけで、卵と酢と油があれば作れるのである。ポイントは先に卵黄とサラダ油をしっかりと混ぜること。こうすることで分離せず、綺麗なマヨネーズに仕上がる。ローゼリア国の酢はワインビネガーのことをいうが、今回は酸味の強い柑橘のしぼり汁を酢のかわりにした。味付けは塩と胡椒でシンプルに。出来上がったマヨネーズとマッシュポテトを混ぜてポテトサラダにすると、木箱に詰めてシャーリーは手を止める。

「完成っと」

なかなかオーソドックスなお弁当の完成である。

（アルベール様はどんな反応をしてくれるかしら？）

シャーリーが作っていたお弁当は、アルベールのためのものだった。緑の塔に一人きりで閉じ込められているアルベールに差し入れるのだ。

はじめて緑の塔に入ったあの日から、シャーリーは毎日アルベールに会いに行っていた。

アデルの侍女であるシャーリーの休憩時間は、昼にまとめて二時間ある。ほかにも短い食事の時間があるが、シャーリーは侍女でありながら料理人として雇われているので、毎日決まった時間に休憩がある。

シェネルたちほかの侍女は、その日その日のスケジュールによって休憩時間はまちまちで、侍女でありながら剣の腕を買われているミレーユ・エリザベート・サドック男爵令嬢は、アデルの護衛のような役割でそばにいるから、ほかの侍女たちよりも休憩時間が短くて、一日のうちに数回ある。

（ポテトサラダは多めに作ったからイリス様の夕食にも回せるし、残った浅漬けはもう少し漬けておいて、箸休め――じゃなくて、フォーク休めね）

そのほかのメニューは休憩を終えてから考えればいいだろう。

シャーリーはお弁当箱に蓋をすると、キッチンの下の棚を開けた。

（うんうん、いい感じに発酵してるわー！）

棚の中から大きめのガラス瓶を取り出して、その中の液体を見つめてにんまりする。中身は水とレーズンだが、ただの水とレーズンではない。発酵中の天然酵母だ。リンゴやイチゴなどほかの果物でも作れるが、レーズンが一番発酵しやすいので、手始めにお菓子作りで余ったレーズンを使うことにしたのだ。

（うんうん、もうちょっとってところね）

瓶をしゃかしゃか振りながら、天然酵母ができたあとのことを考える。顔が緩むのが止まらない。

本当ならば、このあとは出来上がった天然酵母液と強力粉を混ぜて元種を作るのだが、ローゼリア国で売られている小麦粉は薄力粉や中力粉、強力粉などに分類されていない。十把一絡げに「小麦粉」なので、発酵具合や食感などを見ながら試行錯誤が必要だ。ドライイーストを使うパンと違って、天然酵母は少し酸味があるが、でも、これでふわふわのパンが食べられる。

一年前から、ずっと思っていたのだ。

去年は最優先事項がダイエットだったのでここまで手が伸びなかったが、何とかしてふわふわのパンが食べられないだろうかとずっと考えていた。

ローゼリア国で広く食べられているパンは、固くてぼそぼそしているのだ。ずっと理由がわからなかったが、調べてようやくわかった。ローゼリア国のパンは、発酵にワイン——正確には、ワインを作る過程で取り出した発酵途中の液体——を使っているようなのである。そのため風味も独特で、シャーリーが前世で食べなれたふわふわ食感ではない。

（詳しくはわからないけど、発酵途中のワイン液も天然酵母に近いとは思うのよね。でも元種を作らず小麦粉に混ぜて焼いてるだけっぽいから、そもそもパンを作る過程の問題なのかもしれないけど）

作り方さえ普及すれば、ふわふわのパンが食べられると思うのだ。もちろん、パン作りを教えて回るのは面倒くさいのでしないけれど。

フォンティヌス伯爵家ではパンはあまり食べられず、どちらかと言えば甘くないホットケーキのようなものやスコーンが多かった。だからたまに出てくるパンのまずさにも耐えられたが、ここではほぼ毎日パンが出てくる。

シャーリーはイリスに作った食事と同じものを食べるのでまだいいが、アデルは毎日の夕食にあのまずいパンを食べているのだろう。

そして、それはアルベールも同様だ。硬くてパサパサしているからなのか、この世界のパンは湿度管理さえできていれば日持ちするようだ。塔に閉じ込められているアルベールへは、三日に一度パンの補給があるそうで、パサパサのパンがダイニングテーブルに山積みになっていた。

アルベール本人は気にしていないが、シャーリーはあの山積みのパンを見るたびに可哀そうに思っていたのだ。

そこでついに、天然酵母に手を出すことにしたのである。

幸いなことに天然酵母作りに必要なのはフルーツ——今回はレーズンを使ったが——と少量の砂糖とぬるま湯、煮沸消毒ができる瓶だけ。あとは完成するまで一日に二、三回ほど瓶を振れば、発酵が進んで出来上がりという簡単さなので、ほとんど時間もかからない。

（今晩には元種作りをしても大丈夫そうかな。なら、明日には試作品が作れるかしら？　この世界の小麦粉との相性もあるし、最初は発酵時間を長めに取ろうかな）

最初のうちは失敗することも覚悟の上だ。何度か作るうちに、ベストな発酵時間と配分がわかってくるだろう。

ふわふわのパンが完成すれば、そこから一気にバリエーションが広がる。甘いパン、総菜パン、食パンやバゲット、揚げパン。ピザだって焼けるし、サンドイッチだって作れるのである。

（ふふふ、一気に食生活が華やかになるわ！）

シャーリーは瓶を棚の中におさめると、バスケットの中にお弁当と、それから調理していない生野菜やウインナーを詰めた。これは緑の塔の中のキッチンでスープを作るのに使うのだ。

いまだに緑の塔へ入る条件とやらはわからないが、入ってしまって、アルベールと知り合ってしまったのだから、知らなかったときと同じ生活はできない。塔から出してあげることはできなくても、少しくらいは彼の気が晴れるといい。

シャーリーはバスケットを持つと、緑の塔がある森の中へ向かうことにした。


（本当に変な塔よね）

緑の塔は相変わらず蔦だらけだ。

入口がどこにあるのかもわからなければ、どこに壁があるのかもわからない。

そして、塔への入り方がまた異様なのだ。

シャーリーが塔に巻き付いている緑の蔦に触れると、一瞬視界が明るくなって、次の瞬間には塔の玄関ホールに立っている。帰るときも、シャーリーが塔の中の取っ手のない玄関口に触れるだけで、元の場所に戻れるのである。

けれども、アルベールがいくら玄関扉に触れたところで、外に出ることはできない。彼によれば、塔へ閉じ込められる人間は、逃亡を防ぐために、時が来るまでは塔の外へ出られなくされているそうだ。どんなからくりがあるのか、全く想像できない。

シャーリーが塔の中へ入ると、アルベールがバタバタと駆け下りてくる足音が聞こえた。

アルベールはこの塔の四階を私室に使っているのだ。一階にはダイニングのほかに浴室があって、二階は特に使っていないという。四階以上については同じような部屋が延々と続いているそうで、最上階が何階なのかは、最後まで上ったことがないからわからないらしい。

使用人がいないから、湯の支度や各部屋の掃除などもアルベール一人で行っているのだろうが、こう広いと大変だろう。

玄関まで駆け下りてきたアルベールは、変わらずきらっきらの金色の髪をしていた。初対面の時と違うのは、目を覆うほど長くなっていた前髪が短くなり、不揃いだった後ろ髪が綺麗に切りそろえられたことだろうか。これは塔へ最初に入った日から三日後、見るに見かねてシャーリーが切ったのである。

髪が整うと不思議なもので、王子様度が格段にアップした。まぶしいくらいだ。

「いらっしゃい、シャーリー」

王子様スマイルは今日も全開だ。

アルベールは二十歳で、シャーリーより五歳も年上なのだが、捨てられた子犬を餌付けしてしまった感が否めないのはどうしてだろう。

一人きりで塔で生活するアルベールは、シャーリーが会いに来るのがよほど嬉しいと見える。ぶんぶんと左右に振れる尻尾の幻影でも見えてきそうだ。

「アルベール様、今日もキッチンを借りますね」

一言断ってから、シャーリーはダイニングの奥にあるキッチンへ向かった。

持って来たウインナーと野菜で簡単なスープを作ると、お弁当箱と、スープ皿を持ってダイニングへ向かう。

椅子に座って出来上がるのを待っていたアルベールが、嬉しそうにフォークとナイフを握った。

正直、おにぎりをナイフとフォークで食べるのは違和感があるが、箸文化がないのだから仕方がない。

「シャーリーの料理ははじめて見るものばかりだが、どれも美味しいな」

はじめてシャーリーがお弁当を持ってきた日、アルベールは見たこともない料理に警戒していた。

アルベールはブロリア国の第三王子で、この塔へ入るまでは毒見されるのが当たり前だった。見たこともない料理を警戒するのは当たり前で、もしかしたら食べてくれないかなと心配したのだが、彼はしばらく料理と睨めっこを続けたのちに、恐る恐る口に運んでくれたのだ。そのあとは言わずもがな。すっかり気に入ってくれたというわけだ。

アルベールの話では、ブロリア国の王族の食事も美味しくないらしい。どうして王族だけ美味しくない料理を食べているのかと問えば、彼は平然と答えた。

――王族が贅沢に慣れては困るからだ。

その答えは意外すぎた。

シャーリーの感覚上、王族の生活は贅沢三昧の超がつくセレブ中のセレブ。その王族が、贅沢に慣れてはいけないというのはどういうことだろうか。

だが、なんとなくこれ以上踏み込んではいけない気がして、アルベールからはその問いの答えを得ていない。わかったのは、シャーリーの想像している王族の生活とこの世界の王族の生活が違うということだけだ。

「満腹だ。美味しかった！　そなたがこうして料理を差し入れてくれるから、届けられる食事が余って仕方がないな」

お弁当箱の中身とスープをきれいに平らげたアルベールは苦笑した。ダイニングテーブルの上に置かれている籠に、パンが山積みになっている。シャーリーがまずいと感じているパサパサで硬いパンである。シャーリーが食事を運ぶから、パンにはほとんど手をつけていないらしい。ただ、確かに美味しくないパンだが、このまま捨てるのはもったいない気がした。

「うーん、卵と牛乳とバター、それから砂糖はありますか？」

「それなら、届けられる食材がそのままキッチンにあると思うよ。何か作るのか？」

「できてからのお楽しみです」

シャーリーは笑って、パンの入った籠を持ってキッチンへ向かった。このまま食べても美味しくないなら、加工してしまえばいい。パサパサしているのだから、それだけ卵や牛乳をよく吸ってくれるだろう。

（フレンチトーストみたいにしたら柔らかくなるし甘くなるから、美味しく食べられると思うのよね）

卵と牛乳と砂糖を混ぜ合わせた卵液に、卵液がしみこみやすいようにカットしたパンを入れていく。しっかり卵液がしみこんだパンを、バターでじゅわっと焼けば完成だ。簡単だし美味しいし、最初にフレンチトーストを開発した人は天才だと思う。

シャーリーがフレンチトーストもどきを作ってダイニングに戻れば、アルベールがそわそわした様子で待っていた。キッチンからいい香りが漂ってきて気になって仕方がなかったという。

「それはなんだ?」

わくわくと皿の中身を覗き込みながらアルベールが言う。その手には、しっかりとナイフとフォークが握られていた。

「パンですよ。あのままだと美味しくないので、加工してみました」

「いい匂いがするな」

アルベールはフレンチトーストを口に入れて、ぱちぱちと目をしばたたいた。

「これがあのパンなのか?」

フォークを口に入れたまま驚いたように顔をあげ、それから一心不乱に食べはじめた。お腹がいっぱいだと言っていたのが嘘のように、あっという間に皿の中身を完食する。

皿をからっぽにしたアルベールは、名残惜しそうにフォークを置いた。

「もうないのか?」

「いるなら作りますけど……、アルベール様、お腹いっぱいなんじゃ?」

「夜に食べる」

アルベールは、フレンチトーストがよほど気に入ったらしかった。

シャーリーは苦笑して、アルベールの望み通りフレンチトーストを何枚か焼いておく。冷めても美味しいはずだが、食べるときにフライパンで温めなおした方がもっと美味しいはずだと伝えると、アルベールは自分で温めなおして食べると言った。二年も一人で生活しているから、焼いたり茹でたりするくらいはできるらしい。

シャーリーがキッチンを片付けている間にアルベールが紅茶を入れてくれた。アルベールの食後に、こうして他愛ない話をするのがシャーリーの日課になりつつある。

そして、シャーリーが帰るときにアルベールが淋しそうな顔をするのも、毎日のことだった。

そのアルベールの顔に、半年後のアデルの姿が重なって見えて、シャーリーは胸が苦しくなる。

（アデル様も半年後は一人で……、でも――）

もし、シャーリーがアデルについて行くという選択をすれば、アデルは一人ではなくなる。

もちろんシャーリーは、まだアデルについてブロリア国の緑の塔へ行く覚悟ができていない。それに、シャーリーがアデルについて行ったら、アルベールに会いに来る人は誰もいなくなって、彼はまた一人ぼっちに戻ってしまう。

（わたしは、どうするのがいいのかしら？）

空になったお弁当箱を持って、アルベールに別れを告げて緑の塔を出る。

見上げれば、高い木々の間にアルベールの瞳と同じ青い空が見えて、別れ際の悲しそうな彼の表情を思い出した。

（塔に入る条件って何なのかしら……）

それを知ったら戻れなくなる気もする。だが、条件を知れば、もしかしたらシャーリー以外にもその条件を満たす人を探すことができるかもしれない。

王族がずっと探して見つからないのだから、簡単に見つかるものではないだろう。しかし現にこうして、シャーリーはその条件を満たしているのだ。探せばきっとどこかにいる。

シャーリーはまだ覚悟ができていないが、アルベールもアデルも一人ぼっちにはしたくない。シャーリーの身は一つだが、もう一人いれば二人を一人ぼっちにしない方法があるかもしれない。

（って、そんなに簡単な問題でもないんだけどね）

条件を満たす人間がもう一人見つかれば即解決できる、そんな簡単な問題ではない。だが、このままではシャーリーがどんな選択をしたところで、結局どちらかを一人ぼっちにしてしまうのだ。

（いっそ、人質制度なんてやめればいいのに）

シャーリーはお弁当箱の入ったバスケットを抱えなおすと、ため息を吐きながら、とぼとぼと城へ向かって歩き出した。


緑の塔からアデルの部屋のキッチンに戻ったシャーリーは、イリスの食事の準備に取りかかろうとして、ふと違和感を覚えた。

（あれ？）

夕食のメニューの一つにしようと、アルベールのお弁当を作るときに多めに作っておいたポテトサラダが、なくなっている。キッチンの上にはポテトサラダが入っていた皿だけが残っていて、中身はからっぽだ。

「……なんで？」

シャーリーは首をひねった。狐につままれたような気分だ。

ポテトサラダは確かにイリスの分を残していたはず。一瞬、アデルが食べたのかと疑ってしまったが、彼女がそのような意地汚いことをするとは思えない。ほしければシャーリーに直接頼んでくるだろう。

シャーリーはしばらく首を傾げたまま立ち尽くしたが、いくら考えたところで原因は思い当たらないのであきらめた。いつまでもぼんやりしていたら夕食の支度に間に合わなくなる。

（ポテトサラダは作り直すとして……、マヨネーズを多めに作って、一部をオーロラソースにしてメンチカツはどうかしら？）

そして、メンチカツを作るついでにハンバーグを作れば、明日のアルベールのお弁当のおかずにもできる。一石二鳥だ。

そうと決まると、シャーリーはいつも食材を持ってきてくれるメイドに夕食に使う材料を頼んで、それを待っている間に天然酵母を取り出して元種を作ることにした。そして、夜寝る前にパン生地を作っておくのだ。

発酵にどのくらいの時間をかけるのがベストであるかを探るため、今回は明日の朝までじっくり発酵させてみることにする。明日の発酵具合を見て、長ければ次はもう少し短くして、まだたりなそうならばもう少し時間を置いてみる。発酵させすぎても美味しくないので、そこは味とふわふわ加減を見ながら調整だ。

長時間発酵の場合、冷蔵庫があれば嬉しいが、この世界に便利な家電製品なんて存在しない。そもそも電気の概念はなさそうだから、贅沢は言えない。

（イースト菌なら一、二時間でいいんだけど、この世界の小麦粉と天然酵母の相性がわかんないし、こまめにメモを取って行った方がいいよね）

この世界の小麦粉に含まれるグルテンの量もわからないから、どんな仕上がりになるのかは出来上がってみなければわからない。

最初のパンはシンプルに小麦粉と水と砂糖と塩、それから少量のバターだけで作ってみようと思う。コツがつかめてきたら生地に卵を混ぜたりバターを多めに入れたりして、いろいろなバリエーションを試してみるつもりだ。

「シャーリー」

シャーリーが鼻歌を歌いながら天然酵母液に小麦粉を混ぜて元種を作りはじめたとき、キッチンにアデルがやってきた。

アデルが料理中にキッチンに来るのは珍しい。シャーリーが手を止めると、アデルは困った顔をしていた。

「何かお困りごとですか、アデル様」

表情から、てっきり何か至急の用事があって来たのだろうと思ったが、そういうわけでもないらしい。

アデルはシャーリーのそばまでやってくると、ちらりとキッチンの上を見て、申し訳なさそうに言った。

「その、だね……。ここに君が作ったマッシュポテトのようなものがあっただろう……？」

ポテトサラダのことだろうか。まさかとは思ったが、アデルが食べたのだろうか。だが、それにしては様子がおかしい。

首をひねって歯切れの悪いアデルを見上げると、彼女は嘆息しながら続けた。

「すまない。少し目を離したすきに、弟が食べてしまったんだ」

「弟……？」

シャーリーはきょとんとし、それからくわっと目を見開いた。

「弟!?」

アデルが弟と呼ぶ相手は一人しかいない。第二王子のエドワルドだ。

現王には姫が二人、王子が二人の四人の子供がいる。第一王子はアデルの兄なので、アデルが弟と呼ぶのは、アデルより一歳下の、十八歳の第二王子エドワルド・ステフ・ローゼリアしか存在しない。

（なんでエドワルド王子!?）

思いもよらぬ答えにシャーリーが茫然としていると、アデルが気まずそうに視線を彷徨（さまよ）わせた。

「わたしのせいなんだ。その……、君の料理が美味しくて、ついつい弟に自慢してしまって……、そうしたらだね、弟はすっかり君の料理に興味を持ってしまったようで、キッチンを見せてほしいと言い出してね。君は休憩中だったたし、キッチンを見せるくらいならいいかなと思って案内したら、君が作り置きしていたマッシュポテトを見つけて……、止める間もなくあっという間に食べてしまってだね……」

アデルは、シャーリーに無断でエドワルドがポテトサラダを食べたことを気に病んでいるようだった。

ポテトサラダはまた作ればいいのだから、気にしなくていいと答えかけたシャーリーは、次のアデルの言葉に目を見開く。

「それで、弟はすっかり君のマッシュポテトの味が気に入ってしまったらしくてね……、申し訳ないのだけど、明日、弟に会ってくれないかな？　どうしても君に会いたいと言って聞かなくて、ついでに簡単なものでいいから、何か作ってもらえると助かるんだけど……」

（ええ――――!?）

どうやらシャーリーは、知らないところで第二王子エドワルドの胃袋をつかんでしまったようだ。

シャーリーはあまりのことに、危うく天然酵母液の入った瓶を取り落とすところだった。

第二王子エドワルド・ステフ・ローゼリアは、黒髪にアデルと同じ琥珀色の瞳をした、すらりと背の高い王子だった。体を動かすことが好きだからか、適度に日に焼けた肌をしている。
エドワルドとの約束は昼。
シャーリーの作った料理を食べさせろという要望があるため、別々に作るのも大変なので、アデルの部屋で昼食を一緒にとることになった。

いつもはアデルとイリスの二人だけの昼食だが、今日はエドワルドが来るので、本日の給仕担当のシェネルは緊張気味だ。

約束の時間よりも早くやってきたエドワルドは、料理はまだかと言ってシェネルを困らせた。見かねたシャーリーはすでに出来上がっていたスープと、エドワルドが気に入ったというポテトサラダをパンの間に挟んだサンドイッチを先に出すことにした。

天然酵母で元種を作り、それを使って昨日の夜から発酵させていたパン生地は、ガス抜きをしてみたところ、少し発酵させすぎた感があった。シャーリーは発酵させすぎた分、ちょっとだけ水と小麦粉をたしてこねなおし、整形して丸パンを作り、それに切れ目を入れてサンドイッチにしたのである。

今日のポテトサラダには、アクセントにカリカリに焼いたベーコンを加えたから、食べ応えもあるはずだ。

キッチンにやってきたシェネルにスープとサンドイッチを渡すと、彼女はホッと息を吐いた。

「ありがとう。催促されてどうしようかと思っていたのよ。アデル様が注意してくださったから静かにはしてくださっているんだけど、視線が……」

弱り顔のシェネルが可哀そうになってきた。シャーリーが後でシェネルの部屋にサンドイッチを差し入れに持って行くと言うと、彼女はにこりと微笑(ほほえ)んでワゴンを押しながらアデルたちのいる部屋へ戻っていく。

エドワルドがサンドイッチを食べている間に、シャーリーは小麦粉で作ったニョッキに、完熟トマトで作ったソースとチーズをかけてグラタンを作る。

イリスが気に入っている米料理も考えたが、ローゼリア国では米はカーシャにしか使われないので、エドワルドは食べなれていないだろうから、今日は小麦粉料理にすることにしたのだ。米料理が恋しくて仕方がないイリスはがっかりするかもしれないが、今日は我慢してほしい。

口直しには、スープを一度冷ました際にできた煮凝り(にこご)りを使って、蒸した根菜のジュレソースがけを作ってみた。

デザートはふわふわのシフォンケーキである。シフォンケーキは四分の一だけ残しておいて、午後の休憩の時にアルベールに差し入れるつもりだ。

シフォンケーキは作ったあとにしっかり冷ました方がいいので、すでに作ってある。シフォンケーキはメレンゲが命で、卵白を泡立てる際に電動ミキサーが恋しくなったが、ないものは仕方がなく、腕を痛くしながら一生懸命にピンとツノが立つまで泡立てた。おかげでまだ右腕がだるい。

ニョッキグラタンをオーブンに入れて一息ついていると、シェネルが申し訳なさそうな顔をして戻ってきた。

「シャーリー、エドワルド様がサンドイッチのおかわりですって」

「ええ!?　もう食べちゃったの!?」

シャーリーは啞然としたが、育ち盛りの十八歳男子はこんなものだろうと思いなおす。高校の時に二時限目と三時限目の間の休憩時間に早弁をしていた男子生徒を思い出して、ついつい遠い目になってしまう。この年代の男子の胃袋は底なしだ。

幸いにして、キッチンの上のポテトサラダは余っているし、パンだってまだたくさんあるが、これはシェネルへの差し入れとアルベールのお弁当にするつもりだったのだが。

（でも、渡さないとシェネルが困るわよね……）

シェネルとアルベールの取り分が減ってしまうが、従っておいた方がよさそうだ。王子の機嫌を損ねるとあとが面倒くさい。

（まったく、サンドイッチだけでお腹いっぱいになったって知らないから）

エドワルドとは直接会って話したことはないが、なかなかわがままなのかもしれない。

以前、遠目に見たときは年齢の割に落ち着いた雰囲気に見えたものだが、どうやら外見と中身は一致しないようだ。

シャーリーは三度目のおかわりの催促が来ないうちに料理を仕上げてしまおうと、グラタンが焦げない程度にオーブンの火力をあげた。


料理を終えると、シャーリーはエプロンを脱いで、束ねていた髪をほどき、アデルたちのいるメインルームへ向かった。

シャーリーが向かったとき、アデルたちは、ちょうどグラタンを食べ終えて、デザートのシフォンケーキを食べはじめたところだった。イリスは前世で食べなれていた食感だから平然と食べすすめていたが、アデルとエドワルドは一口食べて手を止めると、目を真ん丸に見開いた。

「なんだこれ……」

エドワルドがつぶやいて、もう一口食べる。そのあとはお茶漬けをかき込むかのように一心不乱にシフォンケーキを口の中に頬張った。

ローゼリア国ではシフォンケーキを見たことがなかったから、もしかしたらレシピが存在していないのかもしれないと思ったが、どうやら正解だったようだ。食べたことがなければ、独特の滑らかな食感と軽い口当たりは癖になるだろう。

あっという間にシフォンケーキを完食したエドワルドは、食後の紅茶を飲んで一息つくと、部屋の隅で彼らが食べ終わるのを待っていたシャーリーに視線を向けた。

「お前がシャーリーか？」

シャーリーの姿を捉えたアデルと同じ琥珀色の瞳が、面白いものを見つけたようにきらきらと輝く。

「フォンティヌス伯爵家の令嬢だと聞いたが……へえ」

「エドワルド、淑女をそんな風にじろじろ見るものではないよ」

アデルがすかさず注意すれば、エドワルドは肩をすくめたが、それでもシャーリーへ視線を向けたままだ。

「先ほどの料理はお前が作ったんだろう？」

「左様にございます」

「あのマッシュポテトは、いつも食べているマッシュポテトではなかったが、中に何が入っていた？」

　エドワルドの言うマッシュポテトは、ジャガイモを茹でて潰して塩で味付けをしたシンプルな料理だ。シャーリーも食べたことがあるが、バターも何も入っておらず、ただの塩味で、ローゼリア国のジャガイモはホクホクしていないからべちょっとしていて、美味しくない。

　そこでシャーリーは、ジャガイモを茹でるのではなく蒸すことでホクホク感をプラスし、柑橘の汁を酢のかわりにして作ったマヨネーズでポテトサラダにしたのだ。

（でも、マヨネーズって言ってもわかんないわよね？）

　訊きなれない言葉を使って怪しまれたくない。考えたシャーリーが、卵を使ったオリジナルソースを混ぜていると答えると、エドワルドは「卵？」と不思議そうな顔をした。

「卵らしくはなかったが、そうか」

　エドワルドはポテトサラダがことのほかお気に入りらしい。

「美味しかった。食事を美味しいと思ったのははじめてだ」

　エドワルドのその言葉を聞いた途端、急に可哀そうになってきた。

　アデルと同じように、エドワルドも、ずっと美味しくない食事を、ただの生命活動の一環としてとり続けてきたのだ。

　シャーリーは、アルベールが言っていたことを思い出した。

（そう言えば、王族が贅沢に慣れたら困ると言っていたわね……）

　ローゼリア国もその例に漏れないのであれば、エドワルドも今までずっと美味しくない食事を我慢していたのだろう。

エドワルドのことを可哀そうだと思えば不思議なもので、少し偉そうな態度も、昨日ポテトサラダを盗み食いされたことも許してしまいそうになる。

（こんなに可哀そうなんだから、ここは大人の対応をしてあげないといけないわよね）

シャーリーは十五歳だが、前世で三十二歳まで生きたのだ。ちょっとわがままを言われたからといって、十八歳の少年に目くじらを立てるのは大人げないだろう。

シャーリーがそんなことを考えている間にも、エドワルドはシャーリーを穴のあくほどに見つめて、アデルに言った。

「姉上。姉上が隣国へ向かうときにはこの娘は置いていくんですよね？　であれば、そのあとでかまわないので、この娘を俺にください」

（え、ください!?）

少しのわがままくらい大目に見てやろうと思っていたシャーリーだったが、その考えはすぐに吹き飛んだ。

唖然としたシャーリーを見つめ、エドワルドはにこにこと言う。

「姉上の侍女を辞した後は俺の侍女になればいい」

勝手なことを言わないでほしい。

シャーリーがどうしたものかと答えに窮していると、アデルがあきれたように息をついた。

「シャーリーは物ではないのだから、くださいと言われてあげられるわけないだろう？」

すると、アデルがブロリア国の緑の塔へ入ったのち、シャーリーを自分の侍女にもらう予定のイリスも口を挟む。

「そうですわ、お兄様。シャーリーはお姉様がブロリア国へ向かわれたあとでわたくしの侍女になる予定なのです。お兄様には差し上げられません」

「なんだ、もう先約があるのか……」

エドワルドはものすごく残念そうに肩を落とした。まるでおやつをお預けされた大型犬のようだ。

（……わたしは全然悪くないはずなのに、なんだか悪いことをした気になるのはどうしてなのかしら……？）

しょんぼりしてしまったエドワルドにシャーリーがおろおろしていると、アデルがこめかみを押さえながら言った。

「はあ、こうなるとは思ったよ。……シャーリー、もし君が大変でないのならば、明日から昼食に弟を招待してもいいだろうか？　わたしがブロリア国へ向かった後は、改めてイリスと話し合えばいいだろう？　ただし、イリスからシャーリーを無理やり取り上げるようなことはしてはいけないよ」

アデルはどうも、弟妹に甘い。弟が残念そうにしているのが可哀そうで仕方がないようで、シャーリーに「助けてくれ」と視線を向けてくる。

（……まあ、ついでだし。お昼くらいならいいかな？）

がっつり食べる十八歳男子が増えると、それなりに大変には違いないのだが、料理は好きなので

このくらいの負担ならなんてことはない。美味しそうに食べてくれる人を見るのも好きだ。だから
シャーリーに異論はないが、シェネルをはじめ、給仕をすることになる侍女たちはどうだろう。

シャーリーがシェネルを盗み見れば、彼女の口元がわずかに引きつっていた。

（ファイト、シェネル！）

シャーリーが心の中でシェネルに向けて合掌して、「いいですよ」と頷くと、エドワルドがぱあっと満面の笑みを浮かべた。

「感謝する！」

そのエドワルドの顔があまりに嬉しそうだったので、これはもう、王族全体の食事の質の底上げをした方が早いのではないかと思ったが、口には出さなかった。


「ってことがあったんです」

なんだかんだで、エドワルドたちの昼食が無事に終わって、休憩時間。

シャーリーは緑の塔へ向かうと、アルベールに今日の昼食時の出来事について報告していた。

アルベールはシャーリーの持参したお弁当を食べたあと、食後のシフォンケーキを黙々と食べながらシャーリーの話を聞いていたが、すべてを聞き終わると小さく苦笑した。

「それは仕方がないだろうな」

「仕方がないって、どうしてですか？」

「そなたの作るものが、美味しすぎるのだ。おそらくだが、王族以外がとっている食事と比べても、そなたの作る食事は特殊なのだろう？　先ほど食べたサンドイッチに使われていたパンにしても、はじめての食感だった。パン一つ取っても違うのだから、そなたの料理は他より格段上だと考えていい」

確かにシャーリーは前世での知識を頼りに料理を作っているが、格段上だという評価は行きすぎな気がした。この世界にだって美味しいものはたくさんある。王族がそれを知らないだけなのだ。

「ブロリア国と同様にローゼリア国の王族が、質素な食事を義務付けられているのであれば、なおのことそなたの作る食事は魅力的だ。もし私がエドワルド王子の立場であれば、何が何でもそなたを得たいと思うだろう。……実際に私も、もしそなたの料理がもう食べられないと言われたら、死にたくなる」

（死……って、さすがにそれは大げさなんじゃ……）

食事一つで死にたくなることはないだろうと思うのだが、アルベールの表情は真剣で、あながち冗談を言っているわけでもなさそうなのでちょっぴり怖くなった。もしかしなくとも、安易に料理など作って出してしまったシャーリーは、実はとんでもないことをしてしまったのではなかろうか。

大げさに言っているだけかもしれないが、シャーリーの料理を食べられなくなったら死にたくなると言うほど悲惨だったこれまでの食事について、アルベールもエドワルドも思うところがあったはずだ。

それなのに、出された食事に文句を言わなかったなんて――

シャーリーは無性に、アルベールが言っていた「王族が贅沢に慣れてはいけない」という言葉が気になってきた。

王族の威厳の問題もあろうが、シャーリーが知る限り、彼らには宝飾品などの外見的なものは、王族らしい豪華なものが用意されている。つまり、威厳を保つ必要のない部分——すなわち、普段の食事などで、アルベールの言う「贅沢」を回避しているのだろうと推測するが、贅沢をしないことと美味しくない食事をとることはイコールなのだろうか。少しずれている気がする。

「アルベール様。どうして王族の普段の食事は美味しくないのでしょうか？　前にもお聞きしたと思いますけど、やっぱりよくわからなくて」

「そうだな……」

アルベールは悩むように目を伏せた。

以前訊ねたときも言いにくそうにしていた気がするが、あまり口外してはいけないことなのだろうか。

アルベールはしばらく考え込むように黙っていたが、

「逆に教えておいた方が、そなたのためかもしれないな……」

そうぽつりと独り言をつぶやいてから、顔をあげた。

「王族が贅沢に慣れないようにしているのは、この塔のことがあるからだ。この緑の塔には交代で王族の誰かが閉じ込められることは、そなたも知っているだろう？」

「詳しいことは知らないんですけど、友好条約の人質だと聞きました」

「人質か……。まあ、あながち嘘でもないのだが……」

アルベールは微苦笑を浮かべて、すっかりぬるくなった紅茶の残りを飲み干した。

「ブロリア国とローゼリア国の二国間の話だけをすれば、友好条約の維持のためだと言えなくもない。だが、友好条約を抜きにしても、塔の維持のために、王族の誰かが必ず緑の塔へ入らなくてはならないんだ。他国の塔に入るか自国の塔に入るか、ただそれだけの違いなんだよ」

「え……？」

それは、どういうことなのだろうか。アルベールの話を聞く限り、人質だから塔に閉じ込められるのではなく、この緑の塔の中に王族が入ることこそが重要だと言っているように聞こえる。

（緑の塔に王族の誰かが入っていなくてはいけないって、どういうこと？）

それに、「塔の維持」とはどういう意味だろうか。維持をするのならば定期的にメンテナンスをすればいいだろう。使用人でも雇って、中を掃除するなり、周囲の蔦を刈り取るなりすればいい。塔の外壁も見えないほどに緑の蔦を蔓延らせておいて、維持もへったくれもないのではなかろうか。

「互いに塔に入る王族を交換し合うのは、ある意味で理にかなっているのかもしれないな。自国であれば、閉じ込められた王族を塔から出そうとする輩が現れるかもしれない。そんなことをすればいずれ塔が枯れて、国が亡ぶ」

「ちょ、ちょっと待ってください」

ますますわからなくなって、シャーリーはこめかみを押さえた。

（なんだか混乱して来たわ。緑の塔の中に誰か王族が入っていないと国が亡びる？）

そんな馬鹿な話があるだろうか。

(それに、塔が枯れるってどういうこと……?)

塔が崩壊するならまだわかる。だが、塔が枯れる? まるで塔そのものが生きているような言い方だ。

「混乱してきたので情報を整理させてください。えっと、まず、この塔の中に入るためには、その資格がないとだめなんですよね?」

「そうだ」

「それで、この塔の中には、必ず王族の誰かが入っていなくてはいけなくて、そうでなければ国が亡びるってことで、本当にいいんですよね?」

「正確には王族の中の資格の保有者だが、概(おおむ)ねあっている」

「……なんで塔が、ええっと、枯れ? たら、国が亡びるんですか?」

王族の美味しくない料理問題が国の滅亡問題にまで発展して、シャーリーの頭の中がぐるぐるしてきた。まさか料理の味と国の興廃に関係があるとは誰も思わない。

「なるほど、知らなくても仕方がないか。創世記は、人目に触れないようにされているからな……。少しここで待っていてくれ」

アルベールは席を立つとダイニングを出ていき、すぐに緑色の分厚い本を抱えて戻ってきた。彼はシャーリーの隣に座って、ダイニングテーブルの上で本を開く。

「せっかくだから最初から説明しよう。まだ休憩時間はあるだろう? すべてのはじまりは、この世界ができた遥か昔に遡る」

美味しくない食事の件が国の存続になって、創世の話にまでスケールアップする。

いつの間にか、なんだかとんでもなく壮大な問題になってしまったと、シャーリーは話を聞く前から気が遠くなりそうだった。

アルベールの話では、この世界は遥か昔、どこまで行っても砂と岩しかない涸れた大地だったそうだ。

「世界には水もなく、動植物も何一つ存在しなかった。風が吹けば砂ぼこりの舞う砂漠が、どこまでも延々と続いていたという」

アルベールは挿絵も何もない文字だけの本を、シャーリーに見えるようにおいてページをめくっていくが、あまりに小さな文字の羅列に、シャーリーは読もうという気も起きなかった。これが料理本ならばいくらでも読む気になるが、真偽も怪しい創世の話など、荒唐無稽すぎて、たぶん読んだところで理解できない。

アルベールもシャーリーの表情でそれがわかったからか、ページをめくりながら、内容をかいつまんで説明してくれる。

「ある日、何もない世界に女神イクシュナーゼが舞い降りた」

（あー、女神イクシュナーゼ様か。滅多に行かないけど、神殿に女神像があったわ）

女神への祈りを強要されたことはなかったので、神殿へはチャリティーバザーの時にしか行かないから、あまり記憶には残っていなかったが、確か、女神イクシュナーゼは世界に存在する只一人の神——唯一神ということは知っている。国が変われば信仰対象が変わり、神様など無数に存在するのが当たり前だった前世では考えられないが、この世界ではどこに行っても神様は女神イクシュナーゼただ一人だ。

「女神イクシュナーゼは涸れた世界を見渡して憐れに思い、創世の杖を大地に突き立てた。杖の先から光が溢れて、大地に三日三晩の雨が降る。雨が止んだ四日目の朝、砂と岩しかなかった大地に草木が芽吹いた。木々が育ち、花が咲いた。花が咲くとともに虫が集まり、鳥が生まれ、動物が生まれた。朝が来ると鳥が歌い出す緑溢れる世界に、最後に生まれたのが人だった」

ぱらり、とアルベールがページをめくる。

「人が生まれるのを見届けて、女神イクシュナーゼは世界を去った。けれども百年後、世界の様子を見に来た女神が見たものは、砂と岩しかない大地だった。世界は再び、枯れていたんだ。だから女神は、再度創世の杖を大地に突き刺した。世界には再び緑が溢れて、鳥が歌い、人が誕生した。女神はまた、世界を去った。だが」

「また、世界は涸れてしまった？」

「そうだ。女神が再び戻って来たとき、涸れた世界に戻っていた。イクシュナーゼは訝しみ、今度は世界を去らなかった。そして女神は、世界が壊れる原因を知ったんだ」

シャーリーが本を読む気配がないとわかると、アルベールはページをめくる手を止めた。彼は創世記の内容を覚えているらしい。

「世界は枯渇していた。女神の魔力で世界を創造することができても、女神の魔力が尽きるとともに世界は滅びてしまう。世界の維持には常に魔力を世界に供給しなくてはならない。しかし女神イクシュナーゼがいつまでも世界にとどまっておくことはできない。そこで女神は考えて、世界に魔力の供給者を作ることにした。女神は人の中の一握りの人間に、女神の持つほんの少しの魔力を分け与えた。そして、世界のあちこちに緑の蔦に覆われた塔を建設して、そこから大地に魔力を供給させることにしたんだ。その魔力が分け与えられた人間の末裔（まつえい）たちが、各国の今の王族だ。だから私たちは、世界の滅びを防ぐために、緑の塔に入るんだ」

アルベールが本を閉じる。

すべてを聞き終えたシャーリーは軽く混乱した。

「ええっと……」

いろいろ突っ込みどころのある神話だと思ったが、神話なんてどれもそんなものだ。シャーリーの前世の神話だって「ん?」と思うようなものはいくらでもあった。神様なんだからもっと融通利かせてよ、と言いたくなるようなことも多々あったのだから、この世界の神話がそうでも疑問は持たない。

だから別に、シャーリーは語られた神話についてどうこう言うつもりはないけれど――

（いきなり魔力って……ファンタジー……?）

ローゼリア国で十五年生きた記憶のあるシャーリーも、魔力という言葉ははじめて聞いた。

ローゼリア国は宗教が強制されてもいなければ、教養として神話について教えられることもなかった。さらに、シャーリーの記憶の中に緑の塔に関することもないと来れば、創世神話や緑の塔についてはごく一部の――それこそ、王族たちの中だけでしか知られていないようなものだろうと推測できる。

（そもそも魔力って……ええっと、つまり、魔法ってことでいいのかな？）

シャーリーは前世で子供のころに好きだった魔女っ子もののアニメや、ロールプレイングゲームの魔法使いを思い浮かべた。魔力を供給するということは、塔に入れられているアルベールは魔力を持っているということになる。つまり、アルベールは魔法使いなのだろうか？

（どうしよう、アルベール様は人質として閉じ込められているのに不謹慎かもしれないけど、なんだかわくわくしてきた……！）

呪文を唱えたらファイアボールとか出てくるだろうか。それとも何もないところから錬金術のようにいろいろなものが――

（……ん？　ってことはもしかして、味噌とか醤油とかも取り出せるかも？）

シャーリーの思考回路が明後日の方向へ飛んでいく。手に入らないと諦めていた食材や調味料が手に入るかもしれないと、顔がにやけてしまったシャーリーに、アルベールが眉を寄せた。

「そなた、真面目に聞いていたのか？」

「え、あ、はい！　聞いていました！」

「ではどうして笑っているんだ。面白い話など何もしていないはずだが……」

「それは、ええっと……」

　シャーリーは視線を逸らして誤魔化そうとしたが、誘惑には勝てなかった。どうしても知りたい。なぜなら切実に和食が食べたいからである。お味噌汁が飲みたいのだ！

「アルベール様は魔力をお持ちなんですよね？」

「そうだな」

　当たり前のことを聞くなと言わんばかりのあきれ顔をされてしまった。

「王族の方は全員魔力を持って生まれてくるんですか？」

「そういうわけではない。確率は半々ほどだろう」

（なるほど、つまり塔に入る予定のアデル様には魔力があるけど、ほかの方はわからないってことね）

　少なくとも、アデルが緑の塔へ入ることを知らなかったイリスは、魔力を持っていないのかもしれない。エドワルドはどうだろうか。塔に入る条件を知っていそうだったので、彼は魔力持ちかもしれない。

　シャーリーは身を乗り出した。

「じゃあ、魔力があったら何ができますか？　呪文を唱えたら何か変わったものを取り出すことはできますか？　瞬間移動とかは？　あ、空が飛べるとか……」

「…………、そなた、もしかして熱でもあるのか？」

　アルベールが心配そうな表情を浮かべて、腕を伸ばすと、シャーリーの額に手のひらを当てた。

「熱はなさそうだな」

「どうして熱があると思うんですか？」

シャーリーが首をひねると、アルベールは嘆息した。

「そなたが妙なことを言うからに決まっているだろう。魔力は魔力だ。世界の滅びを防ぐ力だろう。どうして空が飛べたり、ものが出せたりするのだ。それから瞬間移動とは何のことだ」

「え!?」

今度は、驚くのはシャーリーの番だった。

（魔力といえば魔法でしょ!?　魔法といえば瞬間移動！　呪文！　ファイアボールは出せないの？）

ロールプレイングゲームやアニメで鍛えられた「常識」がガラガラと崩れていく。

「じゃ、じゃあ……、魔力は世界に供給するためだけに使うものなんですか……？」

「使う、と表現するのはあまり正しくないな。この塔に入っていれば魔力は勝手に吸い取られ、緑の蔦を伝って大地に流れる。ただそれだけだ」

（えぇー！）

なんて夢のない現実だ。

シャーリーはがっくりとうなだれた。

シャーリーが残念そうにしているからか、アルベールがちょっと困ったようだ。

「そもそも魔力を『使う』というのがよくわからない。そなただって魔力を持っているが、それを

『使った』ことはないだろう？」

「……ん？」

シャーリーはがばっと顔をあげた。

「私にも魔力があるんですか!?」

アルベールが盛大に嘆息した。

「そなたはいったい何を聞いていたんだ。この塔には魔力がなければ入れない。この塔に入れた時点で、そなたに魔力があることはわかりきったことではないか」

「でもわたしは王族じゃ……」

「長い年月をかけて、王族の血はいろいろなところに混ざっている。滅多に出ることはないが、王族とのつながりのある貴族の中に魔力を持ったものが生まれることが稀にあるのだ。……なかなか見つからないから、王族は一人で塔に入ることになるが、見つかれば付き人として一緒に入れられる。だからここに入れることは黙っていろと言っただろう？」

「なるほど……」

シャーリーは自分の手のひらを見つめた。知らないうちに魔女っ子になっていたらしい。いや、魔力があっても何もできないのなら、魔女っ子とはいえないか。

（なぁんだ、つまんない。こうパチンと指を鳴らしたら味噌が出てきたらいいのにな――）

シャーリーは、はーっと長い息を吐きながら、ぱちんと指を鳴らしてみた。

――直後。

ポン！

「あ……」

ものすごく間抜けな音がして、シャーリーの目の前に見慣れたプラスチックパッケージに入った味噌が登場して――

「味噌出た――！」

シャーリーは思わず席を立って、大声で叫んでしまった。


「そなた一体何をした⁉」

突然の味噌の出現に狂喜乱舞していると、アルベールが目を白黒させながら叫んだ。

シャーリーはきょとんとして、それから、にぎにぎと自分の手を握ったり開いたりを繰り返す。

（何と言われても……）

「さあ？　よくわからないです」

シャーリー自身、何が起こったのかわからないので、理由を求められても困る。

「強いて言えば、味噌がほしいなぁと思ったくらいですけど」

もっと言うならば、魔力があるのに魔法が使えないのは何て夢がない世界なんだ、とか。ぱちんと指を鳴らしたら味噌が出てきたら嬉しいな、とか。そんなことを考えていたが、本当に出てくるとは思わなかった。

「みそ？」

「これのことですけど」

　聞きなれない単語に首を傾げるアルベールに、シャーリーは味噌の入ったプラスチックケースを差し出してみる。蓋を開けると、なんとも言えないような顔をされた。

「変な色だな。妙な匂いもする。……これはなんだ？」

「大豆を発酵させた調味料です」

「は？」

「あー……、まあ、食べ物です」

「食べ物!?　これが!?」

（まあ、見たことがなかったら驚く、かな？）

　シャーリーにしてみれば味噌は見慣れた食材だが、見たことがなければ茶色い何かよくわからない物体に見えるだろう。形状も濡れた土っぽく見えないこともないし、匂いも、慣れないと美味しそうに感じないのかもしれない。

　シャーリーはアルベールの目の前で、味噌を指先でちょっとすくい取って口に入れた。途端に懐かしい風味と塩辛さが口の中に広がって、じーんと胸が熱くなる。

（ああ、これよこれ！　この味！）

　味噌を作ろうにも、麹（こうじ）の作り方がわからなかったのであきらめていた。まさか手に入るなんて。よくわからないが女神さまだというイクシュナーゼ様ありがとう。きっと魔力のおかげだろうから、魔力万歳。

（やっぱり魔力があれば魔法だって使えるわよねー！）

シャーリーが幸せそうにへにょりと表情を緩ませたからだろう、アルベールが興味を惹かれたらしい。彼はシャーリーと同じように味噌を指先にすくって口に入れ――、ぐっと眉を寄せてちょっと涙目になった。

「塩辛い。……美味しくない」

「美味しいのに」

「どこがだ！」

アルベールの口にはあわなかったみたいだ。

（でも、きっとお味噌汁なら美味しいって言うはず）

味噌が出てきたのなら、煮干しやカツオ節、昆布は出てこないだろうか？　ついでに豆腐とわかめの定番のお味噌汁が飲みたい。

（カツオ節と豆腐とわかめ……）

シャーリーは目を閉じてその三つの食材を思い浮かべると、もう一度指を鳴らしてみた。

ポン！

再び、膨張した空気によってペットボトルの蓋が飛んだような音がして、シャーリーの目の前にカツオ節と豆腐とわかめが登場した。

「やったー！　成功！」

「⁉」

　アルベールはがたんと席から立ち上がり、壁の方に後ずさった。

「なんなんだそなたは⁉」

「なんだと言われても……」

　魔法が使えないかなあと考えていたら、できてしまったのだから仕方がない。

　というか、シャーリーにできるのであれば、アルベールにもできるのではなかろうか？

　シャーリーがどうやって味噌や豆腐を出現させたのかを説明すると、アルベールは不思議そうな顔をしながら指を鳴らした。だが、何も起きない。

「何も出てこないではないか」

「あれー？　どうしてなんでしょう……」

　何度やってもアルベールでは何も出てこず、シャーリーがやれば次々といろいろなものが登場する。面白がってシャーリーが見覚えのあるものをポンポン生み出していくと、アルベールは愕然として言った。

「そなたまさか、女神に連なるものか？」

「そんなわけないじゃないですか」

　とんでもないところに話を飛躍させたアルベールに啞然とすれば、彼は疲れたように椅子に座りなおしてシャーリーが生み出したアヒルのバスグッズを手に取った。ついつい前世の子供時代に使っていた黄色いアヒルを思い出してしまったのだ。ぷかぷかと浴槽に浮かべて遊ぶ、あれである。

アルベールはアヒルをしげしげと見やって、「またわけのわからないものを」とぶつぶつ言った後で、

「物を創造できるものは女神だけだ」

「その認識が間違っていたんじゃ……」

「そんなはずはない。現に私では何も起きなかったではないか。間違っているとすればそなただ」

非常識、と言われた気がして、シャーリーはちょっと傷ついた。

もしかして、「物を創造できるのが女神だけ」という価値観の刷り込みのせいで、アルベールにはできなかったのではないだろうか。シャーリーは魔力と言えば魔法という、前世の常識（？）が頭の中にある。だからできたのではないかと推測するが、どうなのだろう。

（まあいっか。とにかく、お味噌汁作ろっと）

考えたってわからないのだから、シャーリーは考えることを放棄することにした。むしろシャーリー的には万々歳の流れなのだから、何ら問題ない。

シャーリーが鼻歌を歌いながらキッチンへ向かうと、アルベールは黄色いアヒルのおもちゃやペットボトルに入った水、ビニール傘に、人生ゲームなどを手にしながら難しい顔をしていた。シャーリーはふと思い出して、

「そこのポテチ、食べていいですよ」

とポテトチップスの塩味やコンソメ味、のり塩、チーズ味などの袋を指さした。調子に乗って味違いで十種類も出してしまったから、懐かしい光沢のあるパッケージがテーブルの上に山になって

いる。

アルベールが袋を手に訝しそうなので、シャーリーが袋の開け方を教えると、アルベールはぱちぱちと目をしばたたいた。

袋と中身を交互に見やって、どこか警戒している様子のアルベールを放置して、シャーリーは改めて味噌汁作りに取り掛かる。

そして十分後。

作った味噌汁を持ってダイニングに戻ったシャーリーが見たものは、一心不乱にポテトチップスを食べるアルベールと、空になったポテトチップスの袋たちだった。

サイドストーリー　闖入者と二年ぶりの会話

——あの日ほど、女神イクシュナーゼに感謝したことはない。

アルベール・リュカ・ブロリアがローゼリアの緑の塔に閉じ込められておよそ二年。

緑の塔に入ることは王族の務めだと教えられて育ち、頭では理解してはいたものの、たった一人で塔の中に閉じ込められている現実に、いい加減発狂しそうになっていた。

アルベールは四人いる王子の中でも、我慢強い方だ。彼は第三王子で、第二妃の産んだ王子であった彼は、国にいた時から様々な我慢を強いられたからだ。

アルベールの母は、第二妃ではあるけれど、もとは王妃の侍女だった男爵令嬢である。ほかの国ではどうだか知らないが、ブロリア国では、王の妃は伯爵令嬢以上。法に定められたことではないが、昔からの慣例のようなもので、母を妃として遇すると王が言ったときはそれなりにもめたらしい。

どうして父が周りの反対を押し切って母を第二妃としたのかはアルベールにはわからないが、その身の丈に合わない身分のおかげで、母はずっと苦労してきた。

アルベールも、身分が低い妃の生んだ王子として、王妃の産んだ王子たちと同等に扱われたことはなかった。おそらく兄や弟たちは、アルベールのことを兄弟だとも思っていないだろう。

母は優しかったが、父は王妃の手前、ほかの王子たちとアルベールの扱いに差をつけていた。だから、次に緑の塔に入るのが兄ではなく自分だと言われたときも、「やっぱりな」という感想しか持たなかった。

けれども、アルベールが城でどのように扱われているか理解している母は、その知らせを聞いて泣き崩れた。緑の塔へ入れられる年数に決まりはないが、たいていは中に入れられた王子や王女が「壊れ」ないうちに交替させられる。精神を病み、自害でもしようものならば、魔力の供給が途切れて緑の塔が枯れるからだ。そうなれば、その塔がある国の大地の魔力が枯渇し、やがて国が亡びる。

だが、アルベールは正直、自分は長い期間を緑の塔ですごすことになるだろうなと思った。理由は簡単だ。アルベールの代わりに塔に入る資格をもつものは、現在、王妃の産んだ三人の王子のうち二人と、王の弟である公爵の娘だけだ。公爵令嬢はまだ三歳で、もしも彼女がアルベールの次に選ばれたところで、少なくとも彼女が十五歳をすぎるまで交代はないだろう。そして、王妃の王子たちがアルベールの後に入ることはまずない。息子たちを溺愛している王妃がそれを許さないからだ。

――せいぜい長生きなさい。

アルベールが緑の塔へ入る日、王妃は冷淡にそう言った。

狂おうがどうしようが、生きていさえすればいい。決して死ぬな。お前が死んだら自分の王子たちが塔へ入らないといけなくなるだろう。そう言われた気がした。

あまりに腹が立ったので、アルベールは塔に入ったあとで死んでやろうかと思ったが、冷淡な王妃の横で母が身も世もないほど泣いていたので、そんな気はすぐに失せた。これ以上母を悲しませるわけにはいかないからだ。

この二年、狂わずいられたのは、王妃に対する憎悪と、最後に見た母の泣き顔があったからかもしれない。

だが、それもいい加減限界だった。最近では食事もろくに喉を通らないし、脳が死んでいくように、どんどん何も考えられなくなっていたからだ。

緑の塔の中は不思議で、上まで上ったことはないが、各階に部屋があり、それはそこそこ広い。外から見るとさほど奥行きがないのにどういう作りをしているのだろうか。女神のなせる業だから、考えるだけ無駄なのかもしれない。

（そろそろ何か食べないとまずいかな……）

もともと食事をとることは好きではないが、塔に来て食事の回数が一日二回になり、次に一回になり、最近は二日に一回になった。このままでは衰弱死するかもしれない。

アルベールは横になっていたベッドの上からのそりと起き上がると、ダイニングに向かおうと部屋の外へ出た。そして、階段を降りようとしてふと下を向いたとき、一階の玄関口に人影を見つけて息を呑んだ。

（とうとう、死んだかな……？）

そんな考えが脳裏をよぎった。ここへ誰かが入ってくることはない。食事は差し入れられるが、魔力がないと中には入れないので、一階のキッチンの奥の食糧庫に料理が届く。ちなみに、どういうからくりなのかはわからないが、料理を入れるその小さな穴だけは外とつながっていて、魔力がないものでも中に物を入れるくらいはできるらしい。

だから、ここに人が入ってくるはずはないのだ。

突然の来訪者は女性のようだった。きょろきょろと物珍しそうに視線を動かしているところを見ると、偶然魔力を持っていて、そして偶然ここへ入り込んだのだろう。だが、その偶然が、アルベールには神の采配のように思えた。

アルベールが下を見下ろすと、来訪者もアルベールを見つけたようだった。偶然に緑の塔へ入り込んだ来訪者は、その事実に戸惑っていたのだろう。アルベールの姿を捉えたエメラルド色の瞳が、ホッとしたように細まった。

（なんて……美しい）

彼女をはじめて見たときのアルベールの感想はこれに尽きる。

蜂蜜色の柔らかそうな髪に、エメラルド色の大きな瞳。小さな顔。ほっそりと小柄な姿が、妙な庇護欲を掻き立てる。

やっぱり彼女は、女神イクシュナーゼの遣いなのだ。それほどまでに彼女は美しく、可憐で、光り輝いて見えた。

アルベールは駆け下りた。長くまともに体を動かしていなかったから、途中で何度も階段から転げ落ちそうになりながら、一階までたどり着く。

近くで見ると、彼女はもっと可愛らしく見えた。

「あのー」

どのくらい彼女を見つめていただろう。

アルベールはその声に不覚にもびくりとしてしまった。半ば女神の見せた幻かと感じていたせいだろう。まるで耳元で鞭打たれたかのような衝撃と、そしてじわじわとした泣きたいほどの感動が体の中を駆け巡る。

アルベールは口を開き、声を出そうとした。だが、かすれたような吐息交じりの声しか出なかったことに焦り、思わず「あー」「うー」と発音を確かめるように声を出す。

まだ早口では喋れそうにない。アルベールはゆっくりと一音一音を確かめるように彼女にここに入り込んだ理由を訊ねた。


シャーリー・リラ・フォンティヌスと名乗る少女が緑の塔に入り込んだのは、やはり偶然だったらしい。

それを確認するとともに、彼女は女神イクシュナーゼの遣いではなく、本当にただの偶然で入り込んだ普通の娘だとわかって、なんとなくだがホッとしてしまった。女神イクシュナーゼの遣いであれば、おいそれと会いに来てほしいなどと言えない。だが、それが人であるならば、懇願したとしても無礼にはあたらないだろう。

結論から言えば、シャーリーは見た目よりは普通の——いや、ある意味普通ではない、料理の好きな少女だった。

会いに来てほしいと言った次の日から、彼女はアルベールのためにお弁当なるものを作ってくるようになった。

(……どこまで知っているのだろう?)

シャーリーの様子からして、この塔に入る条件が「魔力」の有無であることは知らないようだ。

しかし、こうして食べ物を差し入れるところを見ると、王族の食事事情は知っていると見ていい。

この塔にアルベール一人きりだというのも、教えもしないのに理解しているようだった。

「今日も美味しかった。ありがとう」

アルベールはお弁当箱の中身を完食すると、感謝の言葉を口にする。

シャーリーのおかげでアルベールの食事事情はかなり改善した。食事をとることが楽しいと思えるようになったし、何より毎日彼女の訪れを今か今かと待つようになった。彼女にも会いたいが、彼女の作る料理も食べたいのだ。

シャーリーの作る料理が美味しいからだろう。差し入れられる食事に手をつける気にはなれなくなって、必然的に残す回数が増えた。パンもまったく消費されず、ダイニングテーブルの上の籠に溜まっていく一方だ。

そんなある日、ダイニングテーブルの上のパンの山を見たシャーリーが、突然そのパサパサして美味しくないパンを加工すると言いはじめた。

　加工したところで、まずいパンがどれほど美味しくなるというのだろう。もちろん、このパンだってこれを作った人間がいて、もっと言えばこの原材料になるものを育てた人間がいる。だから安易に処分していいものではないとわかっているが――、気が進まない。

　するとシャーリーは「ふふん」と楽しそうに笑って、卵とミルク、砂糖を混ぜたという液体にパンを浸しはじめた。そんなことをしては、今度はパンがふにゃふにゃになって食べられたものではないだろう。見た目も、もっとまずそうになった。

　アルベールが「これを食べさせられるのは嫌だなぁ」と思いながらシャーリーの手元を見ていると、シャーリーはフライパンを火にかけた。なるほど焼くのかと彼女の手元を覗き込めば、シャーリーが苦笑しながら「アルベール様はダイニングテーブルで待っていてください。お楽しみです」と言い出した。

　お楽しみ、か。言われたことのない単語だが、悪くないと思った。何かを楽しみにして待つような人生は送ってこなかったから、妙なくすぐったさを覚える。

　ダイニングで待っていると、キッチンからいい匂いがしてきた。

　シャーリーのお弁当をお腹いっぱい食べたというのに、どうしてか腹が小さく「くう」と鳴く。

　やがてシャーリーがキッチンから皿を持って戻ってきた。皿の上にはうっすらときつね色に焼けた、黄色く染まったパンが乗っている。いい匂いは、ここからもした。これがあのパンと同じものだとは思えずに、ついつい「それは？」と訊ねてしまった。シャーリーが苦笑しながら、パンですよと答える。

「……いい匂いがする」

目の前に皿がおかれたので、アルベールはフォークを握った。フォークを刺すと、カチカチパサパサのパンが嘘のように柔らかい。口に入れるとしっとりと甘く、そして先ほどからのいい匂いが鼻から抜けた。

満腹だったはずなのに、皿の中身はあっという間になくなった。つい「もうないのか」と訊ねてしまえば、シャーリーはまた作ってくれるという。夕食用に作り置きしておいてくれるそうだ。

（シャーリーがずっとここにいればいいのに）

彼女はローゼリアの第一王女アデルの侍女らしい。だから、彼女をずっとここにとどめておくことはできないし、突然彼女がいなくなれば城は大慌てになるだろう。

だが、彼女が緑の塔から出て行くときは、心が鉛のように重たくなるのだ。

「アルベール様、また明日」

彼女が微笑んで告げるこの一言だけを支えに、再び彼女がここに来るまでの時間を耐えている。

「シャーリー……」

もしも彼女がここに来られなくなる日が来たら――、正直、自分はそれから先を正気で生きていられるだろうかと、アルベールは真剣に考えた。

7 「毎朝君の作ったお味噌汁が飲みたい」はこの世界でも求婚ですか？

あまりにもアルベールがポテトチップスが気に入ったようなので、シャーリーは帰る前に何袋か魔法で追加をしておいた。どういう原理かはわからないが、指をパチンと鳴らしただけでほしいものが取り出せるなんて、なんて素晴らしい力だろう。

味噌にケチをつけたくせに、味噌汁は気に入ったらしいアルベールのために、味噌汁の作り置きもしておく。

「お菓子ばっかり食べないで、ちゃんと夕食もとってくださいね？」

心配になったシャーリーは帰り際に忠告したが、お菓子を前にした小学生のような夢中さでポテトチップスを食べていたアルベールである。一応頷いてはくれたけれど、聞き入れるか怪しいところだ。

シャーリーは緑の塔の外に出ると、アルベールのお弁当を入れてきた籠に隠して持ち出した味噌とカツオ節を見た。アルベールからは、外では決して魔力を使って物を出さないように言い含められている。魔力を持っていると知られただけでも大変なのに、人とは違うことができるとわかれば、どんな扱いを受けるかわからないそうだ。良くて女神のように崇拝され、悪ければ閉じ込められて利用されるかもしれないと聞かされれば、外で魔法なんて使う気にはなれない。

その代わり、同じ元日本人のイリスに味噌汁を飲ませてあげたいので、味噌とカツオ節を持ち出させてもらった。さすがに日本人の見慣れたプラスチックのパッケージのままだと目立つので、洗ったお弁当箱の中に詰め替えている。

ちなみに、シャーリーが味噌を生み出したせいですっかり脱線し、聞きそびれていた王族の食事の件については、実にあっけない理由だった。

王族は国の、世界の維持のために存在し、王族の中でも魔力を持って生まれたものの中には緑の塔へ入れられるものがいる。贅沢に慣れないようにするのは、緑の塔へ入ることを想定して我慢強さを身につけるためであり、また、世界のために塔に入った家族の心に寄り添うためだそうだ。

シャーリーにしてみれば、わかったようなわからないような理屈だったが、これらの考え方は百五十年ほど前のローゼリアの国王が言い出したことらしく、当時から友好条約を結び、人質を交換しあっていたブロリア国もそれに倣い、以来、王族は美味しくない食事をとらされているのだとか。

(極論すぎよねー。そんなことをするくらいなら、塔でも美味しいものが食べられるように料理を覚える方が健全だと思うんだけど……、王族じゃあ、それは難しいのかな?)

もっとほかに方法があっただろうと思うのだが、アデルたちローゼリアの王族にしても、アルベールにしても、それを当然のように受け入れていたのだから、刷り込みというのは恐ろしいものだ。

さすがに伯爵令嬢の身分で「間違ってると思うんですけど」などと意見できるはずもないので何も言わないが、美味しく作れる人がいるのに、わざわざ美味しくない料理を作ってそれを食べる理由がわからない。食材に対する冒瀆だ。

（最初にそんなことを言い出した人、食べることがあんまり好きじゃなかったのかしら？　粗食と美味しくない料理って別物だと思うのよ）

まるで美味しいものを食べること自体が罪のような考えはいただけない。

（世界のために塔に閉じ込められるっていうのも、よくわからないし）

魔力を供給しなければ世界が亡びるというのは理解できた。だが、そのために王族が塔の中に閉じ込められるというのはいただけない。こちらももっと改善の余地があると思う。

（ま、わたしが口出ししていい問題じゃないから仕方がないけど……。せめて目に見える所だけでも、食事の改善くらいはしてあげたいな）

シャーリーはアデルの部屋にあるキッチンに戻ると、さっそく今夜のメニューに味噌汁を取り入れることにした。

川魚は手に入るので、味噌漬けも作りたいところだが、漬け込む時間がたりないのでまた今度にする。

（夕食はイリス様しか食べないから、味噌汁が登場しても怪しまれないよねー）

ついでに自分も飲もうと、シャーリーは大きめの鍋で味噌汁の下準備をはじめた。他の料理が出来上がるころに味噌をとかせば完成だ。

せっかく味噌汁を作ったのだから、今日の夕食は和食でそろえようと思う。カブと豚肉をカツオ出汁で煮込んだもの、出汁巻き卵、ご飯は鶏肉を使って炊き込みご飯にしたらどうだろうか？

（はー！　テンション上がってくるわー！）

好きな材料が手に入るのなら、これはもう無双モードだ。何だって作れる。お料理無双、最高。幸せすぎて踊りだしたい気分だ。

シャーリーは出来上がった和食をワゴンに乗せて、イリスの部屋に運んだ。

自分の分のお味噌汁とご飯は、イリスのところから戻った後で食べるので鍋に入れたままにしておく。

（イリス様きっと驚くだろうなぁ！）

驚いたイリスの顔を想像したシャーリーは、胸がわくわくでいっぱいだ。作った料理を「美味しい」と言って食べてくれる瞬間が、シャーリーにとって世界一幸せな瞬間なのだ。今日はそれに驚きと感動が加わるはず。楽しみで仕方がない。

「シャーリー、どこへ行くんだ?」

「イリス様のお食事を運んでいる途中です」

「……ふぅん」

途中すれ違ったエドワルドが、くんくんと鼻を動かしながら訊ねてきたが、シャーリーは笑顔でそう答えた。

シャーリーが立ち去ったあと、エドワルドがふと顎に手を当てて、「うまそうな匂いだったな」とつぶやいたことには、シャーリーは当然、気がつきもしなかった。

——そして、一時間後。

「ない！　ないないない！　わたしのお味噌汁がない！　どうして!?」

イリスから感動と賞賛の嵐をうけて大満足でアデルの部屋のキッチンに戻ってきたシャーリーは、自分用に残していた料理が根こそぎなくなっていることに気がついて思わず頭を抱えて叫んだ。

アルベールの言いつけ通り、味噌やカツオ節の出どころについてはイリスにも黙っていたが、まさか誰か気がついたのだろうかと慌てて残っていた味噌とカツオ節を確かめると、それらはキッチンの棚の中にきちんと存在した。

つまり、なくなっているのはシャーリーが自分の夕食にしようと思っていた料理だけである。

（誰よ勝手に食べてったのはー！）

アデルではないことは確かだ。アデルはすでに晩餐（ばんさん）へ向かったし、彼女はそんな意地汚いことはしない。シェネルたち侍女にしてもそうである。となると。

「デジャヴ……！」

こんなことをする人物に、シャーリーは一人しか心当たりがない。

エドワルドだ。そういえばさっきすれ違ったときに、シャーリーの押すワゴンの中身に興味を示していた。彼はポテトサラダの前科持ちだ。アデルの部屋に勝手に入り込むことができて、なおかつ勝手に料理を食べていく人物なんて、彼以外にいるだろうか。いや、いない！

「またやられた……！」

シャーリーはがっくりとうなだれる。年頃の自分の姉の部屋に好き勝手にふらふら入る弟はどうかと思うが、アデルが許している限り、エドワルドはまたやってくるはずだ。キッチンに食べ物をおいたままにしておくのは危険かもしれない。

シャーリーはしょんぼりしながら使ったなべなどの後片付けを終えると、念のため味噌とカツオ節を持って自分の部屋に戻ったのだった。

「昨日のあの茶色いスープはないのか？」

エドワルドが悪びれもせずにそんなことを言ったのは、次の日の昼のことだった。

昼食は一緒にシャーリーの料理を食べていいと姉に許可をもらったエドワルドは、さっそくアデルの部屋に昼食を食べに来た。

今日は時間ぴったりにやって来たエドワルドは、テーブルの上に並べられた食事を見て、ちょっぴり残念そうに肩をすくめた。

（茶色いスープってお味噌汁のことよね？）

この発言で、昨日の盗み食いの犯人がやはりエドワルドだったということが判明した。だが、勝手に食べたことについて悪いと思っていないのか、彼は口をとがらせて言う。

「昨日のあのスープが飲みたい」

「エドワルド、茶色いスープとは何？　昨日の昼にそんなものはなかったはずだけど」

エドワルドが、シャーリーの作った夕食を勝手に食べたことを知らないアデルが首をひねった。

彼女の中では、エドワルドが昨日食べたシャーリーの料理は、一緒にとった昼食のみだ。

イリスは薄々状況を理解したらしい。あきれ顔で兄を見て、はあと息を吐いた。

「お兄様。また勝手につまみ食いしたの？　あのスープはわたくしの夕食のメニューだったはずだけど」

「キッチンを見たら残っていたんだ」

（残ってたんじゃなくて、わたしが食べるために残してたのよ！）

そう反論出来たらどんなにかいいだろうか。キッチンに置いてある料理はイコール残り物ではないということを、一度しっかりとエドワルドに教えておいた方がいいだろうか。この先も同じことがないとは言いきれない。

シャーリーはぴくぴくと口端をひきつらせながら返した。

「あれはイリス様向けの特別メニューなので」

するとエドワルドはむっと口を曲げた。

「なんだと？　イリスばかりずるいじゃないか。贔屓（ひいき）するな」

（子供か！）

シャーリーはあきれたが、エドワルドがごねるのを見て、アデルまで「イリス向けの茶色いスープ」に興味を覚えてしまったらしい。もう作れないのかと訊いてくるので、これは作らないと収拾

がつきそうにないなと判断し、シャーリーは肩を落とす。

「……お待ちいただけるのなら、作りますけど」

味噌とカツオ節は部屋においてある。昼食に使った野菜の残りでなら、すぐに作れるだろう。

エドワルドは途端に機嫌がよくなって、にんまりと笑った。

「よし！　作ってこい！」

エドワルドの隣で、アデルが「シャーリーは君の侍女じゃないんだけど」と苦笑すると、イリスもじっとりとした目で兄を見たが、当の本人は何がいけなかったのかがわからないようで、首をひねって「作ってくれるか、という言い方ならいいのか？」と妙に頓珍漢(とんちんかん)なことを言った。


（……よくわからないけど、この世界の人にもお味噌汁ってウケがいいのかしら？）

シャーリーは緑の塔へ向かいながら、少し前のエドワルドの様子を思い出していた。

味噌汁が飲みたいと言われたので、追加で味噌汁を作って出したところ、エドワルドはご満悦でおかわりまで要求したのだ。

味噌汁ばかり飲むので、さすがに塩分過多になるから途中でストップをかけたが、よほど気に入ったのか、「明日も作れ」と言い出した。

（アルベール様も好きそうだし）

昨日味噌汁を出したアルベールの反応を見る限り気に入っていたようなので、今日も具材の違う味噌汁を作る予定だ。味噌汁は具材を変えるだけで違った味が楽しめるのがいいところである。

（今日は豚汁風にしようかな。野菜もたくさん取れてバランスもいいもんね）

魔力で好きな食材をポンポン呼び出せることがわかったので、シャーリーは今日はお弁当を持参していない。食材が呼び出せるなら、緑の塔に備え付けのキッチンで料理をした方がいいからだ。冷めたものより温かいものの方が美味しいし、それに――

（せっかく人の目を気にせずに好き放題料理ができるこの機会を逃す手はないわ！）

今日は待ちに待った魚料理を作るつもりだ。川や湖の魚はローゼリア国でも手に入るが、海の魚は手に入らない。ローゼリアの東の海岸沿いの町であれば手に入るようだが、王都は西に位置していて、さすがに東の町から魚を運ぶ技術はないのである。

ちなみに王都からさらに西のブロリア国との国境には、大きなバドローナ湖があって、そこから湖の魚が王都に届けられるが、生のままで届くことは少なく、塩漬けや一夜干しのように軽く干した状態で届けられるので、なかなか使い勝手が悪い。

けれども、シャーリーはもう指パッチンでほしいものを取り出せるという、素敵な力を手に入れたのだ。海の魚だっていつでも取り出せるのである。

（この力ってどこまでのことができるのかしら？　今度いろいろやってみたいな）

さすがにゲームとは違うので、ＭＰなどは存在しないだろうが、無尽蔵に使えるようなものでもないはずだ。昨日いろいろ呼び出してみたときには疲労は感じなかったが、使いすぎると疲れるのだろうか。一度限界を知っておきたい気がするが、怖いような気もする。

「シャーリー、いらっしゃい」

シャーリーが塔に入ると、アルベールが玄関ホールに立っていた。最近の彼はシャーリーが来る時間にはいつも玄関ホールで待っていてくれて、嬉しそうに笑って出迎えてくれるのだ。

アルベールと一緒にダイニングへ入ると、あれだけたくさん取り出しておいたポテトチップスが半分になっていた。シャーリーが作っておいた食事が綺麗になくなっていたことから考えるに、食事とは別に何袋ものポテトチップスを食べたことになる。

（……さすがに食べすぎじゃ……）

とは思うものの、二年もこの塔の中で淋しくて窮屈な思いをしてきたアルベールから、好きなものを取り上げるのは忍びない。食べすぎには注意だと念を押しておくことにして、シャーリーはさっそくキッチンへ向かった。

パチン、と指を鳴らすと、まな板の上に大きな鯛がまるまる一匹現れる。

今日のメニューは、鯛のお頭煮と鯛めし、そして刺身用に切った身を醤油とみりんとほんの少しの唐辛子を混ぜた調味料に軽くつけて「漬け」にする。最後に鯛めしに漬けをのせて、鯛のアラから取った熱々の出汁をかけて鯛の漬け茶漬けにするのだ。生魚は食べなれていないだろうけれど、これなら食べられるはずである。ぜひ、新鮮な魚を食べてもらいたい。味噌汁はあらかじめ決めていた通り野菜たっぷり豚汁だ。

料理を終えてアルベールの前に出すと、彼は特に漬け茶漬けが気に入ったようだった。

今日も美味しかったと言われると、それだけで次も美味しいものを作ってあげたくなるのだから、シャーリーは単純なのだろうか?

(そういえばアルベール様って、一人の時はこの塔の中で何をしているのかしら?)

アルベールが食後のフルーツを食べている間に食器を洗っていたシャーリーは、ふとそんなことが気になった。

シャーリーが来るようになってから、食生活は改善したはずだが、彼がこの塔の中に一人きりなのは変わりない。シャーリーがアルベールと一緒にいるのは、彼の一日のうち一時間半程度。それ以外の時間は一人ぼっちなのだと思うと、無性に気になってきた。

片づけを終えてダイニングに戻ったシャーリーがさっそくそのことを訊ねると、アルベールはきょとんとしたあとで、何でもないことのように答えた。

「何もしていない。ただぼーっとすごしている」

「…………」

薄々予想していなかったわけではないが、改めて口に出して言われればギョッとしてしまう。

塔には本が数冊おかれているそうだが、すでにそれらはほぼ全文を暗記するほどに読みこんでしまっていて、今更読む気はおきないらしい。

(娯楽が本数冊だけ……、本当にここは牢獄なんじゃないかしら?)

アルベールは国のため――ひいては世界のために閉じこもっているのである。もっと大切に扱われるべきではないだろうか。

(……この世界の人っておかしいんじゃないの?)

国のため、世界のために頑張っているアルベールをいたわらないのは、おかしい。

(むかむかしてきた……!)

腹の底から苛立ちがこみあげてきて、シャーリーは無意識のうちにパチンと指を鳴らした。

(普通はさ、感謝するものじゃないの?)

パチン
(世界が亡びるのを防いでくれているのよ?)

パチン
(アルベール様がいなくなれば国が亡びるっていうなら、ある意味王様よりも偉いわけじゃない?)

パチン
(それなのに一人ぼっちで塔に閉じ込めて自由を奪ったあげくに、娯楽すら与えないなんてどういうつもりなの!?)

パチン
(あー! よくわかんないけど、すんごくムカつくっ!)

パチンパチンパチンパチンパチン!

「……………シャーリー……」

イライラしながら指を鳴らしていたシャーリーは、アルベールの途方に暮れたような声を聞いてハッとした。

「あー……」

どうやら、無意識のうちに指を鳴らしたせいで、いろいろなものを呼び出してしまったようだ。ダイニングテーブルの上のみならず、床の上にもたくさんのものが散乱している。どれもシャーリーの前世で見慣れたもので、この世界にはないものばかりだ。

（あれー？　でも、何も想像していなかったんだけどな……）

考えていたことと言えば、アルベールの生活はもっと豊かになるべきだということだけだ。そのせいだろうか？　シャーリーの前世の佐和子が便利だと思ったものや好きなものが、勝手にポンポンと呼び出されてしまったようだ。

スナックをはじめとするお菓子に、コーヒー豆、コーラなどの清涼飲料水、アイスクリーム、カップ麺に駄菓子なんかもそろっている。それから――

（冷蔵庫にテレビにテレビゲームって……、この世界に電気はないのに、あほなのかしら、わたし）

シャーリーは床の上にどーんと鎮座している冷蔵庫を開けてみた。家電量販店に並んでいるように、開けても涼しくない冷蔵庫を想像したのだが、どういうわけか、扉を開けると冷気が溢れてくる。もちろん中身はからっぽだ。シャーリーは首を傾げて、冷蔵庫の裏に回った。

（なんで冷たいのかしら……ん？　コンセントがない？）

再び冷蔵庫の扉を開いてみる。中に手を入れて確かめてみたが、やはり冷たい。

「え？　なんで？　どういうこと？　電気ないんだけど！　コンセント挿してないんだけど！　と

いうか、コンセント自体がないんだけど！」

シャーリーは一人で慌てながら、次に冷凍庫の引き出しを開けてみた。ここもやはり冷たい。よくわからないが、電気もないのに冷蔵庫が使えるらしい。

（これも魔力のおかげ……？　魔力、すごくない？）

シャーリーは茫然としているアルベールに頼んで、冷蔵庫を邪魔にならないダイニングの端へ動かしてもらうことにした。重たい野菜室つきの大きな冷蔵庫だが、細くともさすが男性。シャーリーではびくともしない冷蔵庫を、意外とあっさり動かしてくれる。

アルベールは見た目以上に重たい箱――アルベールにはただの箱にしか見えないらしい――に、「なんだこれは？」と目を白黒させていたが、設置を終えて使い方を教えると、茫然を通り越して魂が抜けたような顔になってしまった。

「そなたはいったい、なんなんだ!?」

「え……、そんなことを言われても、まさか出てくると思わなかったし……」

出そうと思って出したわけではないのだから、不可抗力というものだ。

というか、冷蔵庫でこんなに驚いているのであれば、テレビをつけたらどうなるだろう？　そもそも、テレビは映るのだろうか？　さすがにこの世界にテレビ局はないから、テレビがあったところで使い物にならない気がする。

（あー。それでテレビゲーム……。無意識とはいえ、わたしグッジョブ？）

シャーリーはダイニングテーブルの上のゲーム機を見てポンと手を叩く。ご丁寧にゲームソフトも三本あって、どれもシャーリーが前世でプレイしたことのあるものだ。ロールプレイングゲームが二本に、パズルゲームが一本である。

シャーリーはテレビの説明を後回しにして、アイスクリームが溶けないうちに冷凍庫の中へ入れた。八個あったカップアイスのうち、二個はテーブルの上に残して、スプーンを持ってくる。せっかくだからアルベールに食べてほしいし、シャーリーも食べたい。

「アルベール様はチョコレートとバニラ、どっちがいいですか?」

「は?」

「えっと……、言い方を変えます。チョコレート、好きですか?」

この世界にもチョコレートは存在している。フォンティヌス伯爵家で食べたことがあるから間違いない。だが、アルベールは困惑した。

「存在は知っているが……食べたことがないのでわからない」

(ここでも王族の贅沢禁止令!?)

アデルがイリスに何とか栄養をとらそうとして、お菓子を食べさせようとしたことがあると言っていたから勘違いしていた。お菓子くらい口にできるのだと思っていたが、どうやらそのお菓子にも制限があったようだ。

(まさかと思うけど、王族の食べているお菓子もまずいの? それってそもそもお菓子の意味なくない? 拷問でしょ、それ!)

チョコレートの美味しさを知らないなんて、人生半分損している。

シャーリーはアルベールの前に、チョコレート味のアイスクリームを差し出した。

「これ、美味しいから食べてみてください。こうして蓋をあけて、スプーンですくって食べるんですよ。……んー！　冷たい！」

シャーリーがアルベールに食べ方を見せるために、バニラのアイスクリームを食べて見せると、興味が引かれたのか、アルベールはアイスクリームのカップに手を添えて、慌てたように手を引っ込めた。

「……氷みたいに冷たいぞ」

「アイスですからね」

「そのあいす、というのはなんだ？　……あー、やっぱりいい。そなたのすることにいちいち驚いていては心臓が持ちそうにないからな」

昨日のポテトチップスで少し慣れたのか、未知の食べ物への耐性が備わったようだ。アルベールはシャーリーの真似をして恐る恐るアイスクリームを口に入れて、わずかに眉を寄せたあとで、目を見開いた。

「冷たいが……甘い」

「アイスですからね。美味しいでしょう？」

「あいすがなんなのかはわからないが、確かに美味しい」

アルベールがふにゃりと頬を緩める。あっという間にアイスクリームを完食したアルベールが、残りは冷蔵庫の中にあると聞いてさっそく取りに行こうとしたので、さすがにこれ以上はやめておくように告げる。冷たいものを食べなれていないだろうから、食べすぎるとお腹が痛くなるかもしれない。

アルベールが名残惜しそうにずっと冷蔵庫を見るので、彼の気を逸らせるためにシャーリーはテレビを指さした。

「冷蔵庫が使えたってことは、これも使えると思うので、遊びませんか？」

「……この黒い板で？」

なるほど。テレビを知らない人には、テレビは板に見えるのかと妙な感心を覚えながら、シャーリーはテレビをダイニングテーブルの上にあげる。テレビゲームをつなげて電源を入れると、やはり電気がないのにテレビがついた。

「よかった、ついた！」

シャーリーが喜んでいると、ガタガタガタン！　と大きな音がする。

何の音だろうと思って振り返れば、アルベールが椅子から転がり落ちて目を真ん丸に見開いていた。

（あちゃー、最初に説明しておけばよかったかな？）

さすがに刺激が強かったのだろう。

椅子から転げ落ちたアルベールは、「それはなんだー！」と叫んだきり石像のように硬直してしまった。

　シャーリーがロールプレイングゲームをセットしたから、チャランチャランと、ゲームの陽気なＢＧＭが流れているのも要因の一つだろう。口で説明するよりも見せた方が早いだろうとシャーリーがゲームをスタートさせると、アルベールはまるで化け物でも見たような顔でテレビ画面を凝視した。

（へー、ゲームの表示はちゃんとローゼリアの言葉に変換されるんだ。どうなっているのかしら？　おもしろーい！）

　シャーリーには到底理解は及ばない魔力という不可解な力のせいであることは間違いない。考えたところでわからないのだから、シャーリーは早々に思考を放棄することにした。転生した時点で充分すぎるほど不可思議な経験をしたのだから、不思議がいくつ増えようと「こんなもの」ですませられる。妙な耐性がついたものだ。

「いつまでも床に座っていないで、ほら、見てくださいよ！　これ、楽しいんですよ？」

　陽気な音楽に乗ってゲームを進めていくと、モンスターに遭遇して戦闘画面が開いた。陽気な音楽が気持ちを逸（はや）らせるようなスリリングな曲調に変わると、アルベールがびくびくしながら立ち上がって、一歩テレビに近づいていく。

「な、中から変なものが出てきたりはしないのか？」

「しませんよ。これ、ただの映像ですから」

「えいぞう……？」

「絵みたいなものです」

「絵が動くはずないだろう!」

「そんなことを言われても、そういうものなんですってば」

物は試しと、シャーリーが「はい」とコントローラーを渡すと、アルベールはやはりびくびくしながら受け取った。

「いいですか? このボタンで『戦う』を選んで」

「たたかう? 何と戦うというんだ」

「この緑色のモンスターですよ。倒すと経験値とお金がもらえるんです」

「……金はいいとして、けいけんちって何だ」

「主人公がレベルアップするために必要な数値です」

「…………頭が痛くなってきた」

「いいから、やってみてくださいって! 面白いんですから!」

アルベールは空色の瞳を疑わしそうに細めたが、シャーリーの言う通りにボタンを押してゲームを進めていく。

しばらくするとコツをつかんだようだ。アルベールの姿勢が少しだけ前のめりになった。

「よくわからんが、本で読む物語のようなものなんだな」

「まあ、平たく言えばそうなるのかな?」

ちょっと違う気もするが、それで納得してくれるならそれでいいかとシャーリーは頷いた。

「あ、そっちはまだ敵が強いから行っちゃだめですよ。レベルを上げて装備をそろえないと死んじゃいます」

「死……」

アルベールがびくっと肩を震わせたので、シャーリーは慌てた。

「アルベール様がじゃなくて、ゲームの主人公がですよ！　ゲームだから、ゲームオーバーになるだけで、セーブポイントに戻るだけなんで、勝手に生き返りますけど、せっかく貯めたお金が半分になるんです」

アルベールが理解しているのかしていないのかは怪しいところだったが、危険だというのは伝わったようだ。強いモンスターの出るエリアの手前で、「出発の町」に戻ってくれる。

「ここが武器屋で、こっちが防具屋。道具屋はこっちです。ここで一番強い武器は『鉄の剣』なんですけど、お金が足りないのでもう少しモンスターを倒して稼がないといけません。あと、道具屋でポーションを少し買っておくといいですよ」

「ん」

おそらくこれもあまり理解していないと思われるが、アルベールが頷いた。

その真剣な横顔を見る限り、アルベールがゲームにはまるのも時間の問題だと思われる。

(これでわたしがいないときのアルベール様の娯楽もゲットだね！)

テレビとゲームが出てきたのは偶然の産物だが、シャーリーはちょっとほっとした。部屋に引きこもってゲーム三昧になれば、小学生の夏休みのようになる気もするが、どこにも行けないのだからこのくらいの娯楽があってもいいはずだ。

「あんまり長くゲームをすると目が悪くなりますから、ほどほどのところで休憩してくださいね!」

「ああ」

テレビ画面から目を離さずにアルベールが生返事をする。これはたぶん、わかってない。

(ま、いっか)

さすがに加減を知らない子供のように、夜通しゲームを続けるようなことはないだろう。

シャーリーはアルベールがゲームに夢中になっている間に、呼び出したお菓子類を片付けることにした。

(んー、お菓子を入れる棚とかほしいな。いっそあっちの壁にテレビ台を作って、ついでにソファもおいちゃう?)

無駄に広いダイニングである。大きな家具はダイニングテーブルくらいしかおかれていないので、スペースはいくらでもある。

シャーリーはダイニングの入口に近い壁際に向かうと、パチンと指を鳴らした。ポンッと音がして、奥の壁際にテレビ台が現れる。次に指を鳴らせば三人掛けのソファが現れて、ソファの前にはガラスのローテーブルが登場した。ローテーブルの天板の下にはものがおけるようになっているので、ゲーム機はここにおけばいいだろう。

(うんうん、テレビがあるなら、やっぱこうでなくっちゃね!)

シャーリーは満足すると、アルベールがゲームに飽きたころにテレビをテレビボードに移動させることにして、お菓子をテレビ台の下の棚に収めていく。

（カップ麺は後で食べ方を教えてあげよ）

前世では大人になってからはあまり食べなかったが、記憶に残っていたから出てきたのだろうか、カップ麺が数種類ダイニングテーブルの上に並んでいる。見れば、たまに無性に食べたくなるのがカップ麺である。今はお腹がいっぱいだが、今度一つ食べてみようと決めて、カップ麺はキッチンへと収納する。

「シャーリー！　急に真っ暗になったぞ！」

アルベールの悲鳴のような声を聞いて振り返れば、画面に「ゲームオーバー」の文字があった。

（他はこの国の言葉なのに、ゲームオーバーは英語なのか。よくわかんないわね）

もしかしたら、シャーリーの脳の中に「ゲームオーバー」に相当するローゼリアの言葉がないからなのだろうか？

「あー、アルベール様、死んじゃったんですね」

「私は生きている」

「じゃなくて、ゲームの中の話ですよ。ま、ちょうどいいから、テレビとゲーム機をこっちに動かしちゃいましょう。大丈夫、すぐにセーブしたポイントから復活できますよ」

セーブポイントは説明済みだ。この説明には何気に苦労したが、最終的に「本のしおりのようなもの」と言えば納得してくれた。

アルベールに手伝ってもらってテレビとゲーム機を運び終えると、ソファに座って再びコントローラーを握った彼は、ふと顔を上げた。

「そなたはいったい、なんなのだ?」

これだけこの世界にないものばかり呼び出していれば、いつかは訊ねられるだろうとは思っていたので、シャーリーは「うーん」と顎に手を当てる。

(言っていいのかな……?)

シャーリーがこの緑の塔に入れることについても、魔法でいろいろなものを呼び出せるとわかった時も、アルベールはシャーリーのために、このことは口外するなと助言をくれた。その彼であれば、シャーリーに前世の記憶があることを知っても、シャーリーが危険に巻き込まれるような結果にはしないはず。むしろ、黙っておくほうが不審がられる気がする。

しばらく考えて、シャーリーが簡単に「生まれる前の記憶があって、その世界にあったものを呼び出した」と言えば、アルベールは短い沈黙のあとで、「そうか」と頷いた。

「なるほど、納得した」

「え、納得したんですか?」

「当たり前だ。どう考えても、そなたは『普通』じゃない。きっと何かの理由があって、女神イクシュナーゼがこの世界に遣わしたのだろう」

また女神か。

(でも、これで納得してくれるなら、逆に良かったのかな?)

シャーリーだってこれ以上問い詰められてもわからないのだ。なぜなら、転生したくて転生したわけでもなければ、そもそもどうして転生したのかもわからないのだから。

（前世の記憶があるって聞いて、「そうか」ですませられる人も、なかなかいないよね……）

コントローラーを握って、再びゲームに熱中しはじめたアルベールの後ろ姿に苦笑する。

時間の許す限りアルベールの隣に座ってテレビ画面を見ていたシャーリーは、帰り際、「やりすぎは目が悪くなるから駄目ですよ」と再び注意して、仕事に戻った。

「ミソスープが飲みたい」

緑の塔から城に戻ったシャーリーがアデルの部屋に向かうと、その扉の前でエドワルドが待ち構えていた。

乗馬でもしていたのだろうか。エドワルドはすっきりとした軍服に身を包んでいた。黒髪が少しだけ乱れている。

ミソスープとは味噌汁のことだ。味噌汁のことを「なんのスープだ」と訊かれたのでシャーリーが「ミソスープ」と答えたのである。

（味噌汁が飲みたいって……、三時のおやつじゃないんだから）

シャーリーはあきれた。ついさっき昼食で味噌汁を飲んだばかりだ。

「エドワルド様は、夜は陛下たちとともに晩餐でしょう?」

「む。だがイリスはそなたの作ったものを食べているではないか」

「イリス様は成人前で、お一人で夕食を取られますから。それに、もとはといえば、わたしはイリス様の食事を作るために呼ばれたわけですし」

「イリスばかり贔屓するな」

またそれか。

小さな子供ではないのだから、妹と自分の対応が違うからといって拗ねないでほしい。

「それに、姉上とイリスは朝食にもお前の料理を食べているのに、どうして俺は駄目なんだ。俺だけのけ者じゃないか」

「別にのけ者にしているわけじゃ……」

シャーリーは困って眉尻を下げる。ここはアデルの部屋の前。廊下である。先ほどからすれ違うメイドや衛兵たちの視線が痛い。これではまるで、シャーリーが何か失礼をしてエドワルドに叱られているように見えるではないか。

(わがまま言わないでって叫びたいー! でもそんなこと言えないー!)

このわがまま王子は、シャーリーが是と答えるまで食い下がるだろう。だが、シャーリーに決定権などないのだから、せめてアデルに言ってほしい。

「夜がだめなら明日の朝、ミソスープを要求する!」

エドワルドは、シャーリーを壁際にじりじりと追い詰めながら言う。ぐっと細められた琥珀色の瞳が、「まさか嫌だとは言わないだろう?」と責め立ててくるようで、シャーリーはだらだらと汗をかいた。

(味噌汁って、何か中毒になるようなもの入ってるのー!?)

怖くなったシャーリーが壁に張り付くと、エドワルドはダン! とシャーリーの顔の横に手をついた。

「いいよな?」

(これもう脅しですからー!)

シャーリーはあわあわしながら、「アデル様がよろしければ」と返事するしかなかった。するとエドワルドはパッと顔を輝かせて、シャーリーの顔の横から手を離した。

「よし! 姉上に頼んでおこう!」

この様子では、何が何でもアデルの許可をもぎ取ってくるだろう。

ご機嫌なエドワルドはシャーリーの頭をよしよしと撫でてにこにこと笑う。

人生初の壁ドンで味噌汁を要求されたシャーリーは、はーっと大きなため息をついた。


「面倒な人に気に入られて、シャーリーも大変ね」

イリスはシャーリーの作った肉じゃがを食べながら同情的に言った。

イリスは夕食の時間はシャーリーと二人きりになることを望むので、乳母のコーラル夫人は席を外している。

　イリスの言う面倒な人とは、エドワルドのことだ。シャーリーがエドワルドに朝食も用意しろと言われたことを話すと、イリスはあきれたように肩を落とした。

「お兄様は言い出したら聞かないみたいだから」

「このままだと、本当にエドワルド様の侍女にされそうな気がします」

「あらだめよ！　シャーリーはわたくしがお姉様からもらうんだから！　お兄様が何と言ってきても、断固として戦うわ！」

　イリスが戦ってくれるのは嬉しいが、最終的なしわ寄せはシャーリーに来そうで怖い。食事を前にしたエドワルドのぎらぎらとした琥珀色の瞳を思い出す限り、彼は自分がこうと決めたことは絶対に折れないだろうと思う。

　突然前世の記憶がよみがえって、同時に今まで「イリス」としてすごしてきた記憶を失い混乱していた彼女は、最近になってようやく落ち着いたらしい。これまでの「イリス」の記憶は戻ってはいないそうだが、同じ元日本人のシャーリーと話すことができるようになったおかげで、不安で精神が不安定になることがなくなったそうだ。

　まだあまり実感はないが、アデルを「お姉様」エドワルドを「お兄様」と平然と呼べるくらいには慣れてきたようである。けれども、呼びはするものの、まだ本物の家族としての認識は薄いので、エドワルドにシャーリーを譲るほどの情はない。イリスは意地でもシャーリーを譲るものですかと息巻いた。

「食事ももちろんうれしいけど、わたくしはシャーリーがいいのよ。シャーリーの前では肩の力が抜けるもの。不思議よね、生まれ変わる前はお姫様に憧れていた時期もあったのに、いざお姫様になってみると窮屈でしょうがないわ」

その気持ちは少しわかる。伯爵令嬢であるシャーリーも、貴族令嬢だからといって許されない行動規制に、お金持ちのお嬢様もなかなか窮屈なものだと思ったからだ。

それでもシャーリーは、フォンティヌス伯爵家の家族に目こぼしをもらっている部分があるので、少しは自由にできてはいるが、イリスはそうはいかない。王女である彼女は、シャーリー以上に大変だろう。

イリスが食後のプリンを食べ終えると、シャーリーは食器をワゴンに片づける。あまり長い間コーラル夫人を部屋から追い出しておくと、やきもきして様子を見にやってくるのだ。シャーリーのことは信用してくれているようだが、それとこれとは別らしい。

「この分だと、しばらく朝食と昼食は和食続きになりそうなので、夕食は変えましょうか？」

「和食も嬉しいけど、そうねぇ、じゃあお願いしようかしら。シャーリーのご飯、和食以外もとても美味しいし」

「ふふ、わかりました」

シャーリーは部屋を出る前に隣の部屋で待機しているコーラル夫人を呼んで、ワゴンを押して廊下に出た。

イリスの食器を片づけて、明日の朝の準備を終えれば今日の仕事は完了だ。

ひよこ豆の甘露煮を作っておいたから、夜にシェネルとおしゃべりしながら食べよう――そんなことを考えながら、ががらとワゴンを押してアデルの部屋に向かっていたシャーリーは、ふと足を止めた。

目の前の廊下の曲がり角を曲がっていった男の後ろ姿が、知り合いに似ていたからだ。

(まさかね……)

着ている服からして、曲がり角の先に消えた男は、城の警護をしている衛兵だろう。「彼」がこんなところで衛兵なんてしているはずはないのだ。

(さてと、明日は何を作ろっかなー)

シャーリーはふんふんと鼻歌を歌いながら、再びワゴンを押して歩き出した。

「毎朝、お前の作るミソスープが飲みたい」

「「…………」」

突然のエドワルドの発言に、シャーリーとイリスはそろって何とも言えない表情を浮かべて沈黙した。

毎日の朝食にエドワルドが加わってから、四日目の朝である。

エドワルドの希望で、彼が加わってからの朝食には毎日味噌汁が並んでいる。大根と油揚げの味噌汁、なすの味噌汁、根菜たっぷりの味噌汁に、溶き卵を落とした味噌汁。バリエーションは変えているが、味噌汁は味噌汁。元日本人のイリスはともかく、エドワルドもなぜか飽きないようで、毎朝おかわりまでするほどに味噌汁が気に入っている。

だから、彼のその発言は、その流れで飛び出したものだとは思う。思うけれど――

（毎朝お前の作る味噌汁が飲みたいって、プロポーズか！）

一昔前の日本の求婚文句のようなセリフを吐かないでほしい。反応に困る。

もちろん、エドワルドにそんなつもりはないだろう。だが、元日本人としては困惑するものは困惑するのだ。最近使われなくなっていたフレーズとはいえ、一応「プロポーズの一種」としてはそこそこ有名なセリフなのだから。

イリスが味をつけた卵の黄身をご飯の上に乗せて、フォークで刺してつぶしながらため息をついた。この卵の黄身は、出汁と醬油とみりんを混ぜた特製のタレに一晩漬けこんでいるので、しっかり味がついている。イリスがご飯の上に乗せたので、エドワルドも真似をするようにご飯の上で黄身をつぶした。アデルとエドワルドは、生卵をそのままかけて卵ご飯にするのは抵抗があるだろうから、ちょっと加工してみたのだ。

（お味噌汁と卵ご飯はやっぱり朝ごはんの定番でしょ）

もちろんそれだけだと、アデルたち女性陣はともかくエドワルドには物足りないだろうから、ベーコンとジャガイモをバター醬油で炒めたものも添えた。だが、先ほどから味噌汁ばかり飲んでいるエドワルドには、味噌汁とご飯だけでもよかった気がしている。鍋いっぱいに作った味噌汁が、もう底だ。

「お兄様。前も言いましたけど、シャーリーはわたくしの侍女にする予定なんです。勝手なことを言わないでください」

「今だって、姉上の侍女なのにお前の食事を作ってるじゃないか。お前の侍女に移ったって、俺の食事が作れないことはないだろう？」

「だからって勝手に決められては困ります。シャーリーはわたくしのです！　いつまでもお兄様の食事を作るわけにはいきません！」

「……むぅ」

エドワルドは助けを求めるようにアデルを見た。シャーリーの現在の主はアデルだ。アデルが許可を出せばなんとかなると思ったのだろう。

アデルは弟妹にそれぞれ視線を向けて、微苦笑を浮かべた。

「シャーリーにあまり負担はかけたくないな。もともと無理を言って強引に来てもらったのだし。さすがに二人の侍女をするのは大変だよ」

イリスはふふんと勝ち誇ったようにエドワルドを見た。

エドワルドはあからさまに不機嫌な顔をして頬杖をつく。

「エドワルド。そもそも毎日シャーリーの作ったものが食べたいと言ってもだね、シャーリーは永遠に城にいるわけではないのだからそれは無理だよ。シャーリーだっていずれは結婚するだろうし、その相手によっては結婚と同時に侍女をやめることにもなるだろう？　子供ができたらなおのことだ。子供を育てながら侍女を続ける人なんて、ほとんどいない。君もわかっていると思うけど」

もともと王族の侍女という職業は、仕事というよりは行儀見習いという認識の方が強い。良家の令嬢は、わざわざ自分で働く必要などないからだ。そのため、給金をもらうためというよりは、王族の侍女を務めたというステイタス、そして王族との個人的なつながりを得るために仕えることがほとんどなのだ。だから、結婚や出産をしたあとで続ける人は非常に少ない。

エドワルドも当然わかっていることだと思ったが、彼はその可能性にはじめて気がついたかのように目を見開いた。

「……そうか、いつかいなくなるのか」

そのまま考えるように黙り込んでしまう。

エドワルドが静かになったので、イリスはこの話はもう終わったと判断したのだろう。美味しそうに卵ご飯を頬張った。

アデルも食事を再開したが、シャーリーはいつまでも手を止めたままのエドワルドの様子が気になって、おずおずと声をかける。

「あの、エドワルド様。ミソスープはまだありますけど、お注ぎしましょうか？」

「ん？　ああ……」

エドワルドは心ここにあらずといった様子で頷いて、深皿をシャーリーに手渡す。シャーリーが味噌汁を注いで戻ると、エドワルドはスプーンを皿の中に入れ、そしてまた手を止めた。

いったいどうしたのだろうかと心配になっていると、エドワルドは急に真剣な顔をして顔を上げた。

「シャーリー」

「はい？」

「俺と結婚しろ」

ごふっ、とイリスが卵ご飯を喉に詰まらせた。


「け……！」

「結婚!?」

「エドワルド!?」

シャーリーとイリス、アデルの三人がそれぞれ驚愕の表情を浮かべて声をひっくり返した。

毎朝、お前の作るミソスープが飲みたい――というセリフがまるでプロポーズのようだとは思ったが、本当にプロポーズしてくるとは思わなかった。

（いったいどういうこと!?）

三人が慌てているのに、エドワルドだけは至極当然だと言わんばかりに続ける。

「そうすれば、俺はずっとシャーリーの作る料理が食べられる。俺は第二王子だからな、何ならフォンティヌス伯爵家へ婿に入ってもいいぞ」

「い、いいえ、うちには兄がいるので……」

王子が婿に入って嫡男であるルシアンが追い出されるのは困る。第一、王子が伯爵家へ婿入りなど聞いたことがない。せいぜい、侯爵家以上だ。だが、それもよほど理由がある場合のことで、王にならない王子は、爵位を賜ることが多く、他家に婿入りすることはほぼない。

「そうか。なら俺が賜る予定の公爵位をそのまま使えばいいじゃないか。そのうち邸を建てさせよう。なんならお前が好きなように建ててやるぞ」

「ちょ、ちょっと待ってください！」

このままポカンと聞いていたら、本当に結婚させられそうな気がしてシャーリーは焦る。

アデルは額を押さえて、大きなため息をついた。

イリスがわなわなと震えながら、エドワルドに向かって人差し指を突きつける。

「ふざけたことを言わないでくださいませ！」

「ふざけてなどいない、俺は本気だ！」

「なお悪いです！」

「なぜだ！」

「シャーリーのご飯が食べたいから結婚なんて、シャーリーを馬鹿にしてます！」

「俺はきちんと妻を敬うし大切にするしシャーリーがしたいことはすべてかなえてやるぞ！　それでも文句があるのか！」

「大ありです！　シャーリーの気持ちを無視しないでください！　断固としてお断りします！」

「だからどうして、お前が断る!?」

「ふ、二人とも、落ち着きなさい」

ぎゃいぎゃいと言い合いをはじめた二人の間に、慌ててアデルが割って入る。

「エドワルド、いくら何でも不躾すぎる。イリスも、決めるのはシャーリーだ。君が勝手に断っていい問題じゃない」

「でも、お姉様……」

「姉上、俺は本気で――」

「この際、本気か本気でないかの問題ではなく――いや、もちろんそれも重要な問題なのだが、それよりも、求婚の仕方が問題だ。フォンティヌス伯爵にもお伺いを立てないといけないし、そもそも今までそんな素振りもなかったのに急に求婚されてもシャーリーが困るだろう。別に邪魔をするつもりはないけど、本気だというのならもっとやり方を考えなさい。シャーリーの気持ちを無視するものじゃない」

（いや、本気になられても困るから、止めてほしいんだけど……）

「なるほど、つまりシャーリーに俺の本気が伝わればいいんですね」

（いやいや、そういう問題じゃないし）

「いや、そういうわけじゃ……、あれ、そうなるのかな？」

（アデル様ー!?）

「お姉様しっかりしてください！　そうじゃありません！　シャーリーがお兄様を男性として好きだというのならば仕方がないかもしれないですが、そうでないなら絶対に許可できません！　未来の主として、全力で抵抗させていただきます!」

どうしよう、イリスがものすごく頼もしい。

「好き? 何を言っているんだ。王族の結婚に好きもへったくれもないだろう」

「女性の結婚には最重要問題です!」

シャーリーは、話題の中心にいるはずなのに完全に蚊帳(かや)の外におかれて、弱り顔で後ろを振り返った。今日の給仕担当の侍女であるレベッカ・エテノーラ・ジェームズ伯爵令嬢が、「大変ねぇ」と頬に手を当てておっとりと微笑んでいる。完全に人ごとだ。

(どうしよう、何か変な方向に話が転がってる……)

シャーリーの目の前で、イリスとエドワルドはまだ言い合いを続けている。

アデルはそんな二人に「困ったなぁ」と言いたげな表情を浮かべていた。だが、一番困っているのはシャーリーである。

(好きなだけ料理ができて、大切にされて、なんでも好きなことをやらせてくれるなんて、条件としては最高なんだろうけど……、結婚というか、料理人として雇われるって感じの方がしっくりくるわ)

たぶん、ほかの令嬢であれば、王子に結婚を申しこまれた時点で狂喜乱舞ものなのだろうが――、大型犬になつかれた感が否めないのはどうしてだろう? 餌付けしてはいけないものを餌付けしてしまったのかもしれない。

いつまでも収拾がつきそうにないと判断したアデルが、妥協案として、彼女が隣国に旅立つまでにシャーリーが選べばいいだろうと言い出した。

口を挟めないでいたら話が勝手に進んでしまって、シャーリーは茫然とする。

(なんか大変なことになっちゃった……)

いつの間にか右手にイリス、左手にエドワルドというように挟まれてしまった。二人はシャーリーをはさんでバチバチと火花を散らしている。

とりあえず、このことは両親や兄には黙っておいた方がいいだろう。驚愕して腰を抜かしそうだし、一応王子との結婚という超良縁に食いつかれないとも限らない。そうなれば、シャーリーに選択肢はない。というか、断ったら不敬罪になるのだろうか? それもちょっと心配だ。

「シャーリー! 俺と結婚したら得だぞ!」

得ってなんだ得って。

こんなにときめきを覚えない求婚があるだろうかと、シャーリーはがっくりと肩を落とした。

8　元婚約者の暴走

昼の休憩時間になっていつもの通り緑の塔へ向かったシャーリーが、アルベールに今朝のエドワルドの求婚事件を伝えると、彼は素っ頓狂な声をあげた。

「結婚を申し込まれた!?」

「といっても、ほとんど専属料理人にならないかっていうお誘いだと思います」

「そんなはずないだろう。結婚と料理人として雇われるのでは大違いだ！」

チーズインハンバーグをもぐもぐ食べながら、アルベールが嘆息した。

今日のメニューは、デミグラスソースをかけたチーズインハンバーグに、茸のバターソテー、あっさり味のポトフに、ベーグルだ。ベーグルだけはアデルの部屋のキッチンで焼いて持って来た。

先日ベーグルサンドを作ったところ、ベーグルのもちっとした食感が気に入ったようだったので、今日の付け合わせのパンとして焼いて来たのだ。

夢中で食べるアルベールの目の下にはくっきりと隈ができている。

（絶対夜遅くまでゲームしてたよね……）

シャーリーが緑の塔へやって来た時、テレビの前のローテーブルの上には、食べ散らかしたお菓子の袋が転がっていた。そしてコントローラーを握り締めていたアルベールは、ハッとして言ったのだ。「もう昼か」と。

その言葉で、アルベールが朝食もとらずにお菓子ばっかり食べてゲームをしていたのだと悟って、シャーリーはあきれたものだ。すっかりゲームにはまってしまったようである。

アルベールはナイフとフォークをおいて、シャーリーに向き直った。

「それで、どうするつもりなんだ？」

「どうも何も……、結婚なんて考えてなかったですし。まさかエドワルド王子から結婚を申し込まれるなんて思ってなかったので、あんまり実感がないというか、困ったなぁって感じです」

「それならさっさと断ってしまえばいい」

「簡単に言わないでくださいよ。相手は一応王子なんですから」

すぱっと断ってしまえるなら断ってしまいたいが、相手が相手だけにそうはいかない。だから困っているのだ。

「だが結婚する気はないのだろう？」

「まあ、たぶん。お父様の耳に入って結婚を強要されない限りはしないとは思います。提示された条件がものすごくよかったので、ちょっと惜しいような気もしなくもないですけど、結婚はちょっと……」

「条件？」

「好きなだけ料理をしてよくて、大切に扱ってくれて、何でも好きなことをしていいんだそうです」

「………なんでも好きなことをしていいという条件は別として、ほかの二つなら私だって満たすことができる」

「え？」

「なんでもない」

アルベールは再びナイフとフォークを握り締めると食事を再開した。

「ともかく傷は浅い方がいいのだから、早く断った方がいい。半年を待たずに、今すぐに」

「だから、相手は王子……」

「王子だろうと、受ける気がないなら断るしかないだろう」

「そうですけど」

「では問題ないな」

（問題ないのかな？）

アルベールの言うことには一理あるし、シャーリーだって今のところ断るつもりでいるのだが、相手が王子というのがどうしても引っかかるのだ。不敬罪にならなかったにしても、父のローランド、ひいてはフォンティヌス伯爵家に迷惑がかかったらどうしようと考えてしまう。

シャーリーがまだ思い悩んでいる間に、アルベールはハンバーグを食べ終えて、いそいそとソファに向かった。テレビゲームの続きをするのだろう。

（まったくもう……）

あきれながらも、今までひとりぼっちで娯楽もなく閉じ込められていたのだから、こうなっても仕方がないかなと思ってしまう。

シャーリーはアルベールが食べ終えた食器を持ってキッチンに行くと、食器を洗う。ダイニングに戻ると、無意識なのだろうか、アルベールはポテトチップスをぽりぽり食べながらコントローラーを握り締めていた。

（こうして見ると、王子が庶民に見えるから不思議……）

ポテトチップスを食べているなら喉が渇くだろうなと、シャーリーはアイスティーを作って持っていく。冷凍庫があれば氷が作れるので、キンキンに冷えたアイスティーだって楽しめるのだ。魔力万歳。自分の部屋に置けないのが残念極まりない。

少しだけ蜂蜜を落としたアイスティーを持っていくと、やはり喉が渇いていたのか、アルベールがグラスの半分ほどを一気に飲み干した。

「だいぶ強くなってますね」

「ああ。そなたの言っていた鉄の剣も手に入ったぞ」

「本当ですね。……うわ、防具も充実してる……」

どうやら、アルベールはせっせとモンスターを倒してお金を稼いでいたらしい。ステージはさほど進んでいないが、稼いだゴールドが初期にしてはかなりの金額になっていた。

（アルベール様って、初期で経験値とお金を稼ぐタイプか……）

言い換えれば慎重派だ。これだけレベルが上がっていて、なおかつ装備も充実していれば、先に進むのが楽になる。

「だが、この次の町に進む途中の橋が壊れていて、先に進めないのだ」

「ああ、それなら、反対側の海沿いの小屋に大工がいるので会いに行ってください。彼がとってきてほしいというアイテムがあるので、それを持っていけば橋をなおしてくれます。アイテムはクラーケンを倒すと手に入るんですよ」

「あいてむ？　くらーけん？」

「アイテムは道具で、クラーケンはモンスターです。イカの」

「いか？」

「足が十本あるくねくねした生き物です」

「十本!?　化け物か!?」

この様子だと、アルベールはイカを見たことはなさそうだ。

「まあ、クラーケンですから化け物ですね。イカは食べ物ですけど」

「食べられるのか？」

「食べたいなら、明日はイカと里芋の煮物を作りますね」

「……よくわからないが、頼む」

イカも里芋も魔力を使えば呼び出すことができる。アルベールの様子ではイカが何なのかわかってはいないようだが、興味は持ったらしい。

（ブロリア国の東には海があるけど、イカは獲れないのかな？　それとも、そもそも食べ物として認識されてない？）

ブロリア国の東にはクレール海がある。ブロリアの王都は西よりなので、海の生き物とは縁遠かったのだろうか、それとも、イカのくねくねした見た目から敬遠されているのだろうか。シャーリーの前世でも、イカではないが、タコのことを「悪魔」と恐れて食べない国もあったから、見た目からイカを食べない可能性も充分にあり得る。

「うわ！　くらーけんというのが出てきたぞ！」

アルベールが感動しているのか驚いているのかわからないような声をあげて、テレビ画面に現れたクラーケンに見入る。

「頭が弱点ですよ！　足は何度攻撃して倒しても、再生するんです！」

「なるほど、頭を狙えばいいんだな！」

アルベールの声が興奮気味になる。空色の瞳がキラキラと輝いていた。

「弱点は火の魔法ですよ！　このレベルならファイアボールを覚えてますよね？」

「ファイアボールだな。もちろん覚えてるぞ！」

やれ回復だ、魔法だとアルベールと二人で騒ぎながら、テレビ画面いっぱいに映るクラーケンに夢中になる。

クラーケンの討伐を終えて、思わずアルベールとハイタッチをしたとき、シャーリーはハッと気がついた。

（そっか。もしもエドワルド様と結婚してお城から離れたら、ここにもそう簡単に来られなくなっちゃうんだ……）

アルベールに会えなくなるのはちょっと嫌だなぁと、シャーリーは楽しそうな彼の横顔を見ながら思った。


「シャーリー」

緑の塔を出て、城に戻るために庭を横切っていたシャーリーは、低い声に呼び止められて足を止めた。

聞いたことがある声だなと思いながら横を向けば、シンプルなズボンにチュニック、腰に剣を差した一人の男が立っている。じっとりと睨みつけてくる彼の顔を見た途端、シャーリーは息を呑んだ。彼は、元婚約者のマティス・オスカー・オーギュスタンだった。

「どうしてここに……。それに、その姿は……」

マティスが着ているのは城の衛兵の制服だ。侯爵家の嫡男であるマティスが衛兵の格好をしているなんてあり得ない。

マティスは舌打ちした。

「全部お前のせいだ！　お前のせいで僕は……！」

今にも殴りかかってきそうなマティスの剣幕に、恐ろしくなったシャーリーがじりじりと後ずさる。

とん、と背中が何かにあたって、振り返れば木の幹があった。目の前にはマティスがいて、シャーリーはごくりと唾を飲みこむ。

「わたしのせいって、どういうこと……」

目の前には城が見える。声を張り上げれば東門で警備をしている衛兵が気づくだろう。人の出入りもあるから、こんな場所で殴りかかっては来ないこともわかっている。でも、それがわかっていても恐ろしいことに変わりはない。

「お前のせいで僕は破滅したんだ！」

シャーリーはマティスが何を言っているのかわからなかった。

シャーリーはマティスに何かをした覚えはないし、ましてや彼を破滅させるようなことなどできるはずもない。そんな力もないのだ。伯爵家と侯爵家で身分も違う。婚約破棄を言い渡されたときに、反論もせずに——多少の苦情は入れたようだが——フォンティヌス家がそれを受け入れたことを彼は忘れてしまったのだろうか。

（なんか様子がおかしいし……、どうしよう、走ったら逃げられるかしら？）

声を上げてもいいが、できれば騒ぎになるようなことは避けたい。シャーリーは今はアデルの侍女なのだ。何かあれば、アデルの顔に泥を塗ることになる。そのため悲鳴を上げるのは最終手段だ。

ドクドクと脈が浅く打つせいで呼吸が苦しくなる。シャーリーが酸素を求めて、はっと強めに息を吐き出した時だった。

「そこで何をしている」

鋭い声が聞こえてシャーリーが助けを求めるように顔を上げれば、遠くの方からこちらに向かって歩いてくるエドワルドの姿があった。

マティスがさっと顔を隠すようにうつむき、逃げるように立ち去っていく。

「おい、待て……シャーリー？」

マティスの陰になっていたのか、彼が立ち去ったことでシャーリーに気がついたらしいエドワルドが目を丸くした。

「こんなところで何をしている？」

「ええっと……、休憩していて、その帰り、です」

まさか元婚約者に詰め寄られていましたとは言えず、シャーリーが答えれば、エドワルドが眉を寄せた。

「顔色が悪い」

そう言って、手を伸ばして頬に触れてくるから、ちょっとだけどきっとしてしまう。

エドワルドは心配そうに琥珀色の瞳を揺らした。

「部屋まで送ろう。姉上の部屋に行くのだろう？」

正直なところ、エドワルドが部屋まで送ってくれるのはありがたい。またマティスが目の前に現れたらと思うと心臓がぎゅっと縮みそうになる。

「行くぞ」

エドワルドがそっと手を差し出してきたから、シャーリーは、侍女が王子にエスコートをさせていいのだろうかとわずかに迷ったのち、彼の手の上に手のひらを重ねた。

マティスの様子が気になったシャーリーは、兄のルシアン・ノエ・フォンティヌスに手紙を書いてみることにした。

マティスの言い分では、彼はシャーリーのせいで破滅したらしい。シャーリーには身に覚えのないことだが、知らないところで何かしてしまったのかもしれない。マティスに対して情があるわけではないけれど、それでも知らないうちに誰かを陥れていたなんてことがあったら恐ろしいし、嫌だった。

それに、マティスが衛兵の格好をしていたことも気になる。

城で警護に当たっている衛兵の多くは貴族ではない。衛兵を管理している近衛隊の兵士や、指揮を執る上官になってくると貴族ばかりだが、普段警護を行っているような兵士たちは平民ばかりだ。末端や没落した貴族の子弟がたまに交ざることはあっても、由緒あるオーギュスタン侯爵家の嫡男が交ざることなどあるはずがないのである。

城に部屋を賜っている侍女から家族、もしくはその逆の手紙でのやり取りは認められているが、必ず中身の検閲がされるので、シャーリーは手紙に「お時間のある時に遊びに来てください」と書いて送った。ルシアンは頭の回転がいいので、この手紙だけで相談事があるのだろうと察してくれるはずだ。

ルシアンからは、シャーリーがよければ三日後の昼前に会いに行くが、問題ないかと連絡が入った、アデルに相談すると、昼食の用意に間に合うなら時間を割いて構わないと許可が出たので、ルシアンにその日程で問題ないと返信を出す。

三日後、約束の時間通りにやってきたルシアンは、シャーリーが与えられている部屋の中を物珍しそうに見渡しながら、挨拶もそこそこに言った。

「へー、いい部屋じゃないか。お前のことだから、料理以外は役に立たなくて冷遇されてるんじゃないかと思ってたけど、扱いはいいみたいだな」

まったく口の悪い兄だ。だが、これでも彼が妹を心配していたらしいというのは伝わったので、シャーリーは兄の軽口に肩をすくめておく。

シャーリーが天然酵母の実験がてら焼いたシナモンロールを出すと、ルシアンは物珍しそうに皿を持って全体を見やったのち、躊躇(ためら)いもなく口に入れた。フォンティヌス伯爵家の領地で一年間、シャーリーは料理をし続けていたからか、ルシアンは妹の料理の腕を信頼してくれているようだ。

「うまいな。これはケーキか？」

「パンよ」

「妙に柔らかいぞ」

「そういうパンなの」

「へー。もう一個よこせ」

はじめて食べたアデルたちはとても驚いていたのに、ルシアンがこれを「へー」ですませられるのは、一年間シャーリーの料理を食べ続けたからだろう。領地ですごした一年間も、シャーリーはいろいろ作っていたから耐性ができているのだ。

ルシアンは二個目のシナモンロールを平らげた後、ナプキンで手を拭いて、口を開いた。

「で？　俺を呼びつけた理由は？　何か話したいことがあったんだろ？」

「うん。実は……」

シャーリーがマティスの件をかいつまんで説明すると、ルシアンはみるみるうちに眉を寄せて、最後はちっと舌打ちした。

「あいつ、ここで働いてたのか。めんどくせぇな」

「どういうこと？」

兄は今「働く」という言葉を使ったが、マティスが働いている理由がシャーリーにはわからない。彼はもちろん、次期オーギュスタン侯爵として侯爵家の事業や領地経営などを学ぶ必要はあるが、誰かに雇われて働くような身分ではないのだ。

家が没落しているわけでもない貴族が誰かの下で「働く」ことを選択する場合、それは自分にとって多分にメリットがある場合ばかりだ。お金よりは名誉のためである。

例えばシャーリーのように王族に仕える侍女であれば、王族の侍女をやっていたという箔（はく）がつくし、王族とも親密なつながりが持てる。兵士も似たり寄ったりな理由だ。特に出世して何か功績を挙げた場合は叙勲されるし、王族からの覚えもめでたくなる。王族と近くなれば、家の繁栄や、例えば政治に関わっているような身分の家であれば、いろいろと根回しがしやすいというメリットもある。

あとは、これはごくまれなケースだが、王女の降嫁狙いという線もある。王女を娶るのに家の身分が足りない貴族が、必死になって武勲を立て、王女を得たという昔話を聞いたことがあるのだ。

ちなみに、王女を嫁がせるためにその家の家格を吊り上げ男爵家から伯爵家になったというので、王女狙いか出世狙いかは定かではない。

つまり、マティスが平民に交じって、衛兵として働くメリットは何もない。むしろ嘲笑され、彼のプライドはずたずただろう。

ルシアンは侍女のエレッタに紅茶のお代わりを要求しながらシャーリーの疑問に答えた。

「あいつは勘当されたんだよ」

「勘当!?」

「そ。だから侯爵家はあいつじゃなくて、弟のヘンリーが継ぐんだ」

「どうしてそんなことになったの？」

「そりゃお前、第一王女殿下の侍女様に公衆の面前で無礼を働けばそうなるさ」

「はい？」

ルシアンによると、原因は城のデビュタントパーティーだったらしい。

シャーリーを口汚く罵ったマティスは、シャーリーの父である伯爵からのみならず、王家から厳重に注意を受けた。それだけで終わればよかったのだが、そのすぐ後にシャーリーがアデルの侍女になることが決定したため、事態はそれだけではすまなくなった。

王女の侍女であるシャーリーに無礼を働いたものとして、オーギュスタン侯爵家は周囲から強く非難されることとなってしまったのだ。事業家でもあり、政治家でもある侯爵は、息子をこのまま後継ぎにしておけば自分の立場が揺らぐと判断した。結果、マティスは父親の自己保身のために切り捨てられたというわけだ。

「で、でも、騒ぎはわたしが侍女に決まる前だし……」

「タイミングが悪かった。お前が侍女に決まったのが例えば一か月後なら話は違ったかもしれない。だが、わずか数日後だ。普通、事前に——少なくともデビュタントパーティーの前には打診が入っていたと考える。もちろん真実は違うし、打診なんて入ってないから誰もこうなることは予想できなかったことであるが、この場合、知らなかったことでも、知らなかったでは片付かない。パーティーでアデル様がお前をかばい、あいつを注意したことも、まあ、多分に影響しているだろうな。あの場面を見ていた人間は多い」

「だから……、わたしのせい、なんだ……」

マティスが「お前のせいだ」と言った理由がわかって、シャーリーは急に心が重たくなった。シャーリーを「豚」呼ばわりしてくれたあの男のことは好きではないが、さすがにこれは喜べない。シャーリーに責任があるというならば余計に。

「別にお前のせいじゃない。自業自得だ。パーティーの席で、大声でお前を罵ったんだぞ？　貴族として——、いや、人としてどうかしている。同情の余地はどこにもない」

ルシアンに紅茶のおかわりを用意したエレッタも、うんうんと大きく頷いている。

（でもやっぱり勘当なんて……）

城の衛兵の給料はさほど高くはないだろう。もちろん、庶民から考えれば高給取りだろうが、侯爵家の跡取りとして育ったマティスは、きっと衛兵の月給などこれまで一日で使っていた程度のはずだ。桁が違う。

同情の余地はないとルシアンは言うが、シャーリーはちょっとだけ同情してしまう。それと同時に、そのせいでマティスに恨まれていると思うとぞっとした。あの憎悪のこもった目を思い出すだけで体が震えそうになる。

あの時エドワルドが通りかかってくれなかったらどうなっていただろう。城で殴りかかってくるようなことはないだろうとあの時は考えたが、親から勘当されたことでシャーリーを心の底から恨んでいるのであれば、殴りかかってきていてもおかしくなかったのかもしれない。

「とにかく、ここにあいつがいるのは計算外だった。よく城に雇ってもらえたものだ。まあ、勘当されたと言っても、親の顔がきいたのかもしれないな。衛兵の多くは通いだが、門の近くに宿舎もある。そこで寝泊まりできれば、勘当されて家がなくても生活はできるだろう。ちっ、考えたな……。さすがに今の段階で難癖つけてやめさせるように根回しはできないだろうし。いいか、くれぐれも気をつけろよ。俺の方でも、近衛の知り合いあたりに、あいつをお前の行動範囲内の警護にあたらせないように頼んでおくから」

「うん。ありがとう、お兄様」

兄が近衛にいる友人に頼んでくれるなら安心できる。シャーリーがほっと息をつくと、ルシアンはティーカップを傾けながらちらりと妹の手元にある皿を見た。

「そんなことより、お前、そのパンは食べないのか？」

シャーリーは手を付けていなかった自分のシナモンロールを見た。兄の目が「よこせ」と言っている。

（もう！　せっかくお兄様って頼りになるって感動したのに、食いしん坊さんめ！）

シャーリーはやれやれと嘆息して、シナモンロールの乗った皿を無言で兄の方へと押しやった。

次の日。シャーリーは昼食にパスタを作ろうと思い立った。
ローゼリア国には、ペンネやマカロニのようなショートパスタ——ただし穴は開いてない——は存在するのだが、長い麺は見たことがない。ショートパスタもスープに入れるのが主流で、ソースに絡めて食べる料理はないのだ。
パスタと同様にラーメンやうどん、そばのようなものもなく、緑の塔で呼び出したカップラーメンの食べ方を教えた時、アルベールは目を白黒させていた。最初は見た目から「これは食べ物じゃない」と言い出したが、一口食べて意見を変え、今ではすっかりはまってしまっているので、アデルもエドワルドも、パスタの見た目に最初抵抗を覚えても、食べてくれるだろうと思う。

ちなみにアルベールはお菓子とカップ麺とアイスクリームにどはまりしていて、そろそろ栄養面が心配になってきている。昼はシャーリーが作るし、夜も作り置きできるものを用意しているが、毎日のようにお菓子やカップ麺を食べているのはいかがなものだろう。

（痩せすぎなくらい痩せていたから、ちょっと太ってくれた方がいいにはいいけど……）

お菓子を食べてゲーム三昧の日々を繰り返していたら、ちょっとどころか、かなり太るのではないだろうか。彼のためにも、そろそろ「太りますよ」と脅しておくべきかもしれない。

シャーリーはパスタを作るためにキッチンの上に小麦粉と卵を用意する。パスタ生地に必要なのはこれだけなので、ローゼリア国にある材料だけで簡単に作れるのだ。

アデルの部屋のキッチンで、ほんの少しの塩を加えた小麦粉に溶き卵を混ぜたパスタ生地をこねていると、ふらりとエドワルドがやって来た。昼食の時間にはだいぶ早いが何か用事だろうかと思えば、彼は何も言わずにキッチンのそばに椅子を持ってきて、そこに座ってじっとシャーリーを観察しはじめる。

「……何していらっしゃるんですか？　エドワルド様」

「む。邪魔はしていないだろう？　邪魔しなければいいと姉上とイリスに言われたのだが」

邪魔はしていないと言うが、じーっと見つめられると気が散って仕方がない。

「お腹がすいたんですか？」

「違う」

「ミソスープの催促ですか？」

「違う！」

「じゃあ……、なんでしょう？」

「お前に会いに来たんだ！」

エドワルドはむっと口を尖らせた。

シャーリーは首をひねった。

「会いにって、朝も会いましたよ？」

エドワルドは毎日朝食をとりにアデルの部屋に来るのだ。つい二時間ほど前に顔を合わせたばかりである。もっと言えば、昼も食べに来るのだからそこでも顔を合わせることになる。わざわざ会いに来る必要があるだろうか。

（暇なのかしら？）

第一王子リアムが留学中のため、エドワルドは兄の仕事の一部も受け持っているから、暇そうに見えてそれなりに忙しいことをシャーリーは知っている。アデルがブロリア国の塔へ入る間は、その仕事もエドワルドが引き継ぐことになる。引き継ぎ作業もはじまっているそうだ。侍女が料理するのをふらふらと見に来る暇はないはずである。

「お前は俺が結婚を申し込んだことをもう忘れたのか!?」

「いえ、それは覚えていますけど……」

さすがに忘れられない。いろんな意味で心臓に悪すぎたし、現在進行形でシャーリーの頭を悩ませている問題だからだ。アルベールにはさっさと断れと言われたが、王子相手に「さっさと断る」

のは無理だ。どうすれば一番穏便にすむのか――、シャーリーはまだ、その答えを見つけられていない。

しかし、求婚されたことは覚えてはいるが、エドワルドが求婚してきたことと、今ここにシャーリーに会いに来たことが結びつかない。やっぱりわからなくて、シャーリーはパスタ生地をこねる作業を再開しながら訊ねた。

「それで、どんなご用ですか？」

「………」

エドワルドが両手で顔を覆ってしまった。何だろう、その反応は。ものすごく残念な子を見たようなため息をつかないでほしい。

「お前はどうして……、いや、いい。何となくわかった」

エドワルドはぶつぶつ言いながら指の間からシャーリーを見ると、ちょっぴり目元を赤く染めて言った。

「会いたかったから会いに来たんだ。求婚した相手に会いたいと思ってはおかしいか？」

今度は、沈黙してしまったのはシャーリーだった。

パスタをこねる手がぴたりと止まって、顔があっという間に真っ赤になる。

「え？　あ……、ええっと……っ」

どうしよう、不覚にもときめいてしまった。

こういう時、どんな反応をすればいいのだろうか？　王子怖い。ストレートにそんなことを言わないでほしい。顔だって――普段はただのわがまま王子だと思っているので気にならないが――びっくりするくらいのイケメンなのに。

(やばい、なんか照れる！　なんでかエドワルド様がキラキラして見える！)

少女マンガじゃあるまいし、彼の周りがキラキラと輝くようなことはあるはずもないのに、なんだかいつもの二割増しくらいにイケメンに見える。いつも艶やかな黒髪に、今日は天使の輪が見える気がした。

エドワルドはシャーリーの反応に満足したようだ。ふふんと鼻を鳴らして言った。

「どうだ、惚れたか？」

「………」

(その一言が余計ですよ王子様)

最後の一言で、「あー、いつものエドワルド様だな」と、一気にドキドキがなくなっていく。

シャーリーはこねたパスタ生地をひと固まりにまとめながら、そっけなく返した。

「惚れませんねー」

エドワルドは一転してまた不機嫌そうになると叫んだ。

「なんでだ！」


「からあげ、が食べたい」

「アルベール様、唐揚げ好きですよねー」

シャーリーが緑の塔に入ると、玄関で待ち構えていたアルベールが、挨拶もそこそこに言った。

アルベールは、唐揚げ、ハンバーグ、カレーライスがお気に入りだ。完全に味覚がお子様である。

作る方は楽でいいのだが。

「それじゃあ、今日のお昼はナポリタンと唐揚げにしましょうか」

「なぽりたん？」

「トマト味の麺ですよ」

「かっぷらーめん、か」

「ちょっと違います」

アルベールの中で麺イコールカップラーメンの図式が出来上がっているから、彼は不思議そうに首を傾げる。

「まあ、楽しみにしていてください。たぶん、アルベール様が好きな味だと思うので」

シャーリーがそう言ってキッチンへ向かうと、アルベールはいつものようにテレビの前のソファに座ってゲームのコントローラーを握った。しかし、シャーリーが食べやすい大きさに切った鶏肉に下味をつけようとしたころになって、アルベールがキッチンへやってくる。唐揚げが待ちきれないのかと思えば、彼はそわそわしながら訊ねてきた。

「それで、求婚は断ったのか？」

「求婚？　あー……、エドワルド様の」

シャーリーは今日の昼間のことを思い出して笑ってしまった。

エドワルドは、シャーリーが「惚れない」と答えると完全に拗ねてしまって、「ではお前は何をしたら俺に惚れるんだ」と言い出した。惚れさせようとしている相手に「どうやったら惚れるのか」と訊ねるのは本末転倒ではないだろうか。手札がわかっていて惚れるやつがどこにいる。

そのあと結局、シャーリーが料理を作り終えるまでキッチンに居座り続けて、味見をさせろと後ろをちょろちょろされて、ちょっと鬱陶しくもあったのだが、どこか小さな子供のようにも思えておかしかった。

「求婚はまだ……、なんて断ればいいのかがわからなくて」

シャーリーが答えると、アルベールはぐっと眉を寄せる。

「ただ断ればいいではないか」

「そういうわけにはいかないんですって」

王子様にはわからないかもしれないが、貴族にはいろいろあるのである。安易なことを言って王族を怒らせては家がつぶれる。

「いっそ私が代わりに断ってやればいいのに！」

アルベールが忌々しそうに言った。

「ふふ、それはさすがに無理ですよ」

シャーリーだって、ずるずると半年後の期限まで答えを引っ張りたくはない。最善策とまでいかなくとも、エドワルドの気分をできるだけ害さないように断りたい。そのための方法を模索中なのだ。まだ何の案も浮かんでいないが。

アルベールは拗ねた顔でダイニングに戻ろうとして、途中で思い出したように振り返った。

「シャーリー、チョコレートの『あいすくりーむ』がなくなった」

「もう食べちゃったんですか!?」

シャーリーは唖然とした。やっぱりここは、釘を刺しておいた方がいい。

「あのー、ですね。こんなことは言いたくはありませんけど――、ぷくぷくに太ったって、知らないですよ?」

ただでさえ運動不足そうなのにと言ってやると、アルベールはぎくりとしたように自分の腹を撫でた。

「ふ、太ってない」

「今はでしょう? 食べてごろごろしていたら、そのうち太りますよ」

「だ、だが……、動けと言われても。塔の中を歩き回るくらいしかすることがないだろう?」

「まあ、確かに」

塔は少なくとも五階以上の階数がありそうだが、ただ闇雲に階段を上り下りするのはつらい。シャーリーはふむ、と考えた。

「使っていない部屋ってあるんですか?」

「いくらでもある」

アルベールによると、四階を寝室に使っているが、そのほかの部屋に用はないのでそのまま放置しているそうだ。四階を寝室にした理由は、そこにベッドがおいてあったからしい。二階と三階の部屋には何もおかれていなかったのだとか。その上の階については、すべての階と部屋を確認したわけではないのでわからないそうだ。

シャーリーは鶏肉に下味をつけている間に、二階の部屋に上がってみることにした。二階には二部屋あったが、どちらもかなり広い。そして、アルベールの言う通り何もない部屋だった。

「このくらいあれば何でもおけるわねー！　ええっと……」

シャーリーは前世の記憶を呼び起こしながら、パチン、パチンと指を鳴らしていく。

（ふふ、本当に魔力って便利！）

気分は魔法使いである。今のところ何かを呼び出すくらいしかできないが、もっとほかにもできるようになるのだろうか。

シャーリーが希望する通りの部屋が出来上がったとき、シャーリーが何をしているのか気になったらしいアルベールが二階に上がってきた。

「……これはなんだ？」

部屋の中を見て、アルベールが訝しむ。

シャーリーは胸を張って答えた。

「じゃーん！　スポーツジムです！」

シャーリーが前世で、週に一度通っていたスポーツジムを思い出しながら作り上げた、なかなか本格的なトレーニング部屋。

人を閉じ込めるだけの牢獄のような緑の塔は、シャーリーの特殊スキルで着実にこの世界の住人にとっての異空間に変貌していっていた。

（せっかくだから、いっそ、緑の塔の中の大改造をしようかなー。アルベール様も、住みやすい方が絶対にいいよね？）

昼の休憩を終えて、アデルの部屋に戻りながらシャーリーは考える。

シャーリーが作り出したトレーニングルームに、アルベールは最初びっくりしていたが、ゲームの使い方を教えたときと同じように、それぞれのトレーニング機具の使い方を実践で教えると、彼はあっという間に覚えてしまった。気に入っていたようだから、これで少しは健康的な生活が送れるはずだ。

（こんな力があることをもっと早く知ってたらダイエットが楽だったのに……、ま、緑の塔以外で同じことができるのかどうかわからないし、できても誰かに知られるわけにはいかないから、この力は使えなかったかもしれないけど）

塔の改造ついでに、一階にあるバスルームも少しいじっておいた。蛇口をひねればお湯が出るように改造しておいたから、トレーニングの後にすぐにお風呂に入ることができるだろう。今まで自分で、緑の塔の地下にあるという泉から――どうして塔の地下に泉があるのか、シャーリーは甚だ疑問だったが――自分でくみ上げて沸かしていたという。キッチンの水瓶の水もアルベールが汲んでいたと聞いたシャーリーは、キッチンにも蛇口をつけた。これでずいぶん快適になる。

（電気と同じで、いったいどこから水が引かれてるのかはわかんないけどね）

まったく不思議な力だが、便利であることには違いないので深くは考えないことにする。

ほかに何を用意してあげればアルベールは喜ぶだろうか。そんなことを考えながらアデルの部屋のキッチンに戻ってきたシャーリーは、キッチン台の上に白くて丸い石がおいてあるのを見つけた。

直径十センチもない石だ。

（何かしらこれ。漬物石でもなさそうだけど……）

キッチン台の真ん中にあったら料理の邪魔だ。シャーリーは石を窓際のテーブルの上において、夕食作りに取りかかる。今日のメインディッシュはミートパイだ。スープは野菜たっぷりのミネストローネ。

（メインが重いからデザートはヨーグルトにしようかな）

ヨーグルトに刻んだフルーツを混ぜ込めば、食後の口直しにぴったりだろう。

この世界で販売しているヨーグルトは発酵させすぎなのか酸味が強すぎるので、シャーリーは自分で手作りしている。煮沸して消毒した瓶に牛乳と種となるヨーグルトを少量入れてしっかり攪拌して寝かせれば、簡単に自家製ヨーグルトの出来上がりだ。

シャーリーお手製ヨーグルトは、アデルもエドワルドもお気に入りで、ティータイムに求められることもあるので多めに作っている。作りすぎて余った場合は、水切りして、泡立てた生クリームと混ぜてクリームパイに変身させるか、または、クリームチーズ代わりに使ってスフレチーズケーキもどきを作っている。そのほか、ヨーグルトは料理の隠し味にも使えるので、余っても困らない優秀な食材である。

ミートパイがこんがりきつね色に焼き上がると、シャーリーはイリスの部屋に夕食を届けに行った。

「そういえばシャーリー。あなた、変な男に付きまとわれているんですって？」

「え……？」

シャーリーはきょとんとした。

イリスはミートパイをナイフとフォークで切りながら心配そうにシャーリーを見上げた。

「お兄様から聞いたの。変な男がシャーリーにちょっかいを出しているって。心当たりはあるかって訊かれたけど、なかったから知らないわって返したけど……、大丈夫なの？」

もしかしてエドワルドは、先日マティスに絡まれたときのことを気にしてくれているのだろうか？　優しいなと感動していると、イリスが続ける。

「シャーリーは俺のなのに、手を出そうなどと厚かましい。見つけたらただではおかないと息巻いていたから、気を付けてね。いろんな意味で」

「……そう、ですか」

エドワルドは優しいのかもしれないが、イリスの言うことが正しければ複雑だった。いつの間にかシャーリーはエドワルドのものにされているし、見つけたらただではおかないとはなんとも物騒だ。イリスが「お兄様、けんかっ早いのよ」などと言うからものすごく不安になる。マティスを見つけた途端に殴りかかったらどうしよう。

イリスは九歳らしからぬ物憂げな表情を浮かべて、はあ、と息を吐き出した。

「わたし、『イリス』になる前は王子様にすごく憧れていたんだけど……、お兄様のせいで、その幻想を木っ端みじんにされた気分だわ。お兄様を見ていると、ああ、現実はこんなものかって思っちゃうのよね」

シャーリーは同意していいものかわからずに、曖昧に笑った。

（まあ、その気持ちは、わからないでもないけど……）

エドワルドには悪いが、アデルの方がシャーリーの中の「理想の王子様」を体現している。エドワルドがアデルだったら、シャーリーも惚れていたかもしれない。

きっとエドワルドは今頃、くしゃみでもしているのではないかしらと、シャーリーは苦笑した。


イリスとおしゃべりに花を咲かせていると、乳母のコーラル夫人がしびれを切らしてやってきた。中身はともかく体は九歳のイリスは、就寝時間も早い。

イリスの部屋から追い出されたシャーリーがキッチンに戻って片づけをしていると、エドワルドがふらりとやって来た。

いつも元気いっぱいの彼の表情がいつになく曇っているのを見て、シャーリーは怪訝に思う。

「シャーリー、少し話がしたいんだ」

「話、ですか？」

話ならここですればいいのに、ここでは話しにくいことなのだろうか？

エドワルドは続き部屋の扉をちらりと振り返った。

「できれば、俺の部屋に来てほしい」

「エドワルド様の部屋ですか……」

夜遅いというほどの時間ではないが、さすがにこの時間に異性の部屋に行くのは抵抗がある。ましてや、公式な手段ではないとはいえ、シャーリーはエドワルドに求婚された身だ。誰かに見られて妙な噂が立つと非常に困る。だが、伯爵令嬢の身分で王子の誘いを断っていいものだろうか。

シャーリーが返答に困っていると、エドワルドが「あー……」と天井を仰いで頬をかいた。

「悪い。こういうところがデリカシーがないとか言われるんだろうな……。ええっと、じゃあ、中庭の四阿(あずまや)ならいいか？　できれば二人きりで話がしたい」

（……エドワルド様の部屋よりは、四阿の方がましかしら？）

二人きりには変わりないが、ここまで譲歩してくれたのに、頑なに拒むのも申し訳ない。

夜は冷えるので、シャーリーはポットに温かい紅茶を入れ、茶請け用のクッキーを持つと、エドワルドとともに中庭に向かった。

中庭には、中央にひょうたん形の池があって、そのそばに鳥かごのような形をした四阿がある。ひょうたん池の真ん中には太鼓橋が架かっていた。池のそばと四阿の周りにはオイル灯が灯っている。完全に日の落ちた夜の闇の中に、オレンジ色の炎が揺れて綺麗だった。

四阿に向かい合うように座って、シャーリーは持参したポットから紅茶を入れて、エドワルドに差し出す。クッキーはテーブルの真ん中にまとめて置いた。

エドワルドはティーカップに口をつけてから、近くに誰もいないのを確かめて口を開いた。

「シャーリー。俺との結婚の話だが、できれば半年を待たずに早く結論を出してほしい」

「え……？」

シャーリーは目を見開いた。話が唐突すぎたこともあるが、それよりもエドワルドの顔が見たこともないほどに真剣だったことに驚いた。

（でも、なんで急に……）

エドワルドの目的はシャーリーの作る料理のはずだ。シャーリー自身が好きなのではなく、料理人がほしいのである。だから、彼が急いで答えを求める理由はないはずなのだ。なぜならアデルが隣国へ向かうまで――、もっと言えば、シャーリーがこの城から辞すまでは、なんだかんだと彼とイリスの食事を作ることになりそうだからだ。エドワルドは、将来シャーリーが結婚してこの城を去ると食事に困るから求婚してきたのであって、今すぐにシャーリーと結婚するメリットはないはずだった。

シャーリーはエドワルドの琥珀色の瞳を見つめたまま、ごくりと息を吞む。その瞳の中にほんの少しでいい。揶揄（やゆ）するような色があれば、シャーリーはいつものようにかわすことができるだろう。だが、エドワルドの目はどこまでも真剣で、これが冗談でも、いつものわがままでもないことを物語っているから、シャーリーは何も言えなかった。

「これは、シャーリーのためでもある」

エドワルドが続ける。

(わたしの、ため……?)

エドワルドが何を言っているのかがわからなかった。王子との結婚は、確かにフォンティヌス伯爵家に多分な利をもたらすだろう。だが、エドワルドが言っているのは、たぶんそういうことではない。まるで、「何か」からシャーリーを守ろうとするような、そんな声だった。

「どういう、ことですか?」

ようやくシャーリーが言葉を絞り出すが、エドワルドはゆっくりと首を横に振った。

「これ以上は俺の口からは言えない。少なくともこれを今ここで言うことはできない。だが、これはお前のためだ。それだけはわかってほしい」

また、シャーリーのため。

四阿のテーブルの上に投げ出したままのシャーリーの手に、エドワルドが手のひらを重ねる。決して熱くはないのに、どうしてか火傷しそうな恐怖を覚えて、シャーリーが手を引こうとすれば握り締められた。

「無理強いはしない。だが、よく考えてほしい。……俺はお前を、守りたい」

何から、とは言わなかった。だがエドワルドが「何か」からシャーリーを守ろうとしていることだけはわかって、シャーリーは握り締められた手を見下ろしてきゅっと唇を引き結ぶ。

(料理人がほしいだけのはずなのに、エドワルド様はちゃんとわたし自身のことも考えてくれるのね……）

少なくともエドワルドが、シャーリーを「何か」から守ろうとしてくれるほどには、シャーリーのことを大切に思ってくれていて、冗談でも興味本位でもなく、シャーリーを望んでくれていることは、わかる。

シャーリーはエドワルドと結婚するつもりはなかったが、これほどまでに真剣に、大切に思ってくれている彼と結婚したら、幸せになれるのではないかと思った。でも――

「……考えさせて、ください」

かすれる声でシャーリーが言えたのは、ただこれだけ。

どうしてだろう。ゆっくりと伏せた瞼の裏で、アルベールがじっとこちらを見ているような、気がした。

次の日、シャーリーの気分は重たかった。

昨夜、中庭の四阿での真剣なエドワルドの顔が脳裏から離れず、なかなか寝付けなかったこともある。

エドワルドの言う「お前のためだ」という言葉が気になっていたこともあった。彼はいったい何からシャーリーを守ろうとしているのだろう。知らないところで自分が危険に巻き込まれているのかもしれないと思うと、どうにも落ち着かない気分だ。

(はー……、アルベール様になんて言おう……)

エドワルドからの求婚を早く断れと繰り返していたアルベール。彼に昨日のことを報告すると「ほら見たことか」と怒られそうな気がしてちょっと怖い。

別にアルベールにいちいち報告する義務はないのだが、どうしてか黙っているのは隠し事をしているようで後ろめたい。怒られたとしてもアルベールにはきちんと伝えないといけないと、妙な義務感がシャーリーの中にはあった。

(やだなぁ。怒るかな?　……怒るよね?)

とぼとぼと、シャーリーは森の中に入る。今では、周囲を確かめなくても緑の塔までたどり着けるほどに、シャーリーはすっかり通いなれていた。

ご機嫌取りに、昼食メニューは唐揚げとハンバーグとカレーライスの、アルベールの大好きな食べ物オンパレードで攻めてみようと思う。好きなものを食べたあとで切り出せば怒られないかもしれない。……いや、やっぱり怒られるだろうか。

「はあー」

あの綺麗な空色の瞳が、すうっと冷ややかに細められるところを想像するだけで背筋が凍る。

なんだか浮気の言い訳を考えているような気分だった。別にやましいことは何もないはずなのに、どうしてかそわそわと落ち着かない。手に汗までかいてきた。

すっかり憂鬱になってしまったシャーリーが、何度目かのため息を吐きだした時だった。

「おい」

背後から氷のように冷たい声で呼ばれて、シャーリーはぎくりとした。

振り返るとそこに、衛兵の制服に身を包んだマティスの姿があって、さあっと血の気が引いていく。ぼんやりしていて、彼が近くにいたことに気がつかなかった。

「どうして……」

マティスはシャーリーの行動範囲の警備にはつかないよう、兄のルシアンが根回ししてくれているはずだった。それなのにどうして――と考えて、はたと気づく。シャーリーの行動範囲の警護から外されたとはいっても、シャーリーが休憩時間に行動する範囲から外れたわけではないだろう。

さすがにそこまで徹底できない。まさかシャーリーが緑の塔へ通うために、森をうろうろしているとは誰も知らないだろうから。

（……わたしって、迂闊すぎる……）

シャーリーはじりじりとマティスから距離を取るように後ろに下がる。先日、マティスには森の入口で見つかったのだ。マティスがこのあたりでシャーリーを待ち構える可能性に気がつかなかったなんて、どうかしている。

マティスは歪んだ笑みを浮かべてその距離を詰めながら、低い声で言った。

「エドワルド殿下と結婚するんだってな」

「え……」

どうしてマティスがそのことを知っているのだろう。そもそも「結婚する」わけではない。求婚はされたが保留中なのだ。どうやって断ろうか考え中なのであって、結婚する気はさらさらない。

そのようなねじ曲がった情報をどこで仕入れたのかと思いながら、なお後ろに下がると、訊ねもしないのにマティスが教えてくれた。

「昨日の夜、見たんだよ。お前がエドワルド殿下に求婚されているところ。いい身分だよな。豚も痩せれば白鳥になれるって？」

離れた分だけ、マティスは距離を詰めてくる。

「僕はお前のせいでこんな目にあっているというのに……」

後ろにもう一歩下がったシャーリーは、落ち葉に足を取られてその場に尻もちをついた。その姿勢のまま、距離を詰めてくるマティスから逃げるように後ろに下がる。

「お前さえいなければ僕は……！」

（いや！）

マティスがシャーリーを捕らえようと腕を伸ばしたのを見て、シャーリーは這うようにして駆けだした。

「待て！」

マティスがすぐに追いかけてくる。

シャーリーは木と木の間を縫うようにして駆けた。足の速さでシャーリーがマティスにかなうはずもない。追いかけっこを続けるのはあまりにも不利だ。

（アルベール様……！）

シャーリーは息を切らして走りながら緑の塔を目指した。

アルベールは、緑の塔に入れることを知られてはいけないと言った。でも、今のシャーリーが逃げ切れる場所と言えば、そこしか思いつかなかった。

追いかけてくるマティスが恐ろしい。仄暗い感情を宿した濁った彼の、今日の薄い曇り空のような青い瞳が気持ち悪い。

（アルベール様、アルベール様、アルベール様！）

無意識にシャーリーは心の中でアルベールの名前を呼び続けた。

彼の走る足音が徐々に近づいてくる気がする。

シャーリーは走りながら、手に持っていたバスケットをマティスに向かって投げつけた。彼が一瞬ひるんだ隙に右に曲がって、すぐ目の前にある緑の塔に手を伸ばす。

マティスはシャーリーが緑の塔に縋りつくように手を伸ばすのを見て、その顔に嘲笑を浮かべた。

城の警護をしているマティスは、この塔に「入口」がないことを知っているのだ。

マティスとシャーリーとの距離は僅か。マティスは、シャーリーが緑の塔に入ろうと悪あがきをしている隙に距離を詰められると踏んだのだろう。

シャーリーを追いかけながら、マティスが腰に差していた剣を鞘ごと抜いた。シャーリーを切りつけるつもりはないようで、刀身は鞘から抜かなかったが、それでもそんなもので殴りつけられたら、小柄で華奢なシャーリーはひとたまりもないだろう。

シャーリーは泣きそうになった。あともう少しで、伸ばした手の指先が緑の塔に届く。

「アルベール様……！」

悲鳴のような声でそう叫んだ直後、爪の先が緑の塔に触れた。

その瞬間。

ぱあっと真っ白い光がシャーリーを取り囲み――、見慣れた塔の中に倒れこんだシャーリーは、びっくりした顔をしたアルベールの姿を見た途端、ほっと安堵すると同時にそのまま意識を失った。

9　もう一人の王子と地下の部屋

——シャーリー。

誰かの、優しい声が呼ぶ。

その声は陽だまりのように暖かくて、縋りついて甘えたくなるほどにシャーリーの心を安心させる。

その誰かに、頭が優しく撫でられているような気がした。

心地よくて、このままずっと微睡（まどろ）んでいたいような気がして、シャーリーが無意識にその手にすり寄ると、ふに、と軽く頬がつままれた。

——シャーリー。

今度は少し強い声で呼ばれる。

シャーリー、と何度も呼ばれる声に諦めたように目を開ければ、すごく近くにアルベールの顔があって、シャーリーは息を呑んだままピキッと硬直した。

心配そうな空色の瞳の中に、シャーリーが映っている。

仰向けに寝転がっているシャーリーの頭を、アルベールは髪を梳（す）くように撫でていた。

（って、膝枕！）

どうやらシャーリーはアルベールに膝枕をされているらしかった。アルベールがこちらを覗き込んでいるから、彼のキラキラの金髪がシャーリーの額にかかりそうなほどに、顔が近い。かあっとシャーリーの顔が赤くなった。場所はダイニングのテレビボードの前に設置したソファの上だ。思い出す限りシャーリーは玄関で倒れた気がするから、シャーリーをここまで運んできたのは間違いなくアルベールである。

シャーリーはさらに真っ赤になった。ゆでだこよりも赤いかもしれない。

シャーリーが慌てて起き上がろうとしたら、アルベールにやんわりと肩を押されて元の位置に戻される。

「シャーリー、じっとしていろ。具合が悪いのだろう？」

マティスに追いかけられて、緑の塔に逃げ込んだところまでは覚えている。そのあと緑の塔の玄関で意識が遠くなったことも記憶にある。どうやら塔に入るなり倒れたシャーリーを見たアルベールは、シャーリーは体調不良だと勘違いしているらしかった。

（あ……）

シャーリーを追い詰めたマティスの顔を思い出して、ぎゅっと自分の手を握り締める。憎悪に満ちた瞳。シャーリーを殴りつけようと、鞘ごと抜いた剣。「お前のせいだ」という怨嗟（えんさ）の言葉が耳の奥で響いたような気がして、体がカタカタと震えだす。

「シャーリー？」

シャーリーが震えはじめたからだろう、アルベールが怪訝そうに彼女の頬に触れた。熱を計るようにぴったりと手のひらをつけて、今度はそれを額まで動かす。

シャーリーはアルベールに大丈夫と言うように微笑もうとして失敗した。

その様子にアルベールは違和感を覚えたのだろう、ぐっと眉を寄せて訊ねた。

「何かあったのか？」

アルベールの手が、幼子をなだめるかのようにシャーリーの頭を撫でる。

膝枕は恥ずかしいのに、今は彼にこうして撫でられていたい気になって、シャーリーはぽつりぽつりと、先ほどマティスに追いかけられたことを説明した。

すべて聞き終えたアルベールは、今まで見たこともないほどに怖い顔になって、窓がないダイニングの壁を睨みつける。まるでその壁の外にマティスがいて、彼を射殺(いころ)したいと言わんばかりの視線だった。

「大丈夫だ。ここには絶対に入って来られない」

「はい……」

アルベールがずっと頭を撫でてくれたからか、しばらくしたら体の震えはおさまった。けれどもアルベールはシャーリーを寝かせたまま立ち上がらせてはくれず、怒りを押し殺しているような低い声で言った。

「しばらくここにいろ」

「でも……」

シャーリーがどのくらい気を失っていたのかはわからないが、休憩時間を終えてもシャーリーが戻らなければ、アデルが心配するだろう。仕事もできなくて、みんなに迷惑をかけることになる。だが、この外でマティスが待ち構えていたらと考えると、ここから出たくないと思う気持ちもあって、シャーリーは迷うように視線を動かした。

（マティスの前でこの塔に入ったから、まだ外にいるかもしれない……）

あの仄暗い青い瞳は、そう簡単にシャーリーを諦めないだろう。シャーリーを思う存分に痛めつけるまで、彼の気はすまないかもしれない。

（でも、いつまでもここにいるわけにもいかないし……）

シャーリーが戻らなくても、行方不明の扱いにはならないだろうが、仕事をボイコットしたとなると、父であるフォンティヌス伯爵にも迷惑がかからないだろうか？

シャーリーが緑の塔に入る資格を持っていることも、マティスが緑の塔の前でシャーリーが消えたと証言すれば、緑の塔の秘密を知っているアデルたちには知られてしまうだろう。

不安に思うシャーリーを安心させるように、アルベールが彼女の手を握った。

「問題が起これば、私のわがままでそなたをここにとどめたことにすればいい」

でも、それではアルベールに迷惑がからないだろうか？

「心配しなくても大丈夫だ。むしろ、そなたがいないほうが早く片付くこともある。……そなたがここにいることは、マティスが言わなくともおそらく勘づかれるだろうから、まあ時間の問題だろうが、な」

そう言ったアルベールの声は、どこか悲しそうだった。

シャーリーは三階の使っていない部屋を一室もらうと、しばらく緑の塔で生活することになった。いろいろ考えた結果、やっぱり出ていくのは怖くて、ほとぼりが冷めるまで塔の中に避難させてもらうことにしたのだ。周りに迷惑をかけてしまうけれど、そのことは塔から出たあとにどんな罰も受けるつもりでいる。

（こんなものかしらね）

シャーリーは何もなかった三階の部屋にベッドと机を用意すると、満足そうに頷いた。

必要なものはすべて魔力で呼び出すことができるし、好きなだけ料理ができるし、外の状況がどうなっているのかという不安と、窓が一つもないので日差しが入らなくて、昼夜の感覚がつかみにくいことを除けば、緑の塔での生活は快適といえる。

「アルベール様、朝ごはんですよー！」

日差しが入らないため魔力で目覚まし時計を呼び出したからシャーリーは朝寝坊せずに起きられるが、アルベールは朝が弱いらしい。

シャーリーが朝ご飯を作り終えて呼べば、眠そうな顔をして起き出してきて、寝ぼけながら食事をとる。食事を終えるころにようやく完全に目を覚まして、彼はそのままいそいそとゲームをはじめ、昼食をとり終わると今度は二階のトレーニングルームへ向かう。

二時間くらいそこで汗を流したあと、シャーリーがティータイムの準備を整えたころに下りてきて、またゲームをはじめる。シャーリーが塔で生活するようになってからのアルベールの生活は、毎日このルーティーンだ。

食事はともかく、掃除や洗濯はどうしていたのだろうかと思えば、着替えは定期的に交換されるから洗濯は必要なく、掃除は気が向いたときにしていたという。

（さてと。わたしは何をしようかしら？　……この塔、どこまで続いてるのかしらねぇ）

最初の二日はアルベールの隣で、彼がゲームをするのをのんびり眺めたり、料理研究をしてすごしていたシャーリーだったが、さすがにちょっと退屈になってきた。一日中料理研究をするのも楽しいには楽しいが、せっかくだから塔の中を探検してみようと思い立ったシャーリーは、玄関ホールにある階段を眺めて、上れるところまで上っていこうと考える。

上を見上げるとどこまでも階段が続いているように見えて、いったい何階まであるのか、目視ではわかりそうもない。

（うーん、五階はまったく使っていないのね。六階も。そう言えば、アルベール様も最後までは上っていないって言ってたっけ）

疲れたら階段に座り込んで休憩をはさみながら、せっせと階段を上っていく。八階まで来たところで、息を弾ませて上を見上げれば、まだまだ上がありそうだった。

「どこまであるの？」

五階以上は使われていない部屋が並ぶだけで、珍しいものは何もない。一番てっぺんに、屋上とかはないのだろうか？　屋上があれば日差しが拝めるのに。

休憩しながら十階まで上がるとぜーぜーと息が切れて、十一階であきらめた。体力的にここが限界だ。転生先が貴族令嬢だからだろうか、前世よりも肉体年齢は若いのに、運動量が少ないからか体力がない。仕方がないので来た道を引き返しながら、では今度は地下に行ってみようかと考えた。

確か地下には、泉があるとアルベールが言っていた。シャーリーが蛇口をつけるまで、水はそこで汲んでいたらしい。

（塔の中に泉って、ロールプレイングゲームの中でなら見たことがあるけど、普通はあり得ないよね？）

地下室に泉。泉があった場所に塔を建てたということだろうか。水を泉から汲むというのならば、ほかの国の塔の地下にも泉があるのだろうか。謎だ。

シャーリーは一階まで下りると、冷蔵庫からペットボトルの麦茶を取り出した。アルベールはまだゲームに夢中になっているので、ローテーブルの上に麦茶のペットボトルを一本とコップを置いておく。

シャーリーはのどを潤して少し休憩すると、さっそく地下へ向かうことにした。

地下へ続く階段は玄関ホールではなく、一階のバスルームの奥にあるらしい。

緑の塔のバスルームは広く、人が五人くらいは余裕で入れるくらいの円形のバスタブがある。それほど深くはなくて、シャーリーの膝より少し高いほどの深さだ。だが広いので寝そべって入れるから、このお風呂はなかなか快適だと思う。しかし、泉から水を汲んで湯を沸かし、この浴槽を満たそうと思うとかなりの重労働のはずだ。シャーリーだったら、お風呂を諦めて水浴びだけですますだろうし、アルベールもほとんど水浴びですませていたと言っていた。何とも不親切な塔である。女神が作ったというのが本当ならば、このあたりは少し融通を利かせて便利に整えてくれてもいいだろうに。

バスルームの奥に人魚が壺を持った真っ白な像があって、「いかにも」な感じがした。シャーリーの中にある異世界のお金持ちのバスルームのイメージは、広くて石像付きなのだ。フォンティヌス伯爵家のバスルームはただ広いだけだったけど。

「あの壺から水が出てきたらイメージ通りなんだけど、さすがに水は出てこなかったのよね」

像はただの像だった。人魚像の持った壺から水が滝のように流れ落ちてくることはない。さすがに壺の上に蛇口をつけるのはダサいので、シャーリーは仕方なく人魚像の横に蛇口を作ったのだ。今はお湯を抜いているので浴槽は空っぽだ。

シャーリーはバスルームを横切って、人魚像の奥にある階段を下りていく。石を切って作られた階段は、人がギリギリすれ違えるくらいの横幅しかない。

緩いカーブを描いて降りていく階段の壁には蠟燭立てが埋め込まれていた。蠟燭の炎は普段は消えているのだが、シャーリーが火をつけなくても、彼女が進むにつれて勝手に炎が灯っていく。

（何気にすごくない、これ）

アルベールは魔力はただの魔力で、塔に吸われていくだけだと言っていたが、どう考えても蠟燭が勝手に灯っていくのは普通ではないだろう。蔦に触れると自動的に緑の塔の中に吸い込まれることといい、魔法の欠片はこの塔の中のあちこちに存在している。アルベールはそれを当然のことだと認識しているからか、不思議に思わないのかもしれないが、シャーリーにしてみれば充分に不思議が溢れた塔だ。

シャーリーが階段を下り切ると、ひらけた部屋に出た。いや、部屋というよりは洞窟のようなところだった。洞窟の中には泉があって、泉の中央には女神像が建っている。女神イクシュナーゼの像だろうか？

洞窟の壁には階段と同じように蠟燭が埋め込まれている。オレンジ色の光が洞窟の壁や泉に反射して幻想的だ。

泉の水は透明度が高くて、底まではっきり見える。魚の一匹でもいないかと思ったが、残念ながらそれらしい影は見当たらなかった。飲み水にしていたので当たり前と言えば当たり前だ。しかし、この水はどこから湧き出しているのだろうか？

シャーリーはぐるりと泉を一周してみた。そして、女神像の後ろに、さらに地下に続く階段を見つけると、シャーリーの胸がちょっとわくわくしてきた。

（地下探検って感じ！）

この下には何があるのだろうか？　何か面白いものでもあると嬉しい。

シャーリーが階段を降りはじめると、やはりシャーリーの動きにあわせて蠟燭が灯っていく。まるでこっちにおいでと呼ばれているようだ。

進んでいくと、蔦の模様が描かれた朱色の扉があった。重厚な扉だ。ロールプレイングゲームなら、この先に宝箱とかがありそうな扉だった。

シャーリーはごくんと唾を飲み込むと、扉を押し開けた。部屋は円形で、やはり壁に蠟燭が埋め込まれている。本当に宝箱を期待していたわけではないが、中に何もないのを見たシャーリーはがっくりと肩を落としてしまった。

「ま、上に何もなかったんだから、下に何もなくても当然かな」

部屋の奥にはまた扉があり、さらに地下があるようだが、この部屋に何もないなら下にも何もないだろう。

（まさかこの塔、上にも下にも、延々と続いているんじゃないでしょうね……）

無限に続く建物などあるはずはないと思う一方で、そもそも妙な建物なのだからあり得る気もしている。

「シャーリー！」

上の方から微かにアルベールの声が聞こえて、シャーリーは顔を上げた。シャーリーの姿が見えないので、探し回っているのかもしれない。

「今行きまーす！」

シャーリーの声量ではアルベールまで声が届かないかもしれないが、シャーリーは声を張り上げると、踵を返そうとした。だが、少しごつごつする岩の床に何か文字が書かれていることに気がついて足を止める。

（何かしら？）

気になったシャーリーが、その場にしゃがみこんだときだった。

ぱあっと床が強い光を放った。目を細めたシャーリーは、視界がぐにゃりと歪んだように感じて――

次の瞬間、妙な浮遊感と、次いで高いところから落下するような重力を感じて、気づいたときには、シャーリーは先ほどまでいた部屋とは違う部屋の中に立っていた。

「誰だ！」

鋭い――というには弱々しい、妙にかすれた声がした。しかし、迫力はないが、声の感じから警戒と驚愕が感じ取れて、まるで深手を負った獣が最後の力を振り絞って威嚇しているかのようだと思った。

目の前の光が消えて目を開ければ、シャーリーのすぐ近くには知らない男が立っていた。

伸びきった髪と髭（ひげ）のせいで年齢不詳だが、それほど年でもなさそうだ。髪と髭がほとんど手入れされていないのに、着ているものが綺麗で高価そうなのがちぐはぐだった。

（え、と……誰？　ていうか、ここどこ？）

シャーリーはきょろきょろと周囲を見渡す。ごつごつした岩の床は先ほどまでいた部屋とさほど

変わらないが、部屋の中の様子がだいぶ違う。蠟燭が照らす室内には、読み散らかした本が散乱していた。

「どうやって、ここに、入った？」

少しずつ言葉を区切って、必死に声を絞り出しているようだった。アルベールに最初に会った日のことを思い出す。アルベールもこうやって、一音一音を必死に絞り出すようにして喋っていた。

「どうやってと言われても、わたしもよく……。ここはどこですか？」

「……ここは、緑の塔、だ」

「え!?」

シャーリーは目を見開いた。確かにシャーリーが先ほどまでいた緑の塔の地下の部屋と趣が似ている。だが、あの塔にはアルベールとシャーリーの二人しかいないはずだ。

シャーリーはまじまじと目の前の男を見上げた。

伸びきった髪はシルバーに近い金髪で、既視感を覚えるような琥珀色の瞳をしている。肌は白く、背はすらりと高いが、ずいぶんと細くて全体的に骨ばって見えた。

切れ長の意志の強そうな目元が、やはり誰かに似ているような気がして、シャーリーはは、て、と首をひねった。

「あのー……、念のため確認なんですが、緑の塔って、ローゼリアの緑の塔ですか？」

男は、琥珀色の瞳を丸くした。

「君は、ローゼリアの人間か!?」

質問には答えてくれずに、なぜか驚愕に引きつった声で詰め寄られる。

「え、ええ、そうです、けど……」

シャーリーが気圧されたように頷けば、男にがっと肩を摑まれた。骨が浮き出た細い指に力はこもっていなかったが、急に近づかれたのでシャーリーは目を見開く。

「え、あの……?」

「で、では、ローゼリアから俺の——、あ、いや……、違うな。そうじゃない。そうならば、君が、ここを知らないはずはない」

最後の方は声がしおしおと沈んで、そのまま男は黙り込んでしまった。けれども男の手はシャーリーの肩をつかんだままだ。

どういうことだろうかと首をひねっていれば、縋るような目をした男が、先ほどのシャーリーの問いに答えてくれた。

「ここは、ローゼリアではなく、ブロリア国の緑の塔、だ」

「ブロリア国!?」

(ブロリア国って、アルベール様の国よね!?)

驚愕するのは、今度はシャーリーの番だった。

ブロリア国はローゼリア国の東隣の国である。いったいどうなっているのだろうか。シャーリーは夢でも見ているのだろうか。なぜならシャーリーは、ローゼリア国の緑の塔にいたのだ。ブロリア国の緑の塔の中にいるはずがない。

「わ、わたし、さっきまでローゼリアの緑の塔の中にいたんです！　なのにどうして……」

「ローゼリアの、緑の塔の中？　すると君は、ブロリア国の人間か？」

「違います。ローゼリアです。シャーリー・リラ・フォンティヌスと申します」

「フォンティヌス……、フォンティヌス伯爵家の人間か」

（え、なんでうちが伯爵家だって……）

シャーリーはぱちぱちと目をしばたたいて、それからハッとする。ここが本当にブロリア国の緑の塔の中だというのならば、この塔の中に閉じ込められているのは――

（ローゼリアの、王族……）

アデルは現在人質として閉じ込められている人物と入れ替わりで緑の塔に入ることになるのだ。つまり、現在進行形で閉じ込められているのは、彼なのではないか。

ローゼリアの国王の子供たちは、王子二人に王女二人。シャーリーが会ったことがないのは、第一王子の――

「リアム王子……？」

リアム・ジルハルト・ローゼリア王子。ローゼリアの第一王子で、年は二十三歳のはずだ。四年前からブロリア国に留学していると聞いていた。緑の塔に入ることを表向き「留学」と言っているのならば、彼がここにいるのも頷ける。

彼は息を呑んだ。

「どうして……」

その表情が、シャーリーの推測が当たっていたことを物語っている。

（でも、なんでわたしはここにいるの？）

彼がリアムだとすれば、ここは本当にブロリア国の緑の塔なのだろう。

（何がどうなってるの？）

思い当たることと言えば、一つだけだ。あの白い光。あれ以外考えられない。だが——

（これももしかして魔法？　わたしもしかして、瞬間移動しちゃった!?）

そんな馬鹿なと思う反面、魔力で好きなものを好きなだけ呼び出していたシャーリーである。新たな不思議が起こってもおかしくないと思う自分がいる。むしろほかに何かできないだろうかとも考えていた。だが、ここに移動したのはシャーリーの意志ではない。

（床に変な文字が書いてあったし……）

ここにもあるだろうかと見下ろせば、同じように床に白い文字が書かれている。よく見れば文字だけでなく、何かの記号のような模様もあった。ぐるっと床を見渡せば、文字はあちこちに書かれていて、それらの文字を取り囲むように二重の円が描かれている。

（さっきは気がつかなかったけど、見るからに怪しい……）

シャーリーが前世で遊んでいたロールプレイングゲームの中に登場する、円の中にいろいろ記号が描かれた魔法陣とは少し違うけれど、それっぽいと言えばそれっぽい。怪しげな匂いがプンプンする。

もしかしなくても瞬間移動の魔法陣かと、シャーリーが食い入るように床を見つめたとき、「シャーリー」とアルベールの声がした。

「え？　アルベール様!?」

ここにアルベールはいないはずなのにどこから聞こえてくるのだと、目を見開いたシャーリーの周りを、真っ白い光が取り囲んだ。

「シャーリー！」

今度は、アルベールではなくリアムが焦ったようにシャーリーの名を呼んで、彼女の肩を摑んでいた手に力を込める。

（あ……）

その、縋りつくような目には、見覚えがあった。はじめて会ったアルベールが見せた目だ。一人にしないで――、そんな叫びさえ聞こえてきそうな、目。

シャーリーはとっさに、リアムに向かって叫んだ。

「また来ます！　絶対！　絶対に！」

だからそんな絶望したような顔をしないでとシャーリーがリアムに向かって手を伸ばした瞬間――、シャーリーはもとのローゼリアの緑の塔の地下室に戻っていた。

「絶対この魔法陣みたいなものの仕業よね？」

何かからくりがあるはずだとシャーリーは床を見下ろすが、床の模様はもう光っていなかった。この魔法陣らしきものの発動条件はなんだろうか。少なくともシャーリーの意志ではないことはわかる。

シャーリーが床を見つめて首をひねっていると、上の階から聞こえてくる「シャーリー！」というアルベールの声が、焦りを通り越して怒っているような響きを持ちはじめていることに気がついて、この部屋の不思議について考えるのは後回しにすることにした。

リアムのことは気になるが、アルベールをこのままにしておくことはできない。ひとまずアルベールにこの部屋のことを相談すべきだ。

シャーリーが「ここですー！」と叫びながら階段をぱたぱたと駆けあがると、シャーリーの声を聞きつけたアルベールがバスルームに飛び込んできた。

シャーリーの顔を見つけた途端、ほっと息を吐き出し、そしてむっと口をへの字に曲げる。

「急にいなくなったから心配したんだぞ！　どこに行っていたんだ！」

「地下に……」

「なんだって地下になんか。そなたがつけた『じゃぐち』とかいうのがあるから、もう水を汲む必要なんてないだろう？」

「そうなんですけど、えっと、それよりも……」

先ほどの不思議体験をどう説明したものかとシャーリーが悩んでいると、アルベールがピクリと肩を震わせて、愕然とした表情で振り返った。

「誰かが来た」

「え？　誰か来た？　でもここは……」

緑の塔で、魔力がない人間は誰も入って来られないはずである。

「思ったより早かったな」

アルベールは不機嫌そうに言って、困惑するシャーリーにバスルームから出るなと言い残して、一人でさっさと玄関へ向かってしまった。

（どういうこと？）

置いてきぼりを食らったシャーリーが首をひねっていると、話し声が聞こえてきたので、シャーリーは閉じられたバスルームの扉に耳をつける。

（誰かしら？　魔力がないと入れないのよね？）

マティスからシャーリーがここに入ったと聞いて、誰かが探しに来たのだろうか？　そうであれば、一番可能性が高いのは――

「アルベール殿下、ここにシャーリーがいますよね？」

（やっぱり、アデル様！）

聞こえてきたのはアデルの声だった。シャーリーがここにこもってしまったから、アデルに心配をかけてしまったに違いない。

シャーリーは慌てて出ていこうとしたが、その前にアルベールの声が聞こえてきて、扉に手をかけたまま動作を止める羽目になった。

「何を言っているのかわからないな」

(ええー!?)

空っとぼけるようなアルベールの声に、シャーリーはぽかんとしてしまう。

出るに出られなくなったシャーリーは、扉に耳をつけたまま二人の会話の盗み聞きを続けた。

「ここにシャーリーがいるのはわかっているんです」

「だから、私は知らない」

「とぼけないでください。シャーリーが毎日ここに通っていたことには薄々気づいていました。まさかと思って調べたところ、シャーリーに魔力があることも確認済みです。シャーリーの元婚約者である男は、シャーリーが緑の塔のあたりで消えたと言っていました。ならば、彼女がここにいるとしか考えられません。シャーリーはどこですか?」

シャーリーを返せとアデルは言う。

アルベールが無言を貫いていると、彼女はため息交じりに続けた。

「殿下が、シャーリーを返したがらない気持ちもわかります。でも、ここにいつまでも閉じ込めておくことができないのもご存じでしょう? シャーリーはローゼリアの民です。殿下の侍女ではありません」

「…………、別に、閉じ込めているわけじゃない」

長い沈黙のあとで、アルベールは小さな声で拗ねたように言う。

足音が近づいてくるのを聞いて、シャーリーが扉から耳を離せば、まもなくして扉が開いた。アルベールだった。

「おいで」

手が差し出されたので、反射的に握り返せば、ぎゅうっと強い力で握り締められる。そのままアデルのいる玄関まで連れていかれた。

アデルはシャーリーの姿を見ると、ほっと息を吐き出した。

「シャーリー……、よかった。心配したんだ。……ああ、謝らなくていい。事情はだいたいわかっているから」

アデルはぎゅっと握られたシャーリーとアルベールの手を見て困ったように笑うと、ちらりとダイニングの方に視線を向けた。

「とりあえず、説明するよ。アルベール殿下は、薄々わかっているようだけどね」


ダイニングに案内すると、アデルは部屋の中を見渡して目を丸くした。

「……ええっと、なんだか見たことがないものがたくさんあるんだけど、塔の中ってこれが普通なのかな？」

あまり突っ込まないでほしいが、さすがにこれを見られては隠し通すこともできないだろう。ダイニングには冷蔵庫もあればテレビもあって、食べかけのお菓子やジュースもローテーブルの上に置かれている。テレビはつけっぱなしで、陽気なゲームのＢＧＭが流れていた。

説明するよりも実際見てもらった方が早い気がして、シャーリーはアデルの前でぱちりと指を鳴らす。ポン！　と音を立ててローテーブルの上にアルベールの大好きなチョコレート味のカップアイスが登場した。

「…………ええっと、シャーリー？」

アデルがシャーリーとチョコレートのカップアイスを見比べながら、「いったい何をしたの？」と訊いてくる。

シャーリーがかいつまんで説明すると、アデルはこめかみを押さえた。アルベールが補足で「シャーリーしかできない」と言えば、今度は頭を抱えはじめる。

「どういうこと!?」

「シャーリーは女神イクシュナーゼの遣いだ」

「んな!?」

「違いますから！」

アルベールがさらにアデルを混乱に陥れるようなことを言い出したので、シャーリーは全力で否定した。女神の遣いなどというご大層な肩書を勝手につけないでほしい。シャーリーは女神に会ったことすらないのだ。そもそも実在しているかどうかもわからない。

アデルは頭を抱えたまま沈黙して、アルベールは満足そうな顔でソファに座ってチョコレートアイスを食べはじめる。

やがてアデルは疲れたような顔でため息を吐きながら言った。

「最近君が作りはじめた見たこともない料理のからくりはこれだったのか……」

　アデルは、シャーリーの料理の中に見たこともないものが混じっているのに気づき、それらの材料がいったいどこから仕入れられたのか疑問を持っていたそうだ。だが、アデルは料理をしたことがないし、これまでの食生活の乏しさから、自分が知らないだけなのかもしれないと思って黙っていたらしい。

　シャーリーはこれ以上アデルを刺激すると彼女の精神衛生上よろしくなさそうな気がしたので、この世界にもある紅茶を入れはじめた。シャーリーが炭酸飲料やコーヒーなどいろいろなものを取り出すせいで、緑の塔の中にある飲み物の種類はとても多い。冷蔵庫を開ければペットボトルのジュースがたくさん入っているのだ。

　ちなみに、ものを出すのと同じで、片づけることもパチンと指を鳴らせば可能だった。お菓子やペットボトルなどのごみはそうして片付けている。この世界に存在しないお菓子のパッケージを、ゴミとして回収させるわけにはいかないからだ。

（アデル様がダイニングルームに入る前に、わたしが呼び出したものを片付けておけばよかったかしら？）

　アデルを驚かせてしまったことを後悔するも、そこまで頭が回っていなかったのだから仕方がない。後の祭りだ。

　アデルは気分を落ち着けるように紅茶をゆっくりと飲み干した。

「ここにある不思議なものたちについてはあとで教えてもらうとして、先に話をしようか」

アデルはテーブルの上で指を組むと、シャーリーが緑の塔にこもってから二日間の出来事について語りだした。

シャーリーがマティスに襲われた日に、彼女の姿がないことに最初に気がついたのはエドワルドだったそうだ。

「エドワルドは君に会いにキッチンへ行ったそうだがね、いつまでたっても君が休憩から戻ってこないから不思議に思って、探しに出かけたそうだよ」

エドワルドはシャーリーがマティスに絡まれていたところを目撃している。もしかしたらシャーリーに何かあったのかもしれないと思い、シャーリーが休憩時間にうろうろしているあたりを探してくれたらしい。

アデルと同様に、シャーリーが緑の塔のあるあたりで休憩を取っていたことを知っていたエドワルドは、緑の塔の周りを歩き回って、シャーリーが普段持ち歩いている籠が落ちているのを見つけたという。

籠だけが落ちていてシャーリーの姿がないということは、やはり何かがあったに違いないと、エドワルドはシャーリーの休憩時間にこのあたりをうろついていた人物がいないかどうか調査した。

「すぐに君の元婚約者の名前が挙がってね」

シャーリーの兄であるルシアンが近衛隊にマティスを妹に近づけないでほしいと依頼を出してい

たこともあり、マティスの存在にはすぐにたどり着いたのだそうだ。

だが、マティスの名前が出たからと言って、彼がシャーリーに何かした証拠はない。何を訊いても、マティスは知らぬ存ぜぬを決め込んで、口を割らなかった。

「わたしもエドワルドも、薄々君がこの塔の中にいるのではないかと気がついていたのだけれど、まあ、なんというか、君の元婚約者を片付けるのには、君が出てこないほうが都合がよくてね。ここに探しに来るのを後回しにしたんだ」

（どういうこと？）

アデルの言う意味がわからず首をひねるシャーリーの横で、アルベールが「まあ、そうだろうな」と頷いている。

「簡単なことだ。そなたの姿がなければ、余罪を作って完全に相手を消し去ることもできるだろう？　そなたの安全のためにはマティスという男をこの城から完全に追い出してしまった方がいい。マティスの名前が出た時点で、犯人は彼以外にいないと絞り込んでいたのだろうし」

アデルは苦笑した。

「概ねアルベール殿下のおっしゃる通りです。マティスが危険だと、君の兄上であるルシアンが事前に近衛隊に報告していてくれたおかげで、彼の素行については近衛隊の方ですでに調査がされていた。問題行動を起こす人間を城で雇うわけにはいかないからね。だから、君の失踪時に、塔のある森のあたりにマティスがいたとわかった時点で、近衛隊の調査内容も含めてわたしたちのところに報告が上がってきたんだ。だから、わたしもエドワルドも、マティスが君に何かしたのだろうと、ほぼほぼ確信していたんだが、彼が口を割らないから問い詰めるのに思いのほか時間がかかってしまって。……さらに言えば、エドワルドが怒って、マティスを殴りつけてしまってね。結構ひどくやっちゃったから、マティスが気を失ってしまったわ、けがの治療を先にするわでバタバタしてしまったんだよ」

シャーリーはぎょっとした。イリスがエドワルドのことを「けんかっ早い」と評していたが、本当に殴るとは。エドワルドが怒ってくれたことにちょっと感動すると同時に、気を失うほど殴られたマティスは大丈夫だったのだろうかと気になってくる。

エドワルドが殴りつけたからか、マティスはすっかり怯え切ってしまって、意識を取り戻したあとは、すべてを洗いざらい報告したそうだ。

「あとはアルベール殿下の推測通り、近衛隊の報告に君を監禁したという余罪をくっつけてこの城から追い出すことにしたよ。罰として国境付近で従軍させることにしたんだ。エドワルドはもっと重い罪を着せるつもりだったみたいだけど、勘当されていてもオーギュスタン侯爵の息子に変わりないからねぇ。エドワルドがぼこぼこにしてしまったから、こちらにも非があるし。まあ、こんなところが妥当だろう。移送するまで、マティスは地下牢に入れてあるよ」

(ぼこぼこ……)

だから、もう君が襲われることはないよとアデルは笑うけれど、シャーリー一人のためにそこまでするだろうか。シャーリーはただの侍女である。まさか王族が、侍女一人にこれほど手厚く対応してくれるとは思わなかったので、シャーリーはただただ驚いた。

「そしてわたしは、表向き監禁されていることになっているシャーリーを助け出しに来たというわけ。……だから殿下、シャーリーを返していただかないと、困ることになるのですが」

最後の方はアルベールに向けて、アデルが言う。監禁されている体にしたのは、シャーリーが緑の塔に入れる事実を周囲に伏せるためでもあるらしい。だから、シャーリーがここから出なかったら、これ以上誤魔化しがきかないそうだ。

アルベールがテーブルの下でシャーリーの手をぎゅっと握りしめる。

「シャーリーをここから連れ出して、そなたはいったいどうするつもりだ。シャーリーをブロリアの塔へ連れていくつもりか？　自分の道づれとして」

「……それは……」

アデルは痛みを我慢するように眉を寄せた。

だが、その答えを聞くより前に、シャーリーは一つ確かめておきたいことがあった。

「アデル様は先ほど、わたしに魔力があるか調べたとおっしゃっていましたけど、いったいいつわたしに魔力があるとわかったんですか？　いつ頃から、わたしがここに入っていると気がつかれたのでしょうか？」

「魔力があるかどうか調べたのは、三日前だよ。キッチンに白い石がなかった？　詳しくは教えられないけど、魔力があるかどうかはあの石で調べられる。……君が緑の塔に入っているのではないかと疑ったのは、もっと前」

「どうして……、今まで何もおっしゃらなかったんですか？」

「訊けなかったんだ」

アデルはからっぽのティーカップを指先でもてあそびながら、自分自身を嘲るような笑みを浮かべた。

「君に緑の塔に入る資格があるかもしれないと思ったとき、いろいろなことを考えたよ。真っ先に思ったのは、これでたった一人でブロリア国の緑の塔に入らなくてすむのではないかということ。正直言って喜んだ。……たった一人きりで何年もすごすのは、本当はとても怖かったからね。でもそのあとすぐに、君を巻き込むことへの罪悪感を覚えた。そして、もし訊ねて君が嘘をついたらと思うと――、ちょっと怖くなった。そんなことを考えているうちに今度はエドワルドが君に求婚して、エドワルドから君を奪ってはいけない、と……。エドワルドはわたしが塔から出たあとに、緑の塔へ入ることになるだろうからね。ならばエドワルドと君が結婚したら、君がついていく可能性がある。わたしにつき合わせて、そのあとエドワルドにもとは、どうしても言えなかったし、エドワルドも、君を手放したがらないはずだから。だからね、わたし自身の中でもまだ答えが出ていないんだよ。本音を言えば一緒に来てほしいけど、でも……」

アデルはアルベールに視線を移して、眉尻を下げた。

「アルベール殿下とも、君は親しいのだろう?」

シャーリーはハッとしてアルベールを見た。アデルがシャーリーにブロリア国の塔についてくるように命令すれば、シャーリーは断れない。シャーリーは自分に魔力があることを秘密にすることで、選択肢は自分の手のひらの上にあるのだと思っていたが、これからは違うのだ。シャーリーがアデルとともにブロリア国に行くことになれば、アルベールはまた一人ぼっちに戻ってしまう。アデルは優しいから、そのことにも気がついていて、何も言わずにいてくれたのかもしれない。

「もし、君がここに入れることが父に――国王に知られれば、君はわたしとともにブロリア国の緑の塔へ入ることを命じられるだろう。だからね、父上に知られないように、わたしとともにここから出てほしいんだよ。君が出てこないと、怪しまれてしまう」

シャーリーの手を握るアルベールの手の力が強くなる。彼の表情が強張っていた。

シャーリーはアルベールの手をぎゅっと握り返して、これだけは確認しておかなければと口を開いた。

「アデル様、わたしが塔から出たとして、またここに来ても大丈夫ですよね？　それとも、もう二度とこの塔へは入ってはいけないということでしょうか？」

シャーリーが緑の塔に入る条件を満たしていることを国王に知られてはならない――、その観点から言えば、シャーリーはもうこの塔に来ないほうがいいだろう。けれども、シャーリーはアルベールをひとりぼっちにしたくない。

アデルは肩を落とした。

「君が万が一の時の覚悟を持てるのであれば、かまわないよ」

万が一の時とはすなわち、国王にばれて強制的にアデルとともにブロリア国の緑の塔に入れられるということだろう。

アルベールの手が、ぴくりと震えたのがわかった。

だが、シャーリーは迷わなかった。

「はい。大丈夫です。ありがとうございます」

どのみち、アデルにばれてしまった時点で、シャーリーの未来は決まったようなものだ。シャーリーのことを考えて、見て見ぬふりをしようとしてくれたアデルを、たった一人で人質として送り出すことなどはできないだろう。もちろんまだ迷っている。アデルと一緒に行く覚悟を決めたわけではない。だが、最終的にシャーリーは、彼女と一緒に行くことを選択すると思う。だからといって、アルベールを見捨てることもしたくない。アデルとアルベールの両方を一人にしない方法――、ついこの前までは無理だと思っていた。けれど。

（……まだわからないけど、あの地下室の秘密がわかれば、もしかしたら……）

つい先ほど見つけたばかりの、小さな可能性。魔法陣が描かれていた地下の部屋がブロリア国の緑の塔とつながっていて、行き来する方法がわかれば、ブロリア国の緑の塔に入ったあとにもアルベールに会いに来ることができるようになるかもしれない。

リアム王子のことも気になる。早急に、あの部屋のことを調べたい。これ以上、アデルを待たせるわけにはいかないから――

「アルベール様。……また、明日」

毎日、別れ際に告げていたその一言を口にすれば、アルベールはぎゅっと目を閉じた後で、小さく笑った。

「ああ。……待ってる」

アルベールは名残惜しそうにゆっくりと、握り締めていたシャーリーの手を離してくれた。

巻末書き下ろし　アルベールの料理体験

「アルベール様、お昼ごはんできましたよー」

シャーリーに呼ばれて、アルベールはゲームのコントローラーを置いて立ち上がった。

シャーリーによってすっかり快適空間に作り替えられた緑の塔のダイニングに、いい匂いが漂っている。

魔力で何でも取り出せるとわかってから、シャーリーはお弁当ではなく、毎日作り立ての昼食を用意してくれるようになった。

ゲームをしながら、時折聞こえてくるシャーリーの鼻歌に耳を傾ける午後のひと時は、アルベールが生きてきた二十年の中で、一番居心地のいい時間だった。

「今日のメインはカルボナーラですよ」

また知らない単語が出てきて、アルベールはわくわくする。シャーリーが作ってくれるのは、アルベールが知らなかった食べ物ばかりだ。そしてどれもびっくりするくらいに美味しい。食事がただの生命維持のための義務ではなく楽しいものだと、アルベールはシャーリーと知り合ってからはじめて知った。

テーブルについたアルベールの目の前に、ほかほかと温かい料理が並べられていく。今日の昼食はカルボナーラのほかに、トマトの冷静スープとカリフラワーのサラダだった。サラダはドレッシングに少量のミントが入っていて、後味がとてもさわやかだ。

アルベールが食べはじめると、シャーリーはティーカップを持ってアルベールの体面に座る。シャーリーはすでに城で昼食をすませているが、アルベールが食べている間は、いつもこうしてそばにいてくれるのだ。いくら食事が美味しくても一人きりの食事は味気ないのでとても嬉しい。

(それにしても、やはり不思議だ……)

アルベールはフォークにパスタを巻きつけながら、シャーリーに視線を向けた。

柔らかそうな蜂蜜色の髪に、エメラルド色の瞳。整った顔には、シミ一つない。どこからどう見ても大切に育てられた貴族令嬢。そんなコックでもないシャーリーが、毎日このように素晴らしい食事を作れるのが、アルベールには不思議で仕方がない。

(あの小さな手は魔法の手か?)

シャーリーは魔力でいろいろな不思議なものを出して見せるが、それ以外にもあの手に秘密があるのではなかろうか。

もぐもぐとカルボナーラを食べながらシャーリーの手元をじーっと見つめていると、アルベールの視線に気がついたのか、シャーリーが苦笑した。

「アルベール様、さっきからどうしたんですか？　何か気になることでもあります？」

「いや……、君のその手は、魔法の手かと思って」

「はい？」

「ほら、君はよく魔力で不思議なものを出すだろう？　それと一緒で、料理を作るときも不思議な力を使っているのではないかと」

「まさか！」

アルベールは至極真面目だったのに、シャーリーはけらけらと笑い飛ばした。

「不思議も何もないですよ！　ちゃんと手順通りに作れば誰だって作れます」

「誰でも？」

「そうですよ。例えばそのカルボナーラは、卵とベーコンと生クリームとチーズで作りますけど、コツさえつかめば誰だって簡単に作れます。トマトスープもサラダだってそうです」

「この白いのは？」

「ドレッシングですか？　それはマヨネーズとヨーグルトに、ミントの葉二枚とニンニクをみじん切りにして入れているだけですよ。あとは塩と胡椒で味を調えて終わりです。マヨネーズも、卵とビネガーと油だけで作れます。分離しないように綺麗に混ぜるにはコツと体力がいりますけど、まあ、これも慣れれば誰だって作れますね」

「私でも？」

「もちろんです」

アルベールは今度は手元の料理をじーっと凝視した。この素晴らしい料理が、アルベールにも作れるらしい。作れると言われれば作ってみたい。そして今度は、日ごろの感謝をこめて、アルベールがシャーリーに手料理をふるまうのだ。うん、考えると楽しくなってきた。

シャーリーがあの可愛らしい顔に満面の笑みを浮かべて「アルベール様すごい！」と言う様を想像して、アルベールはぐっと拳を握りしめる。

「シャーリー、私も料理がしたい」

シャーリーは目をまん丸に見開いて、ぽかんとした。

「…………え？」

次の日。

「本当に料理するんですか？」

キッチンに立つアルベールに、シャーリーが不安そうな顔を向ける。

さすがに料理初心者のアルベール一人で料理はできないから、シャーリーに教えられながらの料理体験であるが、シャーリーが用意したエプロンをつけると、なんだか何でもできそうな気がしてくるから不思議だった。一人きりで塔にこもっていた時、何かを焼くくらいはできたのだ。だから多分大丈夫。

「もちろんだ」

自信たっぷりに頷いて見せると、シャーリーが諦めたように肩を落とした。

「わかりました。……でも、もっと簡単な、それこそ目玉焼きとかの方がよかったんじゃないですかね？」

「からあげがいい」

「……そうですか」

シャーリーは再びがっくりと肩を落とす。

だが、アルベールは何が駄目なのかがわからずに首を傾げた。

今日作ろうと考えているのは、アルベールの好物でもあるからあげと根菜の味噌汁、オクラとわかめのサラダである。からあげ以外思いつかなかったからほかの二品はシャーリーに考えてもらった。シャーリー曰く、味噌汁は難しくないし、オクラとわかめのサラダも茹でて切って合えるだけだから大丈夫だろうと言うが、からあげが心配らしい。油が危ないとかなんとか言っていた。

「……ま、エドワルド様じゃないし……大丈夫かな？」

シャーリーの口から、シャーリーに求婚したというエドワルド王子の名前が出て、アルベールは少しだけムッとする。どうやらあの求婚の返事はまだしていないらしい。さっさと断れと言ったのに、相手が王子だから断るのも難しいだのなんだの言っていた。エドワルドのことだからきっと本気ではないはずだとシャーリーは言っていたが、アルベールは間違いなく本気だと思っている。シャーリーは料理上手で可愛いし気が利くし何より優しい。アルベールがもしもエドワルドの立場だったら、迷わず彼女の足元に跪くだろう。……緑の塔に永遠に閉じ込められるかもしれないこの状況で、そんなことは絶対にしないけれど。

「どうしてここでエドワルド王子の名前が出る？」

「だって、エドワルド様に料理なんてさせたら何をするかわかったもんじゃないですから。包丁とか火は絶対に触らせたくないですね。それに、キッチンを自由にさせたらそれこそ滅茶苦茶にされそうですもん」

「……ふうん」

アルベールはますますむっとした。エドワルドの行動パターンが想定できるほどにシャーリーはローゼリアの第二王子と仲がいいらしい。面白くない。

「シャーリー、最初は何をするんだ？」

さっさとシャーリーの頭の中からエドワルドを追い出したくてアルベールが訊ねれば、シャーリーは分量を量った米を差し出した。

「最初はご飯を炊きましょう。時間がかかりますから、お米を火にかけたあとでほかの準備をすればいいです」

「わかった」

アルベールはシャーリーから米を受け取ると、それをざばっと鍋に移した。そしてどばどばと水を入れていると、シャーリーが何とも言えない微妙な表情を浮かべていることに気がついて顔をあげる。

「どうした？」

「アルベール様。お米は最初に研がないと美味しくないですよ？」

「研ぐ？」

「そうです。水を入れたら白くなるでしょ？　研ぎすぎも美味しくないですけど、水を入れでもお米が見えるくらいに透明になるまでは研がないとだめですよ」

「……研ぐ？」

アルベールは何度も首を傾げて、鍋の中に手を入れた。手のひらに米粒を救い上げて、うーむと唸る。

（研ぐ？　これを？　どうやって？）

ナイフならば研いだことはあるが、こんな小さなものを研いだことはない。だが、シャーリーはこれを研げと言うのだから、研がなくてはいけないのだろう。料理は思ったよりも奥が深いらしい。

「少し待っていてくれ」

「え？　アルベール様？」

「すぐ戻る」

アルベールは水にぬれた手を拭いてキッチンを飛び出した。確か部屋にナイフを研ぐための研ぎ石があったはずだ。塔に入るときに何かに使うかもしれないと思ってナイフと研ぎ石を持って来たものの、一度も出番がないから納めこんでいたはず。

「よし、あった。これで米が研げるな！」

アルベールは部屋から研ぎ石を持ってキッチンに降りると、さっそく作業台に研ぎ石を置いた。そしてそこに米を乗せていざ研ごうとしたとき、シャーリーが慌てて止めに入った。

「アルベール様！　何をしているんですか!?」

「何って、米を研ぐんだろう？」

「へ!?」

「粉々になってしまいそうで怖いな。力加減が難しそうだ」

「はい!?」

「それで、どのくらい研ぐんだったか」

「ちょ――ス、ストップ、スト――――ップ！」

わーっと叫んだシャーリーが、アルベールの手元から研ぎ石をひったくった。

「違います！　こんなものでお米を研いだら粉になるじゃないですか！　そうじゃなくて、ええっと、こうです。かしてください」

シャーリーは米を鍋からボウルに移すと、水を入れなおし、その中に手を入れてかき混ぜはじめた。研ぐと言ったくせに混ぜているだけだ。アルベールの脳内が「？」だらけになる。

「力はあまり入れすぎないでください。できるだけ優しく、お米を傷つけないように。こうして、何度かお水を変えて、このくらいですかね。これで終わりです」

「シャーリー、それで終わりか？」

「はい終わりです」

「……研ぐって言わなかったか？」

「だから、研ぎましたよ？」

「…………」

アルベールはシャーリーから「研ぎ」終わったという米を受け取って沈黙した。「研ぐ」とはアルベールの知る「研ぐ」ではなかったらしい。料理専用の暗号なのだろうか。早くもこの先が不安になってきた。

「アルベール様、お米を鍋に入れてください。お水はこのカップに二杯分です」

「わかった」

それならできそうだ。アルベールはホッとして、米を鍋に戻すと、シャーリーに渡されたカップを使って水を入れる。

「火加減は、最初はこのくらいですね」

このくらいとはどのくらいだろう。アルベールはシャーリーが火の調整をするのをじーっと見つめつつ首をひねる。さっぱりわからない。

「じゃあ、ご飯を炊いている間に、からあげの下味をつけましょうか」

「……したあじ？」

また知らない単語が出てきた。だがようやくからあげに進めるらしい。アルベールは気を取り直して、シャーリーが渡してきた鶏肉を受け取った。

「じゃあ、これを一口大にカットしましょう。長い間味をしみこませている時間がないので、濃いめに味をつけましょうか。ニンニクが強い方がアルベール様は好きみたいなので、ニンニクは多めにしてみましょう」

「私はニンニクが強い方が好きなのか？」

「この前、いつもよりこの味が好きだって言っていたでしょう？　あのとき、いつもよりニンニクを多めにしたんだです」

「ああ、あの日か！　そうだな、いつも美味しいが、あの日は特に美味しかった」

「だからニンニクを多めに。味付けは塩ベースにしましょう！」

「よくわからないが、わかった」

鶏肉を漬ける下味は、シャーリーが用意してくれるらしい。アルベールの任務は鶏肉を切ることだそうだ。切るだけなら、何も問題ない。ナイフも包丁も似たようなものだ。

鶏肉を切り終わると、シャーリーが鶏肉に下味をつける。

最初はつまずいたが、どうやら順調そうだ。切って漬けるだけならアルベールにだってできる。

これでシャーリーに手料理をふるまうという目標に一歩近づいた。

アルベールは自信を取り戻して、腕まくりをすると、シャーリーに教えられながら味噌汁の準備に取りかかった。

味噌汁も、オクラとわかめのサラダも順調だった。ほとんどシャーリーがやったような気もしなくもないが、それでも大きなトラブルもなく、ともに問題なく仕上がった。米も、火加減とやらが

よくわからなかったがシャーリーが調整したので大丈夫だった。

——だが問題は、からあげだった。

「きゃあああああっ」

シャーリーの悲鳴がキッチンに響き渡った。

「水！　水か!?」

「水は入れちゃダメです————！」

「だが火が出ている！」

「しょっ、消火器！　消火器————！」

「しょうかきってなんだ!?」

アルベールは頭を抱えて叫んだ。

からあげを揚げていた鍋から火からはぼうぼうと火が立ち上っている。

シャーリーが駄目だと言ったのに、アルベールが「まだ入る」と言ってはポンポンと肉を鍋の中に放り込んだ結果、溢れた油にぼっと引火したのだ。

わーわー叫びながら、シャーリーがパチンと指を鳴らした。すると目の前に、見たことない赤い筒が出てきた。どうやらこれが「消火器」のようだ。

「アルベール様、火を消すからどいてください！」

「だが、近づけばシャーリーが危ない！」

「大丈夫です、消火器がありますから！」

「だから、しょうかきってなんだ!?」

「火を消す道具です！」

言いながら、シャーリーが赤い筒を持って構えた。プシューッと大きな音がして、あっという間にキッチンが白い煙に包まれる。

「けほっ！　シャーリー!?」

「アルベール様、早くキッチンから出てください！」

「だが！」

「大丈夫です！　これで火が消えますから！」

本当だろうか。アルベールは心配になったが、大丈夫だからさっさと出ていけと言われて、しょんぼりしながら外に出る。

やがて消化を終えたシャーリーが、ぐったりと疲れた顔でキッチンから姿を現した。

「……アルベール様」

エメラルド色のその目が、据わっている。

アルベールはぎくりとして、ついっと視線を逸らした。

シャーリーがはーっと大きく息を吐く男が聞こえて、直後。

「アルベール様は、料理禁止です!!」

激怒したシャーリーによって、アルベールのキッチンへの立ち入りが禁止されたのだった。

巻末書き下ろし　エドワルドはシャーリーがほしい

エドワルド・ステフ・ローゼリアはほくほく顔で城の廊下を歩いていた。

これから一つ年上の姉アデルの部屋に、昼食を食べに行くのである。

（今日は食事はなんだろうな。ミソスープは出るだろうか）

これまでのエドワルドは食事を楽しいと思ったことはない。食べるものは厳格に管理されて、どれを食べても美味しいと感じることもなく、ただ生命維持のために義務的に続けていたただの日課。

エドワルドにとっての食事とは、これまではそのようなものだった。

王族は必要以上に贅沢をするべきではない。幼いころからそう教えられてきたエドワルドは、王族の食事が厳密に管理されている理由を知っている。それは単に毒殺などの危険性を回避するためではなく、もっと複雑なものだ。

国を——世界を維持するために、魔力を持って生まれた王族は交代で緑の塔へ入れられる。

塔に道ずれにできる魔力持ちが発見されなかった場合、王族は一人で塔の中で生活しなければならないのだ。

塔の中には娯楽もなく、何年も一人で耐えることになる。

そのような環境に適応するため、王族は幼いころから極力娯楽を排除すべきだとひと昔前の王族の誰かが提言した。いつの間にかそれが当たり前になり、いつの間にかその対象が食事の中身にまで伸びて今に至る。

だからエドワルドもこれまで食べ物に美味しさを求めたことはなかったし、それが当たり前だと思っていたのだ。――シャーリー・リラ・フォンティヌス伯爵令嬢が、アデルの侍女として城に来るまでは。

今年のデビュタントパーティーでアデルに目をつけられたシャーリーは、急に食事を取らなくなった妹イリスの食事の改善のために急遽アデルの侍女になることが決定した。

通常ならば何か月もかけて選出されるはずの王女の侍女が僅か数日で決まったのには驚いたが、裏を返せば、それだけイリスの拒食問題が深刻だったということだ。末の娘が日に日にやつれていくのを見て父も母も気が気ではなかったらしく、アデルの提案はあっさりと受け入れられたのだ。もっとも、それは、シャーリーが名門フォンティヌス伯爵家の令嬢であったことも大きいのだろうけれど。

そうしてシャーリーがやってきたわけだが、当初エドワルドは、シャーリーにさほど興味を持っていなかった。シャーリーの影響で多少の変化はあるだろうが、あのくそまずい食事が劇的に変化するなど、生まれてこの方食事を美味しいと思ったことのないエドワルドには、到底思えなかったからだ。

イリスが食事を取るようになってくれさえすればいい。ただ、そんな風に思っていた。だが、その考えはすぐに覆されることになる。

エドワルドの考えに変化が生まれたのは、何気なしに、イリスのために呼んだシャーリーの様子を訊いたときからだった。

新しく来た侍女はイリスの拒食の改善に役に立ちそうなのか。アデルに訊ねたエドワルドは、姉がとても楽しそうににこにこと微笑んで言った言葉に耳を疑った。

「うん、きっと大丈夫だろうと思うよ。シャーリーの作る料理はとても美味しいからね！」

「……はい？」

姉に口から「美味しい」という言葉が出て、エドワルドは耳を疑った。

エドワルドは、運動して喉が渇いた時に飲んだ水や、ティータイムに出された紅茶を美味しいと感じることはあっても、食べ物に美味しいと感じたことはない。茶請けに出される菓子でさえまずいのだ。それは同様の食事を取っているアデルも同じであるはずだった。

その姉の口から、「美味しい」という言葉が出てきた。耳を疑うのは当然だろう？

「美味しい？」

「とても美味しいよ」

美味しい。その単語に、エドワルドは自分の中の興味がむくむくと膨れ上がるのがわかった。美味しい食事とは何だろう。美味しいものを知らないエドワルドは、姉の言う美味しいものが気になって仕方がなかった。

途端にそわそわと落ち着かなくなったエドワルドに、アデルは苦笑して、食後だから食べ物はないだろうけどキッチンを見てみるかと言い出した。姉の部屋にある使われていなかったキッチンは、先日、シャーリーが使うためにメンテナンスを終えている。ただの飾りのキッチンには興味はなかったが、そこで「美味しい」ものが作られているのだと聞けば俄然興味をもった。

そしてアデルに案内されてキッチンへ向かい――、シャーリーがイリスの夕食のために作り置きしていたとは知らずに、キッチンの残されていたポテトサラダを食べたエドワルドは、自分の体に衝撃が走るのを感じたのだった。

シャーリーは天才だった。

エドワルドは心の底からそう感じた。

小柄なシャーリーの小さな手は、魔法の手なのかもしれない。そう思うほどに、まだ十五歳の可愛らしい伯爵令嬢は、次々にエドワルドが知らなかった美味しい食べ物を生み出した。

その中でも特にエドワルドが気に入ったのが、一見すると茶色い泥水にしか見えない不思議なスープだ。ミソスープと言うらしい。

シャーリーがイリスのために夕食を運んでいるときにその存在に気がついたエドワルドは、スープだからきっとキッチンに残っているはずだと思って探りに行き、その神がかったスープに出会ったのである。

しかもそのミソスープ。中に入れる具材によって自在に味が変わるのだ。シャーリーはエドワルドがミソスープを気に入ったと知ってから、毎朝作ってくれるようになったが、毎日違う具材を使って味を変えてくれるから飽きがこない。

(……やっぱりシャーリーがほしいな)

廊下を歩きながら考えることが、今日の昼食の内容からシャーリーに変わる。

シャーリーがほしい。エドワルドは本気でそう思っている。それは何も、シャーリーが美味しい料理を生み出す魔法の手を持っているからだけではなく、彼女がとても優しいからだ。

アデルの侍女であるシャーリーは、エドワルドのわがままにつき合う義理はない。エドワルドがアデルに頼み込んだからと言っても、エドワルドの食事を作ることは契約外のことで、嫌だと突っぱねても罪には問われないだろう。それなのにシャーリーはエドワルドの食事を用意してくれて、なおかつ要望まで聞いてくれる。

シャーリーの優しさに付け込んであれこれとわがままを言ったエドワルドにも、仕方がないなという顔をしつつもつき合ってくれる優しい令嬢だ。

社交デビューしたての十五歳の少女に恋愛感情を抱いたのかと訊かれれば、それはよくわからないと答えるけれど、少なくともシャーリーを独占したいほどにはエドワルドは彼女を欲していた。だからつい勢いで求婚してしまったのだが、それについてはまったく後悔していない。というか、イリスの邪魔が入らなければ、シャーリーが了承するまで強引に迫っていただろう自信がある。

(先に外堀から埋めるか……？　いや、そんなことをしたらイリスが烈火のごとく怒りそうだ)

シャーリーではなくフォンティヌス伯爵家へ父王を介して正式に縁談を持ち込めば断れないだろ

う。シャーリーを強引に手に入れる方法がないわけではない。だが、それをすればイリスが怒るだろうし、何よりシャーリーに嫌われそうな気がしている。

(普通王子から求婚されたら喜ぶものじゃないのか?)

と、エドワルドから求婚された時の微妙なシャーリーの顔を思い出してムッとするも、シャーリーはエドワルドが知る貴族令嬢と比べると少し――いや、かなり変わっているので、致し方ないのかもしれない。

これは長期戦覚悟だな――、エドワルドがそんなことを思いながらアデルの部屋に入ると、途端にいい匂いが漂ってきた。

「ミソスープか!」

朝も食べたが昼にもミソスープが出てくるらしい。

ぱっと顔を輝かせたエドワルドに、ソファでくつろいでいた姉があきれ顔を向けた。

「本当にミソスープが好きだね」

「美味しいじゃないですか」

「美味しいのは認めるけれどね」

アデルが苦笑して、キッチンのある続き扉の当たりに視線をやる。

「今日は鳥団子のミソスープだと言っていたよ。夕食に……ええっと、何だったかな、イリス」

アデルが隣で本を読んでいたイリスに訊ねると、彼女は本を閉じて顔をあげた。

「焼き鳥ですよ、お姉様」

「そうそう、焼き鳥！　イリスの夕食に焼き鳥を作るから、ええっと……」

「つくね、です」

「そうそれ！　そのつくねを作るついでに肉団子を作ってミソスープに入れるんだと言っていたかな」

「焼き鳥？　つくね？」

焼き鳥はあれだろうか？　鶏の姿焼きのことを言っているのだろうか？　つくねは何のことだかわからない。だがきっと、シャーリーの作るものだ、美味しいに決まっている。

「……焼き鳥につくね、か」

「お兄様は夕食はお父様たちと一緒でしょ？」

夕食の邪魔をしに来るなとイリスが睨んでくる。

エドワルドはムッと口をへの字に曲げた。

「いつも思うが、お前ばかりずるくないか？」

「ずるくありません！　だってシャーリーはわたくしの食事を作るためにいるんです！　お兄様はついでなんですから文句を言わないでくださいませ！」

まるでシャーリーは自分のものだと言わんばかりの言い分だった。

「だが、俺もその焼き鳥とつくねとやらが食べたい。……昼には出てこないのか？」

「エドワルド、わがままを言ってシャーリーを困らせてはいけないよ」

シャーリーに頼めば今からでも作ってくれるのではないかと考えたエドワルドの胸の内など、アデルにはお見通しだったようだ。咎められて、エドワルドは不貞腐れる。

（俺も毎食シャーリーの作ったものが食べたい……）

シャーリーの食事を食べはじめてから、両親と一緒に取る夕食が苦痛で仕方がないのだ。美味しいものを知ってしまうと、これまで何も思わずに食べていた食事が受け付けなくなってしまった。両親の手前渋々食べているが、頭の中ではいつもシャーリーの作る食事を思い浮かべている。

（……シャーリーが、ほしい）

シャーリーと結婚すれば、それこそ一日中シャーリーを独占できる。イリスに文句を言われることも、アデルに咎められることもなく、三食シャーリーの作った食事が食べられる。

（くそっ！　どうやったらシャーリーは頷くんだ）

王子の身分であるエドワルド自身になびかないならば、シャーリーがなびきそうなものはないか。エドワルドが真剣に悩みはじめたとき、アデルの侍女の一人であるシェネルがシャーリーの作った料理を運んできた。

三人分の食事をテーブルの上に並べる前に、シェネルがそっとエドワルドの前に小皿をおく。皿の上には、焦げ目のついた丸い肉団子が置かれていた。

「これは？」

「シャーリーからです。つくねの話を聞いたら、きっとエドワルド殿下が食べたがるだろうからと」

「これがつくねか！」

さすがシャーリー。気が利く。

エドワルドが顔を輝かせてつくねを口に入れていると、イリスが盛大なため息とともに言った。

「……シャーリー、お兄様を甘やかしすぎよ」

エドワルドはあきれ顔のイリスを無視してもぐもぐとつくねを咀嚼しながら、可愛くて気が利いて優しくて料理上手なシャーリーを、どうにかして自分の妻にできないものかと頭の中で算段するのだった。

あとがき

アース・スター・ノベルではじめまして、狭山ひびきです。この度は本作をお手に取ってくださり、誠にありがとうございます。

本作が発売される頃は二〇二一年も残すところ二か月弱。年々一年が早く感じますが、今年は緊急事態宣言あり、オリンピックありと、いいことも悪いこともギュギュっと詰まった濃い一年だったように感じますが、皆様はいかがでしたでしょうか?

私も個人的にいろいろありました。十七年近く一緒にいた愛犬の死や、新しいワンちゃんとの出会い、何冊かの本が出せたことなど、例年にないくらい詰まった年だったので、きっとこの先二〇二一年の出来事は忘れないのだろうなと思います。


さて、基本的に夏はぐでっとして食欲も落ちる私ですが、秋冬はぐんぐんと食欲が増してまいります。美味しいものもたくさんありますからね。体重増加の危険です。そして春になると、シャーリーではありませんが、体重計に乗って「ぎゃー!」と叫んでダイエットモードに移行します。わかっているんだから食べるのを控えればいいのにと毎年思うんですけどね、ついつい手が伸びてしまうのですよ。熱燗も美味しい時期ですし、外に行けない分、きっと年末年始は美味しいお酒をゲットして家飲みを楽しんでいるんでしょう。美味しいお酒があればぜひ教えてください。

ここから先は内容に触れますので、ネタバレ注意です。
本作では魔力が出てきますが、一般的なファンタジー作品のような魔法は登場しません。魔法のある世界は大好きですが、単純に「ファイアボール！」的な魔法ではない世界を書きたいと考えた挙句、出来上がったのが緑の塔。塔＝幽閉という単純思考のもとに王族が閉じ込められてしまう設定になり、それだけじゃ面白くないからあれやこれやと追加して、無敵シャーリーの指パッチン魔法が出来上がったという次第でございます。
塔に一人きりで閉じ込められているアルベールはシャーリーの指パッチンで出てくる不思議なものに興味津々。指パッチンでゲームが出てきますが、ゲームはしばらく触っていなかったので、書くにあたり何気なくはじめた某国民的ＲＰＧにドはまりして、ちょっとだけと思っていたにもかかわらず最後までやってしまいました（そしてオリンピックの開会式でその音楽が使われていたのに大興奮。ここまで言っちゃったらタイトルわかりますかね……）。さすがにそのゲームの内容をそのまま使うわけにもいかないので、作中のゲームは作者の想像の産物です。一応、剣と魔法の世界で、モンスターを倒して、人間や精霊の仲間を増やしていく設定です（ざっくりすぎる……）。

そろそろあとがきページもいい感じに埋まりましたので、このあたりで失礼させていただきます。

最後になりましたが、イラストを引き受けてくださいましたみわべさくら様、担当様をはじめ本作に携わってくださいました皆様、ありがとうございました。そして、本作をお手に取ってくださった皆々様、本当に本当にありがとうございます！

それでは、またどこかでお逢いできることを祈りつつ。

イラスト担当させていただきました、
みわべさくらと申します。
とても楽しく描かせていただきました。

千年の寿命をもてあます、気まぐれハイエルフの自由奔放な旅
EARTH STAR NOVEL

EARTH STAR NOVEL

Luna

最強の新人女教師が
魔術学院のしがらみを
ぶち壊す!?

転生料理研究家は今日もマイペースに料理を作る あなたに興味はございません①

発行 ―――― 2021年11月16日　初版第1刷発行

著者 ―――― 狭山ひびき

イラストレーター ―――― みわべさくら

装丁デザイン ―――― シイバミツヲ（伸童舎）

発行者 ―――― 幕内和博

編集 ―――― 筒井さやか

発行所 ―――― 株式会社アース・スター エンターテイメント
〒141-0021　東京都品川区上大崎 3-1-1
目黒セントラルスクエア　7F
TEL：03-5561-7630
FAX：03-5561-7632
https://www.es-novel.jp/

印刷・製本 ―――― 図書印刷株式会社

ISBN 978-4-8030-1578-2